AF280859

Gewidmet meiner geliebten Mutter,

Elvira Bangeow

21.2.1950 – 12.3.2023

Bibliografische Information der Deutschen Nationalbibliothek:
Die Deutsche Nationalbibliothek verzeichnet diese Publikation in
der Deutschen Nationalbibliografie; detaillierte bibliografische
Daten sind im Internet über dnb.dnb.de abrufbar.

Die automatisierte Analyse des Werkes, um daraus Informationen
insbesondere über Muster, Trends und Korrelationen gemäß
§44b UrhG („Text und Data Mining") zu gewinnen, ist untersagt.

© 2024 Petjo Bangeow

Cover und Layout: Niku Khaleghi

Verlag: BoD · Books on Demand GmbH, In de Tarpen 42,
22848 Norderstedt, bod@bod.de

Druck: Libri Plureos GmbH, Friedensallee 273, 22763 Hamburg

ISBN: 978-3-7693-0027-7

Petjo Bangeow

Als Johanna träumte

Inhalt

Vorwort

Es ist etwas mehr als ein Jahr her, als ich einen Artikel in einer Fachzeitschrift publiziert hatte, in welchem ich meine Erfahrungen in der psychotherapeutischen Arbeit mit transsexuellen Heranwachsenden darlegte und Hypothesen daraus ableitete, welche psychologischen Mechanismen sich hinter einer Transsexualität verbergen können. Ich hatte betont, keine wissenschaftliche Fundiertheit für meine Hypothesen vortragen zu können, sondern lediglich meine Beobachtungen mit Kollegen teilen und Handlungsempfehlungen aussprechen zu wollen. Ich sprach mich vor allem dafür aus, Transsexualität gerade wegen der wichtigen Entstigmatisierung mit professioneller Sachlichkeit zu behandeln. Das impliziert auch kein von Ideologie geprägtes Handeln in die

Diagnostik und Therapie mit Betroffenen einzubringen, sondern die nötige therapeutische Neutralität zu bewahren. Als vermeintlich lösungsorientierter Umgang wird in der Praxis die Medikamentierung der Betroffenen mit Pubertätsblockern forciert, gleichwohl der Einsatz dieser Medikamente in einigen europäischen Ländern wie Frankreich, Schweden oder England nicht mehr so unkritisch betrachtet wird, wie es jüngst der Fall war. Psychologische Indikationsschreiben, die als eine Voraussetzung für eine Hormontherapie zu sehen sind, stellen in der Praxis, zumindest nach meinen Beobachtungen, des Öfteren lediglich >Gutachtenattrappen< dar. Dass Kollegen bereit sind, pseudogutachtlich positiv für teils irreversible medizinische Eingriffe zu bescheiden, lässt eine ideologiegeprägte Haltung anmuten. Auf diesen Missstand, welcher nicht nur gegen die für Psychotherapeuten geltende Sorgfaltspflicht verstößt, sondern grobfahrlässig mit den Schicksalen vieler junger Menschen umgeht, machte ich in meinem Artikel aufmerksam. Argumentativ stützte ich meine Ausführungen auf einen Artikel, der einige Wochen zuvor im Deutschen Ärzteblatt erschienen war.

Nachdem mein Artikel zwei Tage in der Onlineversion verfügbar war, rief mich eine Kollegin aus dem Redaktionsbeirat der Fachzeitschrift an, die ich sehr schätze. Sie erklärte mir, dass es aus der Kollegenschaft Aufregung über meinen Artikel gegeben habe. Mails und Anrufe hätten die Redaktion erreicht, in denen man sich empört wegen meiner Ausführungen gezeigt habe. Zugleich bekam ich selbst einige Mails von Kollegen, denen es ein Anliegen war, mich zu beleidigen. Kollegen, die mir meine Expertise absprachen, ohne mit mir jemals in einen fachlichen Diskurs gegangen zu sein. Andere Kollegen wiederum schrieben mir Mails, in denen das andere Extrem eingenommen wurde; quasi >Anti-Trans<-Parolen. Und all das als Reaktionen auf einen Artikel, in welchem ich für mehr Sachlichkeit und weniger ideologische Aufladung plädierte. Insofern bekräftigte mich diese Erfahrung darin, dass das Thema Transsexualität polarisiert. Auch unter Psychotherapeuten.

Nur mit einzelnen Kollegen war ein fachlicher Austausch zu meiner Arbeit möglich. Die große Mehrheit dieser Kollegen lobte meine Beobachtungen und Schlussfolgerungen, die ich zog. Einige wenige teilten mir ihre eigenen Erfahrungen und Ansichten aus der Arbeit mit transsexuellen Patienten mit, die von meinen abwichen. Und genau darum sollte es gehen. Verschiedene Sichtweisen zu einem Thema zu bündeln und durch die Argumentationen des Gegenübers ggf. eine Erweiterung seiner eigenen Sicht auf die Dinge zu erfahren, anstatt sich kontroversen Meinungen von vornherein zu verschließen. Ganz im Sinne von Hegel, nach welchem eine These und eine Antithese zu einer Synthese führen. Manchmal scheint es so, als sei uns eine gesunde Diskussionskultur abhandengekommen. Ein Begriff, der einen sachlichen Diskurs zum Thema

Transsexualität fast unmöglich macht, ist der Begriff *transphob*. Andersdenkenden eine pathologische Angst als Motiv für ihre Sichtweise zu unterstellen, obwohl sie eventuell rationale Gründe vortragen könnten, warum sie die Dinge anders sehen, gleicht einer Diskreditierung. So wie ich sie erfahren habe. Diese besorgniserregende Dynamik hat mich dazu inspiriert dieses Buch zu schreiben.

Als Johanna träumte beschreibt die Geschichte *eines* transsexuellen jungen Menschen, weshalb sie nicht für alle Transsexuellen als repräsentativ zu sehen ist. Aber sie beschreibt die psychologische Innenansicht eines Betroffenen, wie ich sie vielfach aus der Perspektive als Kinder- und Jugendlichenpsychotherapeut beobachten und über viele Jahre hinweg begleiten konnte. Die Begegnungen mit transsexuellen Jugendlichen in meiner Praxis erfahre ich oft als bereichernd. Sowohl aus fachlicher als auch aus menschlicher Sicht. Es sind in der Regel intelligente, kreative und fantasiereiche junge Menschen, mit denen sich psychotherapeutisch gut arbeiten lässt. Es sind in sozialer und emotionaler Hinsicht aber auch zumeist bedürftige Menschen, die nicht selten eine lange Geschichte von Vernachlässigung, Missbrauch oder Ausgrenzung mit in die Therapie bringen.

Dieses Buch soll Betroffene, Kollegen und Interessierte dazu anregen, aus einem anderen Verständnis heraus über Transsexualität nachzudenken. Wichtig ist zu betonen, dass ich mich in diesem Buch auf eine spezifische Form der Transsexualität beziehen möchte; die juvenile Transsexualität, die sich, wie der Name bereits verrät, auf Heranwachsende bezieht. Das Buch soll verdeutlichen, dass Transsexualität ein Lösungsversuch für innerpsychische Konflikte darstellen kann. Transsexualität kann auf negativen Beziehungserfahrungen basieren, die mit einer chronischen emotionalen Vernachlässigung oder einer offenkundigen Ablehnung durch Mitmenschen verbunden sind. In diesem Zusammenhang soll gezeigt werden, dass Transsexualität nicht zwangsweise den Grund für eine soziale Ausgrenzung darstellt, sondern auch als Reaktion auf eine unzureichende soziale Integrität verstanden werden kann. Selbstwertstörungen können den Wunsch heranwachsen lassen, nicht mehr die (selbst-) abgelehnte Person sein zu müssen. Und die arrivierte Transgenderbewegung öffnet diese Tür. In diesem Kontext, so soll verdeutlicht werden, kann Transsexualität eine übergeordnete Funktion in einem Lebensabschnitt junger Heranwachsender haben; quasi als überlebenswichtige transitorische Phase. Diese ist mitunter durch eine extreme Fokussierung auf die Autonomie gekennzeichnet, indem ausschließlich *Ich* definiere wer und was ich bin. Die Autonomiefixierung zieht nach sich, dass (sowohl seitens der Gesellschaft, als auch seitens der Transsexuellen selbst) eine Abgrenzung zu Nicht-Transsexuellen stets überbetont wird (>Du bist ganz anders als die anderen< bzw.

>Ich bin ganz anders als die anderen<). Solch eine Abgrenzung bringt mit sich, dass man nicht mehr im Kontakt zu seinen Mitmenschen steht. Die Verwendung selbst bestimmter Pronomen, wie >they/them< (zu deutsch: sie/ihnen) kann als eine von vielen Formen einer solchen Abgrenzung verstanden werden. In dem Buch *Kulturkaleidoskop* meines Freundes Gunnar Riemer, bezeichne ich in einem meiner Beiträge (auch wenn in einem anderen Kontext), Sprache als eine gesellschaftliche Konvention. Eine nicht-binäre Person, welche als Einzelperson im englischen Plural angesprochen werden möchte, unterstreicht ihre Abgrenzung von der Gesellschaft von sich aus, indem sie erwartet, dass die gängige sprachliche Konvention für sie aufgehoben wird, da sie selbst eine Spezifik für sich beansprucht.

In dem vorliegenden Buch sollen verschiedene Themen, die Transsexuelle in der Auseinandersetzung mit sich selbst und ihrer Umwelt betreffen, in einer fiktiven Geschichte behandelt werden. Zum besseren Verständnis dieses psychologischen Romans, habe ich diesem Buch ein Glossar beigefügt, in welchem dem Leser fachspezifische und jugendtypische Begriffe erläutert werden. Außerdem wird dargelegt, auf welche namenhaften Personen bestimmte psychologische Erkenntnisse zurückzuführen sind, auf die ich mich in dem Buch beziehe. Damit möchte ich sicherstellen, dass das geistige Eigentum anderer bewahrt wird.

Damit dieses Buch unterhaltsam zu lesen ist, ist es

in Teilen zugespitzt geschrieben, an mancher Stelle provokant formuliert und in psychologischer Hinsicht vereinfacht dargestellt; so viel sei den Kritikern vorweggenommen. Denn trotz meiner offenen Wertschätzung gegenüber Transpersonen muss ich auch wegen dieses Buches mit Kritik rechnen; vor allem mit unsachlicher und emotional aufgeladener.

In meinem damaligen Artikel sprach ich mich dafür aus, dass transsexuelle Menschen Unterstützung bekommen sollten, und ich spreche mich hier noch einmal dafür aus. Und ich spreche mich dafür aus, dass diese Unterstützung insbesondere beinhalten sollte, dass man den vielen jungen Betroffenen zuhört und ihnen einen Rahmen bietet um zu erkunden, was sie tatsächlich bewegt. Für solch einen Rahmen ist die Psychotherapie bestens geeignet. Nicht etwa um Transsexualität als Pathologie zu heilen. Sondern um mit Betroffenen gemeinsam die psychologischen Wirkmechanismen hinter ihrer Transidentität zu verstehen und ihnen somit den Weg für eine aufgeklärte Entscheidung über eine medikamentöse oder operative Behandlung zu ebnen. Nahezu alle meiner transsexuellen Patienten entschieden sich nach Abschluss eines solchen psychotherapeutischen Prozesses für keine solcher Maßnahmen und >versöhnten sich< mit ihrem biologischen Geschlecht. Der Grund dafür war in aller Regel, dass sie ihr Identitätskonzept transsexuell zu sein, für sich infragestellten. Die Wenigen, für die dieses Identitätskonzept weiterhin Bestand hatte, entschieden sich dann mit meiner Unterstützung für eine medikamentöse und im weiteren Verlauf auch für eine geschlechtsangleichende Maßnahme. Das betraf in den vergangenen zehn Jahren zwei meiner Patienten.

Dr. phil. Petjo Bangeow   *Cottbus, 06.10.2024*

KAPITEL 1

Die frühe Enttäuschung

>>Es ist nicht die Enttäuschung selbst, die uns trifft,
sondern unser Umgang mit ihr.<< **- Viktor E. Frankl**

D as Ticken der Wanduhr machte ihn wahnsinnig. Und dazu diese furchtbare Musik aus dem Radio. Eigentlich mochte er Musik, aber nicht diese. Nicht hier. Nicht unter den ganzen Kindern, die in diesem Wartezimmer ihre Bazillen herumschleuderten. Nicht unter den alten Leuten, die wegen ihrer ständigen Wehwehchen die Wartezeiten unnötig verlängerten. Er war frustriert. Das spürte er deutlich. Er war immer frustriert, wenn er hier sein musste. Wenn die Welt etwas gerechter wäre, müsste er nicht hier sein. Toleranz ist es, was er brauchte. Das ist das was alle Leute brauchten, die so waren wie er. Er musste hier sein. Das war der einzige Weg irgendwann einmal endlich *er* sein zu können. Doch Dr. Tylor würde ihn wieder vertrösten, wieder an der langen Leine halten.

Jedes Mal, wenn er bei ihr war, fühlte er sich von ihr belächelt. So wie von fast allen Leuten. In seiner kleinen Heimatstadt Naperville nahe dem Chicagoer Großstadt Jungle war nicht viel Offenheit für Transpersonen zu erwarten. Nur seine Community und vielleicht noch einige wenige tolerante Leute da draußen, zeigten ein offenes Weltbild, in dem auch Platz für ihn war. Und der Rest? Der Rest würde früher oder später auch zu der Einsicht kommen, dass Transsexualität normal war. Und dass die Welt eben nicht nur aus männlich oder weiblich bestand. Er spürte wie seine Hitzewallungen einsetzten. Wie sein Herz vor Hass in seiner Brust wütete. Und wie sein Puls in seiner Halsschlagader um sich schlug. Er fragte sich, ob es gut wäre voller Wut in das Wartezimmer zu Dr. Tylor zu gehen. Vielleicht würde ihn seine Wut, in die er sich soeben gedanklich hineinmanövrierte, kämpferischer machen. Denn das war das, worin er sich seit Jahren befand. Ein Kampf gegen die Intoleranz und zugleich gegen sich selbst. Und er war fest entschlossen ihn zugewinnen.

Die Tür zum Sprechzimmer öffnete sich. Eine Mutter kam mit ihrem blassen Jungen heraus. Der Junge sah aus als würde er keinen einzigen Tropfen Blut mehr in seinen Adern tragen. Seine dicken Augenringe verhießen, dass er keine angenehmen Tage hinter sich und vermutlich auch nicht vor sich hatte. Hoffentlich desinfizierte Dr. Tylor auch ordentlich, bei all diesen Bazillen. Er hatte keine Lust sich hier etwas einzufangen und dann womöglich noch ernsthaft krank zu werden.

>>Johanna Westers, bitte!<<

>>Jonathan! Ich heiße Jonathan Westers, Dr. Tylor!<<

>>Fangen wir nicht gleich im Wartebereich damit an. Komm einfach herein, bitte!<< Dr. Tylor winkte ihn durch die offene Tür hinein und rollte entnervt mit ihren Augen. Sie sprach ihn seit eh und je mit dem falschen Namen und Pronomen an. Genauso wie seine Mutter und einige Lehrer. Ganz zu schweigen von einigen Spinnern in der Schule. Er wusste, dass Dr. Tylor ihn demonstrativ mit Johanna ansprach. Sie nahm ihn mit seiner Transidentität nicht ernst. Umso schlimmer, dass er auf sie angewiesen war.

Als er das Sprechzimmer betrat roch es nach Desinfektionsmittel. Das hatte er gehofft. Somit konnte er sein eigenes, ohne welches er nie eine Arztpraxis betrat, in seinem Rucksack lassen.

>>Was führt dich zu mir?<<, fragte Dr. Tylor mit einem vorahnenden Ton.

>>Meine Pubertät schreitet voran. Sie wissen was das für mich bedeutet. Ich fühle wie meine Brüste immer weiterwachsen und ich weiß nicht mehr wie eng ich meinen Binder noch anlegen soll, um sie mir abzuschnüren. Meine Stimme ist nun schon sehr weiblich. Finden sie nicht auch? Ich klinge nicht mehr wie ein Kind, die alle die gleiche piepsige Stimme haben. Ich werde immer mehr zu einer biologischen Frau. Sie wissen, dass das nicht der richtige Körper für mich ist. Also bitte helfen Sie mir endlich!<< Seine Stimme klang fordernd und verzweifelt zugleich.

Dr. Tylor seufzte. Da saß sie nun vor ihm. Wie immer in ihrer typischen Haltung. Die Ellenbogen auf dem Schreibtisch aufgestützt und ihren Kopf auf ihren Händen abgelegt. Ihre langen dunklen Locken verdeckten ihre Wangen, sodass sie ihn wie ein Ninja durch einen Sichtschlitz prüfend ansah. Ihre Augen verrieten ein Lächeln hinter ihren Händen. Er spürte wie seine Hitzewallungen einsetzten. Er fühlte sich wieder belächelt. Wie sie es immer tat, bevor sie ihn mit einem Trostpreis nach Hause schickte. Die Gummibärentüte konnte sie sich aber diesmal sparen. Er ist gekommen, um zu kriegen was ihm zustand.

>>Und was möchtest du konkret von mir?<<

>>Das wissen Sie doch! Jedes Mal, wenn ich hier bin, sprechen wir über die gleichen Dinge. Ich brauche etwas, das meine Verweiblichung aufhält.<<

>>Du kennst meine Haltung. Pubertätsblocker sollten mit Bedacht verordnet werden. Und ich habe einfach meine Zweifel, ob es in deinem Fall der richtige Weg ist. Zumindest derzeit noch.<< Ihr Ton klang beschwichtigend. Nicht etwa wie jemand, der ihm gegenüber böse eingestellt war. Doch der Versuch immer wieder zu beschwichtigen war nur ein Teil ihres Spiels. Ein Spiel, in welchem es ihr erlaubt war ihre Machtposition auszukosten und sich über Minderheiten hinwegzusetzen. Jonathan hatte es fast täglich mit solchen Menschen zu tun. Menschen, die meinten besser über ihn Bescheid zu wissen, obwohl sie von der Sache nicht den Hauch einer Ahnung hatten.

>>Mal abgesehen davon, dass du recht hast, was deine Verweiblichung angeht, habe ich die Befürchtung, dass du dich da in den vergangenen Monaten mental in etwas verrannt hast, in dem du festzustecken scheinst.<<

Nun seufzte Jonathan. >>Kommen Sie mir bitte nicht wieder mit diesem Zeug. Ich bin mental völlig gesund. Trans zu sein ist keine Krankheit.<<

>>Alles was ich möchte ist mich an einige Standards zu halten. Hast du dir denn über meine letzte Empfehlung Gedanken gemacht?<<

>>Was soll ich bei einem Therapeuten? Er wird mich auch nicht ernstnehmen, da doch anscheinend alle voreingenommen bei Leuten wie mir sind.<<

>>Du meinst so voreingenommen, wie du es gerade einem Therapeuten gegenüber bist, den du noch nicht einmal kennengelernt hast?<<

Er fühlte sich ertappt. Deshalb raste er in den Angriffsmodus. >>Das Einzige was ich zurzeit brauche, sind einfach nur Pubertätsblocker. Was ist daran so schwer zu verstehen!?<< Seine erhobene Stimme ließ Dr. Tylor in ihren Sessel zurückfallen, von wo aus sie ihn resigniert anschaute.

Er war reflektiert genug um zu verstehen, dass das nicht der richtige Ton war, um einen Wunsch durchzusetzen. >>Verzeihen Sie, Dr. Tylor. Es ist nur so, dass ich immer mehr in Verzweiflung gerate. Ich weiß, dass es für jemanden wie Sie schwer vorstellbar ist, wie man sich in einem falschen Körper fühlt. Aber glauben Sie mir bitte, wenn ich Ihnen sage, dass ich nicht aus langer Weile hergekommen bin. Es ist mir ein ernstes Anliegen!<<

>>Das habe ich schon verstanden, Johanna. Ich bin mir nur unsicher, ob ich dir nicht vielleicht eine andere Hilfe eröffnen kann, ohne dass es gleich Medikamente sein müssen.<<

>>Vielleicht können Sie damit anfangen mich endlich mit Jonathan anzusprechen.<<

Dr. Tylor seufzte in ihrer typischen Art. >>Du suchst mich nun seit einigen Monaten mit der gleichen Bitte auf.<<

>>Seit bald einem halben Jahr, um genau zu sein. Und das auch nur, weil mich keine andere Arztpraxis in Naperville als Neupatienten akzeptiert.<<

>>Und ich habe dein Anliegen verstanden. Ich verstehe auch deine Not. Nur habe ich den Eindruck, dass du mit der Entscheidung für eine Hormontherapie zum gegenwärtigen Zeitpunkt noch warten solltest. Das ist eine Entscheidung, die man nicht so einfach treffen sollte.<<

>>Sie sagen selbst, dass Sie einen Eindruck haben. Das ist nichts Konkretes. Wenn Sie mir einen konkreten Einwand nennen würden, könnte ich Ihre Haltung vielleicht besser verstehen. Aber das können Sie nicht. Das konnten Sie bisher in keinem unserer Gespräche.<<

>>Aus medizinischer Sicht gelten Pubertätsblocker zwar als weitestgehend unbedenklich, aber sie sind längst nicht mehr unumstritten. Es gibt einige Länder in Europa, die davon abgekommen sind diese

Medikamente ohne weiteres zu verordnen. Ich möchte nur gerne, dass du deinen Entschluss ordentlich durchdenkst. Das ist alles, was ich mir für dich wünsche. Besonders, weil du in vier Jahren volljährig wirst und dich einer Mastektomie unterziehen möchtest. Ich bin keine Psychologin, weshalb ich dich einfach gerne für eine Weile einem sehr kompetenten Fachmann vorstellen wollen würde. Ich bin der Meinung, dass er dich in dieser Entscheidungsfindung unterstützen sollte.<<

So eine Art Gespräch hatte Jonathan erwartet. Anstatt Akzeptanz und Unterstützung, würde sie einfach die >Psycho-Karte< spielen. Doch Jonathan war gerissener als sie. Vermutlich würde es schneller gehen, wenn er sich auf dieses Spiel für eine Weile einließe. Er dachte darüber nach ein oder zwei Mal zu diesem Therapeuten zu gehen, um sie zufriedenzustellen. Dann hätte er seinen Teil erfüllt.

>>Vielleicht können wir uns auf einen Kompromiss einigen. Ich gehe zu diesem Therapeuten und Sie verschreiben mir bis dahin einen Blocker, mit dem Sie sich wohlfühlen.<<

>>Ich bin es gewohnt die Entscheidungen als Ärztin zu treffen und daran würde ich mich gerne weiterhin halten, wenn es dir nichts ausmacht. Wir sind hier nicht auf dem Wochenmarkt, um zu verhandeln.<< Ihr Ton klang streng. >>Wenn der Therapeut grünes Licht gibt, bin ich bereit dir ein GnRH-Analogon zu verschreiben. Deren Effekte sind für mich vertretbar.<<

Jonathan spürte, wie er diesem Transfeind unter dem langen Arztkittel am liebsten an die Gurgel gehen wollte. Menschen wie sie waren genau sein Problem. Aber er würde diesen Kampf gewinnen. Auch, wenn es dafür Opfer geben musste. Ein Opfer war offenbar darin zu sehen, sich mit diesem Psycho-Arzt hinzusetzen und hirnrissige Gespräche über seine Kindheit zu führen. Das war es doch, was alle Therapeuten taten. Sie reichte ihm eine Visitenkarte. Jonathan zögerte einen Moment, aber nahm sie dann an.

Peter Daniels, PhD
Psychotherapist
219 North Ave
Naperville, IL 60540
630-456-7890 Phone
630-456-7885 Fax

>>Er ist wirklich gut. Vertraue mir! Er war einige Zeit krank und hat nach der Pause jetzt seine Praxis wiedereröffnet. Aktuell stehen die Chancen also recht gut zeitnah einen Termin zu bekommen.<<
>>Ich mache das nur, damit Sie endlich Ruhe geben. Wenn dieser Typ wirklich nicht voreingenommen ist, wird er grünes Licht geben. Ich hoffe Sie halten dann auch Ihr Versprechen.<<
>>Selbstverständlich werde ich das.<<
Jonathan hätte ihr ihr zufriedenes Grinsen am liebsten aus dem Gesicht gewischt. Erstrecht, als Sie ihren

Trostpreis aus der Schublade holte. Er fühlte sich immer wie ein kleines Kind, wenn sie das tat. Dagegen spürte er einen enormen Widerstand. Trotzdem nahm er die Gummibärentüte wieder an. Irgendetwas in ihm sehnte sich nach solchen Aufmerksamkeiten. Das lag nicht nur daran, dass er schon als Kind Gummibären liebte. Kind zu sein hatte auch etwas Mystisches für ihn. Wahrscheinlich, weil seine Kindheit für ihn schlecht greifbar erschien. Er hatte wenig Erinnerungen an seine Kindheit, was vielleicht auch besser so war. Nicht nur, dass sein Vater ihn und seine Mutter einfach sitzenließ. Seine Mutter war danach auch kaum mehr wiederzuerkennen. Sie schien nicht mehr für ihn zugänglich. Sie wirkte völlig mit sich beschäftigt und fand dennoch keinen Weg aus ihrem Trennungsschmerz. Genauso wie er selbst. Doch um ihn ging es in der Familie ohnehin schon lange nicht mehr.

***

Am Montagmorgen durchlief Dr. Daniels seine typische Routine in der Praxis. In der Zeit, in der er wegen Krankheit nicht praktizierte, fehlte ihm die Arbeit mit seinen Patienten. Er war aus Leidenschaft Psychotherapeut. Selbst krank zu sein, passte so gar nicht in das Selbstkonzept des knapp vierzigjährigen sportlichen Mannes, der sich gerne sportlich-elegant kleidete. Er erschien äußerlich etwas eitel mit seinem akkuraten Seitenscheitel und seiner Herrenweste. Sein Jaguar mit V8 Motor auf dem Parkplatz direkt vor dem Praxiseingang ließ ihn nicht weniger extravagant erscheinen. Doch im Grunde war er ein Liebhaber des guten Stils. Seine Patienten waren stets von seiner zugänglichen, humorvollen und empathischen Art als Therapeut überrascht, was sich zunächst schwer mit seinem äußeren Erscheinungsbild vereinbaren ließ. Vor etwas mehr als einem Jahr stellte sein Hausarzt den Verdacht eines Bauchspeicheldrüsenkarzinoms, der sich zu seiner großen Erleichterung nicht bewahrheitete. Das war eine sehr bewegende Zeit, die er intensiv mit seiner Frau und seiner kleinen Tochter verbrachte. Heute war seine vierte Arbeitswoche nach der langen Pause. Die meisten Patienten, die in seinem Terminkalender standen, waren Neuanmeldungen, die nun auf einen Therapieplatz bei ihm hofften.

Jonathan Westers stand als erster auf dem heutigen Plan. Dr. Daniels wusste durch das kurze Telefonat, dass er sich wegen seiner Transidentität vorstellen würde. Als er die Tür zu seinem Wartezimmer öffnete, sah er ein junges Mädchen, das offensichtlich verzweifelt versuchte wie ein Junge auszusehen. Sie trug ihr kurzes Haar nach hinten gegelt. Ihr Kleidungsstil war jugendtypisch, aber irgendwie unstimmig. Es wirkte fast so, als hatte sie ihre Kleidung allein nach einem knabenhaften Look zusammengestellt, unabhängig davon, ob die Kleidungsstücke zusammenpassten. Eine dunkle Herren Cargo Shorts mit schwarzen Lederboots. Ein Nirvana Shirt, über das sie eine helle Jeansjacke trug. Dr. Daniels pflegte transsexuelle Patienten mit ihrem gewünschten Pronomen anzusprechen, da es zum einen ein Zeichen seiner Akzeptanz war und da ohne dem eine tragbare therapeutische Beziehung ohnehin kaum vorstellbar war. Die therapeutische Beziehung zwischen dem Patienten und dem Therapeuten spielte für ihn eine Schlüsselrolle in der Behandlung. Nicht nur, dass Vertrauen und Sympathie wichtig waren, um sich emotional aufeinander einlassen zu können. Noch vielmehr diente die Beziehung diagnostischen und therapeutischen Zwecken. Er verstand es aus dem Verhalten seiner Patienten, welches sie ihm gegenüber an den Tag legten, Schlussfolgerungen für deren Alltagsbeziehungen abzuleiten. Er beobachtete, wie seine Patienten mit ihm in Kontakt traten, wie sie auf seine Fragen und Antworten reagierten, ob sie Gefühle offen ansprachen oder dazu tendierten sie non-verbal zu kommunizieren. Somit bot allein die Interaktion zwischen ihm und seinen Patienten bereits unheimlich viel therapeutisches Material, welches er für die gemeinsame Arbeit nutzen konnte.

>>Jonathan Westers?<<

>>Ja, genau. Ich habe einen Termin um 8 Uhr.<<

>>Richtig. Bitte, komm doch herein.<< Dr. Daniels machte eine einladende Geste mit seiner Hand, während er Jonathan die Tür aufhielt.

Das Behandlungszimmer war im britischen Stil eingerichtet. An den Wänden hingen große Gemälde mit Sigmund Freud und Jean-Martin Charcot. Jonathan setzte sich auf eine lange Chesterfield Couch, zu welcher noch eine kürzere im Neunziggradwinkel stand. Ein quadratischer Beistelltisch aus dunklem Holz füllte den leeren Raum zwischen den beiden Sofas und der Ecke des Zimmers. Jonathan fiel eine hölzerne Taschentücherbox auf. Ansonsten wurde der Tisch von einer riesigen orientalischen Tischlampe eingenommen. Rechts daneben eine Plastik aus Ton eines nackten Frauenkörpers. Der Körper hatte ausladende Hüften, erschien insgesamt aber etwas zu lang gezogen. Links von der Lampe stand eine Urkunde in einem edlen Holzrahmen. Dr. Daniels nahm in einem Ohrensessel Platz, der mit den beiden Sofas eine dreieckige Sitzanordnung bildete. Hinter Dr. Daniels Sessel, quasi gegenüber von Jonathan, nahm eine riesige Bücherwand die gesamte Länge des Raumes ein. Psychologische und medizinische Fachbücher sowie Therapiemanuale in Hülle und Fülle. Jonathan fragte sich beim Anblick der vielen Bücher, ob Dr. Daniels tatsächlich all diese Bücher gelesen hatte oder, ob sie vielmehr einen dekorativen Zweck erfüllten. Er konnte sich schwer vorstellen, dass jemand so viel Zeit seines Lebens mit dem Lesen verbrachte.

>>Was kann ich für dich tun, Jonathan?<<

>>Ich bin trans!<< Jonathan schien ihn zunächst mit der Aussage prüfen zu wollen, indem er dem nichts hinzufügte. Stattdessen sah er Dr. Daniels prüfend an. Dieser ließ keine Regung blicken.

>>Möchtest du mir etwas mehr darüber erzählen?<<

>>Dr. Tylor, meine Ärztin, weigert sich mir

Pubertätsblocker zu verschreiben, bevor ich nicht von einem Therapeuten begutachtet wurde.<<

>>Ich verstehe. Und möchtest du denn begutachtet werden?<<

>>Es ist nicht so, als hätte ich eine Wahl.<<

>>Das sehe ich anders. Du kannst dich dagegen entscheiden und dafür in Kauf nehmen, keine Pubertätsblocker von deiner Ärztin zu erhalten. Aber da du hier bist, scheint es dir sehr wichtig zu sein. Also hast du dich entschieden hierherzukommen.<<

>>Wenn Sie es so sehen möchten, meinetwegen.<<

>>Wann hast du bemerkt, dass du trans bist?<<

>>Das ging vor etwa einem Jahr los. Und seit einem halben Jahr bitte ich Dr. Tylor um Pubertätsblocker. Also könnten Sie die Begutachtung nun durchführen, damit ich sie endlich bekomme?<<

>>Ich befürchte, dass ist nicht mit einer Sitzung getan, Jonathan. Eine Begutachtung ist recht komplex und wird einige Zeit beanspruchen. Allerdings bin ich mir unsicher, ob ich der Richtige für dich bin. Denn ich schreibe schon eine lange Zeit keine Gutachten mehr. Sie beanspruchen einfach viel Zeit, die mir dann für meine psychotherapeutische Arbeit fehlt. Wenn du möchtest kann ich dir vielleicht eine Kollegin empfehlen, von der ich weiß, dass sie begutachtet.<<

>>Ich wurde aber hierhergeschickt, damit Sie diese Begutachtung durchführen. Also sagen Sie mir jetzt nicht, dass Sie keine Zeit dafür haben.<< Jonathans Ton wurde rau und seine Hitzewallungen setzten ein.

Wenn er aus seiner Impulsivität heraus jemanden gegenüber laut wurde, war es ihm oft selbst etwas unangenehm. Dr. Daniels lehnte sich in seinen Sessel zurück und schaute ihn prüfend an. Er nahm solch ein Verhalten seiner Patienten nie persönlich, denn es bot vielmehr das nötige therapeutische Material. Jonathan reagierte ganz offensichtlich aus einem aggressiven Bewältigungsmodus heraus. Er stand unter unheimlichen Druck, den er soeben an Dr. Daniels weiterzugeben schien. Psychotherapeuten, die mit sich im reinen waren, wie Dr. Daniels, würden nicht gekränkt oder selbstverteidigend auf solch ein Verhalten reagieren.

>>Jonathan, du klingst sehr fordernd. Dadurch kommt ein unheimlicher Druck bei mir an. Ich kann mir vorstellen, dass das womöglich auch deinen eigenen Zustand gut beschreibt. Nicht nur, dass du wegen deiner fortschreitenden Pubertät unter einem zeitlichen Druck stehst; du stehst vermutlich auch emotional unter Druck. Jetzt, wo du mir dein Anliegen lautstark vorgetragen hast, frage ich mich, ob du oft das Gefühl hast mit deinem Problem nicht Gehör zu finden.<<

>>Genau das ist das Problem, Doc. Weder meine Mutter, noch meine Ärztin oder sonst wer nimmt mich ernst. Als ob ich gegen Wände reden würde. Niemand hört mir wirklich zu, sondern schickt mich gleich wieder weg.<<

>>Dadurch hast du vermutlich die Tendenz zum Schreien entwickelt.<<

Jonathan ließ das Gesagte einen Moment auf sich wirken. Irgendwie fühlte er sich durch Dr. Daniels Aussage kritisiert, obwohl er insgeheim verstand, dass es der Wahrheit entsprach. Vielleicht waren diese Rückmeldungen durch Dr. Daniels auch irgendwie hilfreich. Aber er war nicht gekommen, um sich therapieren zu lassen, sondern um die psychologische Bestätigung zu erhalten, dass er trans war. Dr. Daniels war in dieser Hinsicht aber keine besondere Hilfe. Das war bereits gesagt.

>>Wahrscheinlich haben Sie Recht, mit dem was Sie sagen. Aber es hilft mir nicht mit meinem Problem weiter. Also reden wir nicht um den heißen Brei herum, Doc. Sie werden mir kein Gutachten erstellen?<<

>>Jonathan, es ist mir wichtig, dich von vornherein in Klarheit zu lassen. Es bringt uns beide nicht weiter, wenn ich dir etwas vormache, ohne dass ich es einhalten werde. Ginge es um ein therapeutisches Anliegen, wäre ich dir gerne behilflich. Begutachtungen hingegen führe ich nicht mehr durch. Das hat nichts mit deinem speziellen Fall zu tun. Das gilt auch für Begutachtungen, die das Gericht von mir wünscht. Zum Beispiel, wenn es um Schuldfähigkeitsfragen von Angeklagten geht. Ich kann dir also dahingehend leider nicht weiterhelfen.<<

Jonathan erhob sich und sah sichtlich enttäuscht aus. Dr. Daniels spürte die Not dieses jungen Menschen, der endlich im Einklang mit seiner Geschlechtsidentität leben wollte. Aber er musste einsehen, dass er, wie bei manch anderen Patienten auch, in diesem Fall nichts für ihn tun konnte.

>>Dann werde ich nicht weiter unsere Zeit verschwenden, Doc. Wir können es kurz machen und das Gespräch an dieser Stelle beenden.<<

>>Das verstehe ich. Ich wünsche dir viel Erfolg auf deinem Weg, Jonathan. Doch bevor du gehst, hier ...<< Dr. Daniels reichte ihm zwei Visitenkarten. >>Das sind zwei Kollegen, die sich intensiv mit Begutachtungen beschäftigen. Ich bin sicher, einer von ihnen kann dir weiterhelfen.<<

Das >Danke< musste sich Jonathan förmlich erzwingen, denn er hatte nicht das Gefühl, dass Dr. Daniels irgendeinen Dank verdient hatte. Er war einer wie alle anderen, die sich nicht solidarisch zu ihm verhielten. Das hatte Jonathan bei Dr. Tylor schon vorhergesagt. Doch er würde diese Gutachter anrufen. Welche Wahl hatte er schon?

KAPITEL 2

Eine Erschütterung

>>Erschütterungen zeigen uns oft, wie flexibel wir sein können, auch wenn wir uns brüchig fühlen.<< – **Margaret Atwood**

Die Sonne weckte ihn durch den dünnen Spalt zwischen den beiden zugehangenen Gardinen. Was nutzten Gardinen, wenn die Sonne sich an einem Samstagmorgen ihren Weg viel zu früh durch sie hindurch bahnte und einen mitten ins Gesicht brannte. Seine Mutter schien schon auf zu sein. Er konnte das alte Radio aus der Küche hören. Er hätte gerne mit ihr gemeinsam gefrühstückt. So wie früher, als sie ihm seine Marmeladenbrote schmierte, während er am Tisch saß und sie mit kindlich-neugierigen Fragen löcherte. Geduldig ist sie auf all seine Fragen eingegangen. Damals hatte sie sich noch Zeit für ihn genommen. Mittlerweile war er sich unsicher, ob er ihr überhaupt noch begegnen wollte. Seitdem sein Vater sie verlassen hatte, hatte sich ihre Beziehung drastisch verändert.

Und seit seiner Pubertät war es wie bei einer Ehe, in der sich über die Jahre der Wurm eingeschlichen hatte, ohne zu merken, dass es bereits zu spät geworden war, um die Beziehung zu retten. Mit seiner Mutter war es immer so eine Sache. Mit Sicherheit liebte er sie. Sie war lange Zeit das Einzige, was er hatte. Andererseits reichte auch nur ein falsches Wort und sie wurde ausfällig. Somit wollte er ihr gerne nahestehen und sie zugleich auf sichere Distanz halten. Er hatte Angst, sie zu lieben, da er jedes Mal daran zerbrach, wenn sie Streit hatten. Als Kind hatten solche Streitigkeiten für ihn Schuld und Selbstzweifel zur Folge, die in einem Anfall von Selbsthass mündeten. Seine Mutter war eine typisch amerikanische Kleinstadt-Mom. Etwas rau, aber durchaus aufopferungsvoll für ihr Kind. Zumindest, wenn es darum ging, durch einen schlecht bezahlten Job in einem Restaurant für einen vollen Kühlschrank und eine beheizte Wohnung zu sorgen. Mit Männern war sie durch, seitdem sein Vater sie sitzen ließ. Sie hatte gelernt, die Dinge selbst in die Hand zu nehmen und als alleinerziehende Mutter zu funktionieren. Sie war vor allem gewissenhaft, wenn es um ihren Job und die Haushaltsplanung ging. Eine selbstorganisierende, unabhängige Frau. Manchmal fragte er sich, ob sie noch Bedürfnisse hatte. Ob sie noch irgendetwas von ihrem Leben erwarten würde. Ob sie insgeheim doch Sehnsüchte nach einem starken Mann an ihrer Seite hatte. Ob sie vom Reisen träumte. Ob sie unerfüllten Kindheitsträumen nachtrauerte. Oder, ob sie sich damit abgefunden hatte, dass ihr Leben aus ihrem Job und ihrem Haushalt bestand, während das große Highlight ein Cafébesuch mit ihrer besten Freundin Susann war, die mit ihrem Leben nicht zurechtkam. Jonathan bemerkte in solchen Momenten, dass er fast nichts über seine Mutter wusste. Und das, obwohl er sein ganzes Leben mit ihr verbrachte. Das war nur möglich, wenn man gelernt hatte, nebeneinanderher zu leben.

An diesem Samstagmorgen entschied er sich dafür mit seiner Mutter auf Distanz zu bleiben. Das war immer die sichere Variante. Denn er wollte sich diesen Samstag nicht durch einen dieser morgendlichen Konflikte mit ihr verderben. Er setzte sich an seinen Laptop, nahm die dicken Kopfhörer und drehte die Musik auf, um das Radio aus der Küche zu übertönen. Mal schauen, was im Forum schon los war. Heute Abend stand eine Party an. Seine Mutter hatte ihm verboten, hinzugehen. Abgesehen davon, dass sie ihn immer noch mit Johanna ansprach, schien es ihr relativ egal zu sein, dass er trans war. Zumindest sprachen sie kaum darüber. Prinzipiell schien ihr vieles, was ihn betraf, egal zu sein. Denn sie sprachen auch sonst wenig miteinander.

In ihren Augen war er zu jung, um auf eine dieser Transpartys ins *Bunny Hanas* zu gehen. Der Club war bekannt für seine LGBTQ-Partys. Dafür wurde er auch regelmäßig von der örtlichen Jugend überfallen oder Leute beim Verlassen des Clubs verprügelt. Seine Mutter machte sich Sorgen, dafür hatte er Verständnis. Obendrein war diese Transidentität für sie ohnehin nur eine Phase, die wieder vorbeigehen würde. Und sich dafür verprügeln zu lassen, war es ihrer Meinung nach die Sache nicht wert. Denn sobald er zur Vernunft kommen würde, wird er sich eines Tages nicht mehr als Teil dieser Community sehen. Jonathan hasste es, wenn sie so ahnungslos daher sprach. Doch er würde heute auf dieser Party sein. Das stand außer Frage. Das war eine der wenigen Gelegenheiten, um Zeit mit seiner >Familie< zu verbringen. Jonathan war in einem Alter, in dem die Peer-Gruppe die Familie ablöste. Das hatte nichts mit trans zu tun. In der Pubertät lösten sich Jugendliche, wie er einer war, von ihren Eltern nun einmal ab. Damit ging einher, dass sie eigene Wertvorstellungen, Menschenbilder und Weltanschauungen entwickelten. Das war als ein ernstzunehmendes Zeichen von Autonomie zu verstehen. Dafür brauchte es aber neue Identifikationsfiguren jenseits der Eltern, um heranreifende Werte und Identitätsfragen mit der Welt anderer Jugendlicher abgleichen und modifizieren zu können. So formte sich Identität. Eine Form des Selbst, welches sich im Klaren darüber war, wie es sich wahrnahm, wie es von anderen wahrgenommen würde und wie es von anderen wahrgenommen werden wollte. Pubertär zu sein hieß also nicht nur körperlich zu reifen, sondern auch die Welt der Eltern zu hinterfragen, ja gar zu kritisieren, um sich eine eigene autonome Welt schaffen zu können. Doch wie sollte man sich von jemanden ablösen, dem man ohnehin nicht nahestand? Und wohin wollte man sich orientieren, wenn man viel zu lange niemanden hatte? Die Community war die erste Konstante in Jonathans Leben. Hier konnte er sein, wie er war. Er musste sich nicht positionieren, ob er weiblich, männlich, nicht-binär, homo, hetero, bi, pan oder sonst etwas war. Er war für alle einfach nur Jonathan. Früher wurde er immer nur auf sein Anderssein reduziert. Das ging in seiner Erinnerung schon in der Grundschule los. Es ging nie um ihn als Person, sondern immer nur um belanglose Merkmale. Zu pummelig, zu klein, zu langsam, zu weinerlich ... Diese Zeit hatte er nun hinter sich gelassen. Endlich hatte auch er seinen Platz gefunden. In einer Gesellschaft der Benachteiligten und Vergessenen. Aber sie würden sich in Zukunft immer mehr Gehör verschaffen. Das stand außer Frage. Die zunehmende Wahrnehmung der LGBTQ-Community in Medien und Gesellschaft stellte die Weichen bereits in die richtige Richtung.

Dreiundzwanzig Leute waren schon im Forum aktiv. Hier bewegte sich etwas. Die allgemeine Spannung auf den heutigen Abend spürte jeder hier. Es wurden Treffpunkte ausgemacht, um gemeinsam hinzugehen. In der Fantasie waren einige schon volltrunken. Es wurde geflirtet. Das was unter partylustigen Jugendlichen eben nun einmal so Thema war. Daran merkte man, dass diese Leute sich in nichts von anderen Jugendlichen unterschieden. Nur ihre sexuelle Orientierung und ihre Geschlechtsidentität passten nicht in die gesellschaftliche Erwartung.

>>Was geht ab, Jonathan!?<<, hallte es durch seinen Kopfhörer, der noch von der Musik viel zu laut eingestellt war. Jemand hatte einen Videoanruf in der Gruppe gestartet.

>>Ich schaue mir das Treiben hier so an und muss sagen, ich bekomme immer mehr Bock auf heute Abend, wenn ich mir das hier so anhöre.<<

Ace war online. Ace war ein nicht-binärer Typ mit dem Jonathan schon öfter zu einer Party ins *Bunny Hanas* ging. Er war fast neunzehn. Da sie quasi um die Ecke voneinander wohnten, bot es sich immer an mit ihm zur Party zu gehen und mit ihm gemeinsam nach Hause zu laufen. Ace war nicht Jonathans Typ. Zu feminin und weich. Jonathan stand ohnehin auf richtige Kerle. Sie sollten etwas Animalisches haben und am besten auch sportlich sein. Ein Typ auf den womöglich die meisten Mädchen in seinem Alter standen, nur dass er sie eben als homosexueller Transmann begehrte. Ace und er verstanden sich sehr gut. Und es war einfach sicherer nicht allein zum Club zu laufen.

>>Ace, wie sieht es aus? Gehen wir wieder zusammen? Ich würde zusehen, dass ich mich gegen 21 Uhr aus dem Fenster verabschiede und warte dann an der Ecke.<<

>>Musst du dich immer noch heimlich aus dem Haus schleichen?<<, zog Ace ihn auf. Ein paar andere stimmten auf die Hohnhymne ein. >>Soll ich dir einen Muttizettel mitbringen, damit sie dich reinlassen?<<

Jonathan ärgerten solche Kommentare. Aber in

der Community lief es nun einmal nicht anders, als anderswo. Es wurde sich geneckt, verhöhnt und am Ende doch wieder vertragen. Und man hielt zusammen. Denn tatsächlich war es für Jonathan nicht immer leicht, mit seinen vierzehn Jahren in den Club zu kommen. Erst seitdem er durch Kontakte innerhalb der Community an einen gefälschten Ausweis kam, hatte sich dieses Problem endgültig erledigt. Er zeigte den Ausweis stolz in die Kamera. >>Das ist mein Muttizettel, ihr Schwätzer.<< Schon hatte er die Lacher auf seiner Seite. Es gab auch einige in dem Forum, die nicht aus der unmittelbaren Nähe von Naperville kamen, aber die Gespräche aufmerksam verfolgten.

>>Hey man, pass auf Kleiner!<<, sagte jemand mahnend, dessen Kamera ausgeschaltet blieb. >>Du weißt nicht, ob Anscheißer hier Undercover mithören.<<

>>Ist mir egal, um ehrlich zu sein.<< Jonathan musste seinen Platz als einer der Jüngeren in der Community behaupten. Dazu verhalf ihm sein raues Mundwerk meistens ganz gut, durch welches er seine tiefsitzende Unsicherheit gekonnt zu überspielen gelernt hatte. Ace kam zurück auf den Punkt, als er das Gespräch wieder an sich zog.

>>Ich warte kurz nach Neun um die Ecke. Aber lass mich nicht wieder länger warten, wie beim letzten Mal. Ich habe keine Lust wegen deiner Probleme mit Mami zu spät bei der Party aufzukreuzen.<<

Jonathan verabschiedete sich vorerst aus dem Forum und legte seine Kopfhörer ab. Als er aus seinem

Zimmer trat, bemerkte er, dass das Radio aus der Küche verklungen war. Auf dem Küchentisch stand eine Packung Cornflakes, daneben ein Zettel. *>Die Milch reicht noch für eine Portion. Bin einkaufen und treffe dann Susann zum Kaffee. Sie macht viel durch. Kuss, Mom.<* Nun würde er ihr bis zum Mittag auf jeden Fall nicht begegnen.

Er ging ins Badezimmer, um sich fertig zu machen. Das war stets ein harter Kampf mit sich selbst. Besonders beim Duschen, wenn er mit seinem weiblichen Körper in Berührung kam. Er ekelte sich besonders vor seiner Scheide und seinem Busen. Sich dort zu berühren fühlte sich fremd für ihn an. Als ob es nicht er selbst war, den er berühren musste. Diese Fremdheit war vermutlich wichtig, damit es einigermaßen erträglich für ihn blieb. Als ob sein Geist ihn davor schützen wollte, Nähe zu seinem falschen Körper zuzulassen. Eine Art Schutzmechanismus vor der unerträglichen Realität seiner Weiblichkeit, welcher er so gerne entfliehen wollte. Sein Haarwuchs an den Beinen war so ziemlich das Einzige, was dem Ekel etwas entgegenzusetzen hatte. Wobei er besonders dafür angeekelte Blicke in der Schule erntete. Wenn sich Jonathan im Spiegel betrachtete, sah er ein unstimmiges Bild. Er sah sein noch leicht kindliches, feminines Gesicht, sein schulterlanges Haar und seine haarigen Beine. Lediglich an seinen braunen Augen fand er Gefallen. Seine schmalen Schultern und weichen Rundungen passten für ihn hingegen überhaupt nicht in das Bild, welches er gerne von sich gehabt hätte. Doch das mit Abstand schlimmste äußerliche Merkmal, war sein Busen. Manchmal hatte er die Fantasie, sich seinen Busen mit einem Messer einfach abzuschneiden. Diese Gedanken machten ihm Angst, weshalb er es im Badezimmer meist kurz hielt, um sich seinen autoaggressiven Fantasien nicht zu lange auszusetzen.

Als er aus dem Badezimmer trat, lag die Einsamkeit schwer in der Luft. Einsamkeit war eines dieser Dinge, die Jonathan am meisten fürchtete. Wenn er einsam war, fühlte er sich nämlich seiner selbst ausgesetzt. Etwas, mit welchem er sich nur ungern auseinanderzusetzen vermochte. Also setzte er sich mit seinen Cornflakes vor seinen Laptop und ging online in die Community. Nah an den anderen dran, um sich selbst fern zu sein.

**

Kurz nach 20 Uhr kam seine Mutter in sein Zimmer, um ihm eine gute Nacht zu wünschen. Sie musste zeitig zu Bett gehen, da sie morgen früh die Vorbereitungen im Restaurant zu treffen hatte. Die Gastronomie raubte ihnen viel gemeinsame Zeit und seiner Mutter zusätzlich Nerven, die ohnehin schon am seidenen Faden zu hängen schienen. Aber sie konnten von ihrem Job wenigstens leben. Das war das, worauf es seiner Mutter immer ankam. Jonathan wusste das auch zu schätzen. Schließlich zog sie ihn allein groß und es fehlte ihm an nichts. Immerhin hatte er genug Taschengeld, um sich später auf der Party zu amüsieren. Das war es ihm wert, sein Taschengeld für die Partys mit der Community auszugeben. Er hatte sowieso nichts anderes als diese Leute, für das es sich zu leben lohnte. Sie waren der Resonanzkörper für seine Identitätsentwicklung. Durch sie hatte er im Laufe der vergangenen Jahre immer mehr zu seinem wirklichen *Ich* gefunden.

Nachdem seine Mutter in ihr Schlafzimmer verschwunden war, schlug er sich die Zeit damit tot das richtige Outfit für heute Abend zu finden. Als er sich seine Hose auszog, prüfte er die Hosentaschen, um nichts wichtiges daheim zu lassen. Er zog die beiden Visitenkarten, die er von Dr. Daniels bekam, aus einer der Taschen. Nachdem er einen kurzen Blick darauf warf, legte er sie auf seiner Kommode ab, die mit Pokémon Stickern versehen war. Relikte aus längst vergangenen Kindertagen. Zu seiner Freude war seine Lieblingsjeans gewaschen. Er mochte es, sich wie ein ganzer Kerl zu kleiden. Auch wenn er keiner war. Jedenfalls noch nicht. Seinen Binder trug er ständig. Manchmal auch nachts, in der Hoffnung er würde eines morgens wach werden und seine Brüste waren einfach verschwunden. Seinetwegen hätten sie auch abgefallen neben ihm im Bett liegen können, wenn er die Augen öffnete. Hauptsache er wäre sie los. Für diesen lauwarmen Spätsommerabend zog er ein lässiges Hemd an und gelte sich seine Haare à la Leonardo DiCaprio stilvoll nach hinten. Um sein Gesicht maskuliner wirken zu lassen, schminkte er sich einige harte Konturen um die Wangenpartie. Als er sich im Spiegel betrachtete, fiel ihm auf, dass ihm vor allem Muskulatur fehlte, um der Typ Mann zu sein, den er selbst begehrte. Ein Typ wie sein Vater einer war. Als Fernfahrer war er nicht oft daheim. Aber er hat ihm von seinen Reisen oft etwas mitgebracht. Puppen, Kinderschmuck, Süßigkeiten ... Das was kleine Mädchen eben so mochten. Das war lange vor der Zeit, als Jonathan sich über sein soziales Geschlecht Gedanken machte. Die meisten Dinge, die er von seinem Vater als kleines Mädchen bekam, hob er noch in seinem Bettkasten auf. Es waren die Relikte aus seiner kurzen glücklichen Kindheit. Es waren die wenigen Dinge, die ihm von seinem Vater geblieben waren, der nun für den Sohn einer anderen Frau den Vater mimte. Bis vor vier Jahren hatte sich Jonathan um das Verhältnis zu seinem Vater bemüht, um ab und an etwas Zeit für sich zu gewinnen. Leider hatte sein Vater nie Zeit für ihn aufgebracht, da er zu beschäftigt war, wie er immer zu sagen pflegte. Stattdessen musste Jonathan dann immer wieder feststellen, dass er etwas mit dem Sohn seiner neuen Frau unternommen hatte. Baseball, Football, Schwimmen ... was Väter eben mit ihren Söhnen so unternahmen. Jonathan spürte wie ihm bei diesen Gedanken eine unheimliche Traurigkeit überkam. Zeit um sich schnell wieder einzukriegen. Heute Abend war nicht der richtige Zeitpunkt, um einem feigen Erzeuger, wie er seinen Vater zu nennen pflegte, nachzutrauern.

Kurz vor Neun kletterte Jonathan routiniert durch das Fenster auf das Vordach, dass den Eingang seines

Wohnblockes überragte. Von dort war es nur noch ein kleiner Sprung aus rund zwei Metern auf eine Wiese neben dem Eingang, wo er zumindest etwas weicher landen konnte. Ace wartete bereits um die Ecke mit einer Zigarette im Mund.

>>Na Gott sei Dank! Ich hatte schon damit gerechnet, dass du mich wieder eine halbe Stunde warten lässt.<<

>>Es war nur einmal, reg dich ab! Als ob du bei jeder Party auf mich stundenlang warten müsstest. Seit wann rauchst du überhaupt?<<

>>Schon seit ein paar Monaten. Aber ich rauche immer nur gelegenheitshalber. Ich würde mir nie Kippen kaufen. Deshalb rauche ich nur, wenn ich Kippen schnorren kann oder sie geschenkt bekomme. Diese Schachtel habe ich von Luis geschenkt bekommen. Vermutlich aus einem seiner Diebeszüge im Supermarkt. Willst du eine?<< Er hielt Jonathan die offene Schachtel entgegen. Aber Jonathan machte sich nichts aus Zigaretten. Das Einzige was er sich auf Partys genehmigte, war Alkohol.

>>Nein, lass mal! Danke.<<

>>Hast du Angst das Mami schimpft?<<, zog er ihn auf.

>>Lass die Sprüche.<<

>>Ich albere doch nur ein bisschen herum. Entspann dich mal.<< Ace zerzauste Jonathan neckisch die Haare. Reflexartig zog er seinen Kopf zurück, um sich seine Haare wieder nach hinten zu streichen.

Als sie sich dem Club näherten, hörten sie aus dem Inneren der Räume ein Wirrwarr aus dutzenden von

Stimmen und lauter Musik. Kaum klar, ob die Musik die Stimmen zu übertönen versuchte oder die Stimmen die dröhnenden Boxen. Je mehr sie sich dem Club näherten, desto stärker begann Jonathans Herz zu schlagen und sein Atem wurde schwerer. Offensichtlich war er nervös. Das war er oft, wenn er sich in große Menschenmengen begab, obwohl er schon etliche Male in diesem Club feierte und sich dort jeder wohlgesonnen war.

Ace riss die Tür auf. Nachdem sie an den zwei Türstehern vorbei waren, warfen sie sich direkt ins Getümmel. Endlich wieder zuhause, dachte sich Jonathan, als er die vielen Leute sah, die für ihn zum wichtigsten Halt geworden waren. Die Nervosität, die ihn soeben vor der Tür noch überkam, löste sich abrupt auf. Es wurde sich untereinander herzlich begrüßt und man lud sich gegenseitig auf Drinks ein. Einige Leute schoben sich Partypillen hin und her. Eben eine typische Party unter feierlustigen jungen Leuten, die hier tragen konnten was sie wollten, sein konnten wer sie wollten und lieben konnten wen sie wollten. Es interessierte einfach niemanden. Hier war Platz für jeden. Selbst einige wenige Heteros verliefen sich gelegentlich zu diesen Partys, weil sie solch eine positive Atmosphäre wie hier einfach nirgends wiederfanden. Jonathan tanzte, trank einige Bier und Shots und unterhielt sich mit den unterschiedlichsten Leuten. Eine Person schriller als die nächste. Man lernte bei diesen Partys oft neue Leute kennen, da die Community heranwuchs. In dieser Umgebung konnte Jonathan den Kopf frei bekommen, der sonst zu viel arbeitete. Er war ein Kopfmensch, der sich viele Gedanken über seine Vergangenheit und noch mehr über seine Zukunft machte. Oft hatte er Sorge seinen Abschluss in ein paar Jahren nicht zu schaffen und perspektivlos zu sein. Er wollte kein Leben wie seine Mutter führen. Nichts deutete in der Schule darauf hin, doch Kopfmenschen brauchten keinen konkreten Anlass, um sich über solche potenziellen Gefahren den Kopf zu zerbrechen. Aus den Gesprächen mit den Leuten im *Bunny Hanas* erfuhr er, dass er nicht allein mit solchen Zukunftssorgen stand. Vielen von seinen Freunden ging es ähnlich. Und der Alkohol erlaubte es, die Sorgen für die nächsten Stunden zu betäuben.

Die Zeit verstrich. Jonathan hatte mächtig Alkohol getankt und schob sich durch die verschiedenen Räume zu seinen Freunden. Im Vorbeilaufen mal hier, mal dort ein Zuprosten zu dem einen oder anderen bekannten Gesicht, als ihn plötzlich ein Knall an der Eingangstür aus seinem Rausch riss. Männer brüllten, Mädchen schrien, Flaschen zerplatzten, es polterte und knallte ...

Als er um die Ecke zum Eingangsbereich schaute, sah er wie die beiden Türstehen verzweifelt versuchten, sich gegen einen Mob Vermummter zur Wehr zu setzen. Vergeblich! Der Trupp überrannte die beiden großen Glatzköpfe förmlich und sie verschwanden unter den Füßen der aggressiven Meute. Jonathan suchte instinktiv Deckung unter einem Tisch, um sich vor fliegenden Flaschen zu schützen. Zusammengekauert unter dem Tisch sah er unzählige Beine sportlich gekleideter

Typen, die Partygästen im Saal hinterherjagten. Einige Gäste vielen zu Boden, sodass Jonathan ihre Wunden im Gesicht sehen konnte. Die meisten hielten ihre Hände schützend über ihren Kopf, um sich vor den einfliegenden Fußtritten zu schützen. Jonathans Herz raste in seinem Brustkorb und sein Puls war im ganzen Körper spürbar. Jetzt musste er hoffen, unentdeckt zu bleiben. Der Saal wurde innerhalb von Sekunden leerer. Viele Partygäste sind fluchtartig hinausgerannt. Der Schlägertrupp wütete weiter im Raum, zerstörte Spiegel, Musiktechnik und machte sich auch an den Möbeln zu schaffen. Plötzlich hörte er eine Stimme rechts von sich.

>>Hier hat sich noch einer verkrochen!<<

Jonathan blickte in eine schwarze Skimaske, aus welcher ihn zwei Augen verhöhnend anstarrten. Plötzlich flog der Tisch über ihn weg, wie ein Hausdach, das von einem Tornado weggerissen wurde. Kurz darauf spürte er einen heftigen Tritt in sein Gesicht ...

Als er seine Augen öffnete, war es still geworden. Im Raum standen einige Polizisten, die Leute befragten. Sanitäter versorgten am Boden liegende Leute. Im selben Moment beugte sich jemand über ihn.

>>Alles klar, junge Frau?<<, ein Sanitäter hockte sich neben ihn und berührte seine Stirn.

>>Kannst du mich hören?<< Jonathan nickte ihm zu. Seine Stimme erschien wie stummgeschaltet, denn er bekam keinen Ton heraus. >>Du hast ja ordentlich etwas abbekommen. Ich möchte dir vorsichtshalber

eine Halskrause anlegen, da die Leute sagten, du hattest Tritte gegen den Kopf bekommen.<< Er hörte einen kräftigen Klettverschluss, dann glitten zwei starke Hände zwischen seinem Hinterkopf und dem kalten Fußboden hindurch und packten ihn sanft, aber bestimmend am Nacken. Der andere Sanitäter legte ihm von vorne die Halskrause an. Als er einige Minuten später abfahrbereit im Krankenwagen lag, erwachte seine Stimme aus der Schockstarre.

>>Wohin bringen Sie mich?<<

>>In das Edward Hospital. Du solltest dringend untersucht werden. Hast du eine Telefonnummer von deinen Angehörigen für uns? Wir können Sie gleich informieren, damit sie dich dort erwarten, wenn du möchtest.<<

Jonathan wollte auf keinen Fall, dass seine Mutter erfuhr, dass er sich zur Party geschlichen hatte und erst recht nicht, dass er verprügelt wurde. Er wusste, dass es das sichere Ende aller weiterer Partys für ihn bedeuten würde, bis er volljährig war. Man würde mit der Feststellung seiner Personalien herausfinden, dass sein Ausweis gefälscht und er erst vierzehn war. Seine Mutter würde es mit der Aufsichtsbehörde zu tun bekommen. Er musste sofort weg von hier, bevor sie ihn ins Krankenhaus brachten oder ein Polizist zur Aufnahme seiner Personalien in den Krankenwagen kam. Er richtete sich panisch in der Transportliege auf.

>>Nein, nicht nötig. Ich muss nicht untersucht werden. Mir fehlt nichts. Glauben Sie mir. Ich kann ...<<

>>Leg dich hin, junge Dame!<<

>>Ich bin ein Junge. Und mein Name ist Jonathan.<<

>>Fein! Jonathan, du kannst jetzt nicht einfach aufstehen. Es könnte sein, dass du Verletzungen an der Halswirbelsäule hast. Du könntest auch Schädel-Hirn-Verletzungen haben. Deine Gesichtspartie ist ziemlich geschwollen und du warst bis eben gerade kaum in der Lage ein Wort von dir zu geben. Das sind keine guten Anzeichen. Glaub mir!<<

>>Nein, wirklich. Mir geht es schon viel besser. Ich stand nur unter Schock. Schmerzen habe ich keine. Das ist sicher nur geprellt.<<

>>Das würde ich lieber die Ärzte im Edward Hospital beurteilen lassen. Also sei nicht albern und leg dich wieder hin. Wir fahren gleich los.<<

Der Sanitäter verließ durch die Seitentür den Rettungswagen und verschwand. Die große Doppeltür an seinem Fußende stand weit offen. Draußen sprachen einige Polizisten mit Zeugen. Einige Schaulustige hatten sich auf der gegenüberliegenden Straßenseite des *Bunny Hanas* versammelt. Ein Polizist versuchte sie zurückzudrängen.

Wie aus dem Nichts bekam Jonathan Schweißausbrüche und seine Hitzewallungen setzten ein. Sein Puls raste von Null auf Hundert. Ihm war nicht klar, ob das eine Folge seiner Verletzungen war, die er von dem Überfall davongetragen hatte oder ob er in Panik geriet. Doch je mehr er sich darauf konzentrierte, desto schlimmer wurde es. Sein Herz begann zu rasen. Nicht etwa wie am Abend vor dem Club, als er nervös war, sondern vielmehr wie ein viel zu hastiger Paukenschlag, der bis in den Hals reichte und ihm das Atmen immer schwerer machte. So fühlte es sich an. Er musste sofort raus aus dem Rettungswagen. Besonders weil die Luft für ihn dort drinnen immer knapper zu werden schien. Er sprang auf, riss sich die Halskrause ab und sprang aus der offenstehenden Tür. Niemand schien in dem Getümmel Notiz von ihm zu nehmen. Instinktiv rannte er in Richtung seines Zuhauses, wodurch er durch die vielen Schaulustigen hindurchmusste. Für die Polizei und die Sanitäter verschwand er unbemerkt in der Menge.

Zuhause angekommen, verschloss er sich sofort im Bad. Er war aus der Puste, weshalb er sich hinsetzen musste. Nach einigen tiefen Atemzügen kam sein Herz langsam zur Ruhe. Er stand auf und wusch sein Gesicht mit eiskaltem Wasser. Die Hitzewallungen ließen nach, als ob das kalte Wasser einen Brand in ihm löschte. Als er in den Spiegel aufsah, sah er mit Schrecken sein Gesicht. Es war gezeichnet von einem dicken Veilchen, Schwellungen an der Stirn und am Jochbein sowie von unzähligen Schürfwunden. Er hoffte, dass es morgen früh nicht mehr so schlimm aussehen würde und wusste im gleichen Moment, in dem er das dachte, dass es wahrscheinlicher war, heute Nacht von Aliens heimgesucht zu werden. Jonathan schlich leise in sein Zimmer, zog sich aus und legte sich in sein Bett. Einen Moment dachte er noch über den Abend nach.

Wie konnten Menschen anderen Menschen nur so etwas grundlos antun? Der Überfall auf diese Party stand sinnbildhaft dafür, mit welchen aggressiven Anfeindungen Transsexuelle immer noch zu kämpfen hatten. Und warum war er im Rettungswagen derart außer sich geraten? War es die Angst mit seinem falschen Ausweis ertappt zu werden? Hatte er einen Hirnschaden durch die Kopftritte erlitten? Vielleicht hatte der Alkohol seinen Teil dazu beigetragen, dass sein Körper derart zu rebellieren begann. Oder hatte ihn vielleicht jemand Drogen in sein Getränk getan? Nachdem er sich einige weitere Fragen stellte, auf die er keine Antwort zu geben vermochte, fühlte er sich wie von seinen Schmerzen betäubt. Völlig erschöpft schlief er ein.

***

Am nächsten Morgen weckte ihn einer der Nachbarshunde durch sein Gebell. Seine Gliedmaßen fühlten sich an wie mit Blei bestückt. Als er es dann doch schaffte sie zu bewegen, durchdrangen ihn unheimliche Schmerzen. Seine heftigen Kopfschmerzen rührten entweder von seinem Alkoholrausch oder von den Schlägen, welche er am Abend zuvor eingesteckt hatte. Oder von beidem. Man konnte schließlich auch Läuse und Flöhe haben. Seine größte Neugierde galt seinem Gesicht. Er hoffte, dass seine Schwellungen über Nacht etwas abgeklungen waren. Andererseits verspürte er auch etwas stolz über seine Blessuren, als er sich in seinem Schrankspiegel betrachtete. Die Schwellungen waren etwas abgeklungen. Das Veilchen und die Schürfwunden hingegen waren nicht von der Hand zu weisen. Er fühlte sich in diesem Moment wie ein ganzer Kerl. Jemand, der Prügel einstecken konnte. Nur seine Mutter würde das sicher anders sehen. Wenn er Glück hatte, musste sie heute eine Extraschicht im Restaurant schieben. Dafür waren die Sonntage prädestiniert.

Online wurde schon heiß über den gestrigen Abend diskutiert. Geschichten ausgetauscht, wer was gesehen und erlebt hatte. Wer wie entkam oder nicht entkam. Einige Partygäste mussten wohl ins Krankenhaus. Genauere Nachrichten gab es aber noch nicht. Ace war nicht online. Jonathan machte sich Sorgen darüber, ob es ihm gut ging. Nachdem er ihm eine Nachricht auf sein Smartphone schickte, kam wenige Minuten später ein Anruf von Ace.

>>Natürlich geht es mir gut, du Sack!<<

>>Da bin ich ja froh! Was hast du mitbekommen?<<

>>Fast nichts. Ich war gerade draußen frische Luft schnappen und um die Ecke pinkeln, als ich die Typen anmarschieren sah. Die haben mich zum Glück im Dunkeln nicht gesehen. Ansonsten hätten sie mich wahrscheinlich beim pinkeln mit offener Hose verprügelt. Das hätte kein gutes Bild abgegeben.<<

>>Und dann?<<

>>Was und dann? Ich habe es am Eingang knallen hören und bin um mein Leben gerannt. Einige von denen hatten Baseballschläger dabei.<<

>>Mich hat es ziemlich erwischt.<<

>>Schick mal ein Bild!<< Ace schien mehr sensations-lustig als besorgt. Nachdem Jonathan ihm ein Foto von sich herüberschickte, erfüllte ihn Ace` Reaktion mit männlichem Stolz.

>>Oh mein Gott! Was für eine Art Metamorphose bist du denn durchlaufen? Die haben dich ja ganz schön zugerichtet.<<

>>Ja, sie wollten mich auch ins Krankenhaus bringen. Aber ich bin aus dem Rettungswagen gesprungen. Als ich auf der Trage lag, fühlte ich plötzlich ... <<

>>Du verrückter Typ! Respekt! Dann leck` heute erstmal deine Wunden. Ich muss los. Vielleicht hören wir uns heute Abend noch einmal.<<

Ace schien kurz angebunden. Und so legte er auf, noch bevor Jonathan von seinem eigenartigen Anfall im Rettungswagen erzählen konnte. Aber er war froh, dass es Ace gut ging, und er konnte etwas beruhigter in den Tag starten. Noch beruhigter wäre er gewesen, wenn er wüsste, dass er seiner Mutter heute nicht begegnen würde.

KAPITEL 3

Die Tragik eines Missverständnisses

>>Missverständnisse entstehen nicht nur durch
das, was gesagt wird, sondern auch durch das,
was nicht gesagt wird.<< **– Paulo Coelho**

Als Jonathan am Abend nach Hause kam, nachdem er sich nach der Schule mit Ace und ein paar Freunden aus der Community traf, war seine Mutter daheim. Er hatte es den gesamten gestrigen Sonntag erfolgreich vermieden, ihr zu begegnen. Auch heute hatte er es insgeheim hinausgezögert nach Hause zu kommen, da er wusste, seine Mutter würde ihn nun auf seine Blessuren ansprechen. Sein Gesicht sah etwas weniger gezeichnet aus als noch am gestrigen Tag. Aber er wusste nicht, ob sich der Überfall auf das *Bunny Hanas* schon so weit herumgesprochen hatte, dass seine Mutter davon gehört hatte. Dann würde sie nur eins und eins zusammenzählen müssen, da sich Jonathan nicht das erste Mal heimlich zu einer Party schlich.

Seine Mutter war in der Küche zugange, sodass er sich zunächst unbemerkt in sein Zimmer schleichen konnte. Dort versuchte er sich mit etwas Schminke an einer Schadensbegrenzung in seinem Gesicht, bevor er zu ihr in die Küche gehen würde. Als er aus seinem Zimmer trat und den Flur zur Küche hinablief, pochte sein Herz vor Nervosität. Er wusste nicht, ob seine Mutter ihm seine Geschichte mit dem Fahrradsturz glauben würde, die er sich für sie zurechtgelegt hatte. Seinen ganzen Körper durchdrang eine aufsteigende Hitze und sein Atem wurde schwer, als er sich der Küchentür näherte. So wie er sie öffnete, erschrak seine Mutter, da sie ihn offenbar noch nicht in der Wohnung erwartet hatte. Als sie ihn sah erleichterten sich ihre Gesichtszüge, jedoch nur, bis sie seine Blessuren im Gesicht bemerkte.

>>Wie siehst du aus?<< Ihre Stimme klang besorgt. Ihre Augen verrieten Fassungslosigkeit.

Trotz seiner mentalen Vorbereitung auf die Situation, fiel Jonathan zunächst nicht mehr ein, als sich spontan naiv zu stellen.

>>Was meinst du?<< Sogleich befürchtete er, unglaubwürdig zu erscheinen. >>Ach, du meinst bestimmt die Schrammen im Gesicht. Die sind ... <<

>>Schrammen? Dein Gesicht ist ganz geschwollen.<<

>>Mom, ich weiß. Ich bin gestern auf dem Weg zu meinen Freunden mit dem Fahrrad gestürzt. Es sieht schlimmer aus, als es ist.<<

Seine Mutter sah ihn kopfschüttelnd an. Für einen Moment hatte er Angst, sie würde ihm die Geschichte nicht glauben.

>>Dann ist es ja gut. Geh` dich waschen! Dann können wir gleich zu Abend essen.<< Kaum hatte sie diesen Satz ausgesprochen, wandte sie sich wieder den dampfenden Töpfen auf den heißen Herdplatten zu. Jonathan war irritiert über ihre Reaktion. So erging es ihm nicht selten. Einerseits war er froh, dass keine weiteren Nachfragen von ihr kamen und sie ihm die Geschichte mit dem Fahrradsturz offenbar glaubte. Andererseits kam bei ihm immer eine gewisse Gleichgültigkeit von ihr an, wenn sie alles, was er tat oder sagte, einfach so hinnahm und wieder in ihr eigenes Treiben verschwand. Etwas mehr Zuwendung und Fürsorge war es, was ihm von ihr fehlte. Einmal sich ihm nähern, um sich sein Gesicht anzuschauen oder es gar zu berühren. So wie es fürsorgliche Mütter tun würden. Danach sehnte sich Jonathan in solchen Momenten. Und da sie es quasi nie tat, fühlte sich seine Mutter so nah und doch so fern für ihn an. Körperlich präsent und die Grundbedürfnisse stets abdeckend, aber emotional unbeteiligt.

Zum Abend gab es Suppe. Jonathan hasste Suppe. Es war für ihn keine richtige Mahlzeit. Aber für seine Mutter war es an einem stressigen Tag eine einfache und schnelle Möglichkeit, etwas Warmes zuzubereiten. Als er vor seiner Schüssel mit der Gemüsebrühe und den Kartoffelstücken saß, fragte er sich, ob seine Mutter wusste, wie sehr er Suppe hasste. Er war sich sicher, es ihr schon tausende Male gesagt zu haben, über viele Jahre hinweg. Vielleicht war das eines dieser Dinge, die ihr entweder egal waren oder die sie gar nicht wahrnahm.

>>Das *Bunny Hanas* wurde am Samstagabend überfallen. Hast du davon gehört, Mom?<< Im selben Moment fragte er sich, warum er so dumm war, um von selbst auf dieses Thema zu sprechen zu kommen. Wollte er etwa kokettieren, um doch noch ihre Fürsorge zu provozieren? Das glich einem Spiel mit dem Feuer.

Seine Mutter sah fragend zu ihm auf. >>Was wurde überfallen?<<

>>Dieser Club, in den ich gerne gehen wollte.<< Mit jedem Satz schien er sich tiefer in Schwierigkeiten zu manövrieren. Warum beendete er nicht das Thema so schnell wie möglich, anstatt seiner Mutter Gründe auf dem Silbertablett zu servieren, um ihn zukünftig nicht hingehen zu lassen.

>>Na bloß gut ich habe es dir aus dem Kopf geschlagen dort hinzugehen. Manchmal musst du nur auf mich hören, dann läuft das auch.<< Sie griff nach einem Stück Brot aus dem Korb, der zwischen ihnen auf dem Tisch stand. Diese Vorlage zu ihrer Selbstbestätigung hatte er sich selbst zuzuschreiben.

>>Das kann in jedem Club, quasi überall passieren.<< Nun kam sein verzweifelter Versuch sich wieder in eine bessere Position zu bringen.

>>Kann schon sein. Aber dieser Club wird besonders gehasst. Beziehungsweise die Art von Leuten, die dort feiern.<< Ihr Tonfall klang abwertend.

>>Du meinst Leute wie mich?<<

Sie sah ihn beschwichtigend an. >>Das habe nicht so gemeint.<<

>>Doch das hast du! Dein Tonfall und dein Blick haben genau das gemeint. Gib einfach zu, dass du mich dafür hasst, trans zu sein!<< Sein Herz schien vor Wut bis in seinen Hals hinein zu schlagen. Es war einmal mehr die schwer zu bändigende Impulsivität, die durch ihn hindurch fuhr.

>>Johanna, ich hasse dich doch nicht.<< Sie klang emphatisch und reichte über den Tisch nach seiner Hand. Doch Jonathan zog seine Hand weg und fuhr sie an.

>>Jonathan! Warum nennst du mich nach all den Monaten immer noch Johanna? Das ist genau das, was ich meine. Du willst einfach nicht akzeptieren, dass ich ein Mann bin. Kapiere endlich, dass das keine verrückte Phase ist, sondern endgültig!<<

>>Entschuldige mal!<<, fuhr sie ihn zurück an. >>Ich habe dich vor vierzehn Jahren als Mädchen zur Welt gebracht und dir den Namen Johanna gegeben. Was glaubst du wie einfach es ist, sein Kind einfach mal so umzubenennen? Hast du dich einmal gefragt, wie es mir mit deinen Flausen im Kopf geht?<<

Jonathan bekam seine Hitzewallungen. Doch dieses Mal war er erst gar nicht bemüht, seine Wut im Zaum zu behalten. Seine Mutter hatte soeben eine Grenze überschritten, was er nicht bereit war hinzunehmen.

>>Flausen?! Ist es das, was du über meine

Transsexualität denkst? Ich hätte Flausen im Kopf?<<
Er sprang vom Tisch auf und riss dabei seine
Suppenschüssel um. Die Suppe lief über den Tisch.
Seine Mutter versuchte sie noch reflexartig mit ihrer
Serviette aufzuhalten, bevor sie ihr auf den Schoß floss.
>>Fahr zu Hölle, Mom! Wie immer geht es nur um
dich. Das ist mal wieder so typisch. Ich soll mich also
fragen, wie es *dir* mit dem ganzen geht?<< Jonathan
drehte sich um und rannte aus der Küche. Im Flur
schnappte er sich seine Schuhe, riss die Wohnungstür
auf und lief davon. Seine Mutter stand in der Küche,
den Schaden betrachtend. Sie war bestürzt über
die Aggressivität, die ihr Kind gegen sie an den Tag
legte. Nach allem, was sie für ihr Kind getan hatte,
nur Vorwürfe und Extrawünsche. Ein Mann wollte
sie also sein. Das Leben war kein Wunschkonzert,
auf dem man sich einfach aussuchen konnte, welches
Geschlecht man hatte. Ebenso wenig, wie man seine
Hautfarbe, sein Alter oder seine Nationalität nach einer
Eingebung verändern konnte. Die Welt stand für sie
als alleinerziehende Mutter bereits Kopf, als Johannas
Erzeuger sie einfach mit ihr hatte sitzenlassen. Sie war
damals selbst noch fast ein Teenager, als sie von ihm
schwanger wurde. Er versprach ihr aufzupassen, da er
wegen seiner angeblichen Latexallergie keine Kondome
benutzen konnte. Neun Monate später war Johanna
dann auf der Welt. Drei Jahre später war er dann weg
und sie finanziell völlig überfordert. Zumal er in den
drei Jahren ohnehin nicht präsent war und sie Johanna

quasi allein großzog. Nach dieser herben Enttäuschung durch diesen Mann, hätte sie sich wenigstens eine unkomplizierte Tochter gewünscht. Sie konnte kein Kind gebrauchen, das sich diesem Transgenderwahn unterwarf, nur um Aufmerksamkeit zu bekommen. Ihre Freundinnen sagten ihr immer, es sei nur die Pubertät. So sehr sie sich das auch wünschte, spürte sie jedoch, dass mit Johanna grundsätzlich etwas nicht stimmte. Sie war immer so ein liebes Kind, ist nie aufgefallen. Im Kindergarten und in der Grundschule war sie immer sehr angepasst und zurückhaltend. Nie hatte sie Ärger bereitet und war fleißig. Irgendwann kippte alles. Statt eines Dankes, dass sie sie seit einundeinhalb Jahrzehnt allein durchfütterte, bekam sie einen Tisch mit verschütteter Suppe, die sie mühsam für sie zubereitet hatte. Sie hob die Schale auf und nahm sich einen Lappen, um den Tisch zu wischen. Dabei flossen ihr die Tränen die Wangen hinunter. In Momenten wie diesen fragte sie sich oft, ob sie als Mutter versagt hatte. Johannas Worte wirkten auf sie ein, nachdem sich ihre Wut auf ihr Kind gelegt hatte. Wie konnte Johanna glauben, dass es immer nur um sie als Mutter ging? Sie schob die Doppelschichten, um ihr ein Leben bieten zu können, mit dem sie unter Gleichaltrigen mithalten konnte. Ausflüge mit der Schulklasse, Shoppen, Handyrechnungen ... Sie bot Johanna alles, was möglich war. Sie selbst hatte sich schon lange nichts mehr geleistet, abgesehen von einem Kaffee, wenn sie ihre beste Freundin traf. In

Saus und Braus lebte sie durch ihren Job im Restaurant ganz sicher nicht. Trotz allem schien ein falsches Wort ausreichend, um ein gemeinsames Abendessen völlig ausarten lassen zu können. So etwas verunsicherte sie zunehmend im Umgang mit Johanna.

Das Chaos war bereinigt. Sie setzte sich wieder an den Tisch. Diesmal saß sie allein da, ihre Suppe löffelnd. Nur das Radio leistete ihr noch etwas Gesellschaft, bis sie bald zu Bett gehen würde, um morgen die nächste Schicht im Restaurant anzutreten.

Jonathan irrte durch die Gegend. Nur seine Schuhe trug er bei sich. Nicht einmal seinen Schlüssel oder sein Telefon hatte er eingesteckt. Er war aufgewühlt. Die kühle Abendluft half ihm, um sich ein wenig herunterzufahren. Solch einen heftigen Streit hatte er seit langem nicht mehr mit seiner Mutter. Für einen Moment war er sich unsicher, ob er überreagiert hatte. Aber sie hatte einmal zu viel seine Identität mit Füßen getreten. Und diesmal zu heftig. Er war für seine eigene Mutter nur eine Flause. Ein bedeutungsloser, dummer Einfall. Wortwörtlich hatte sie zwar gesagt, er habe Flausen im Kopf. Aber wenn man persönlich angegriffen wurde, personifizierte man solche Aussagen nun einmal. Das war legitim, wie er fand. Er war schließlich derjenige, der nie verstanden wurde. Derjenige, der mit seinen Nöten nicht gesehen wurde. Nicht wahrgenommen zu werden, bekam er schon seit seiner Kindheit zu spüren. Er musste lernen zu funktionieren, sich nach ihr zu richten und ihren

Erwartungen gerecht zu werden. Vor allem musste er stets achtgeben, um nicht anzuecken. Sonst musste er um ihre Zuneigung fürchten. Er war so sehr bemüht von ihr geliebt zu werden, dass er es sich zur Aufgabe gemacht hatte, immer artig und fleißig zu sein.

Weil sie ihm eine warme Suppe zum Abendessen zubereitete, hatte sie nun geglaubt, dass ihr eine Auszeichnung als Mutter des Jahres zustehen würde. Dinge, die jede Mutter für ihr Kind tat, sollten unbedingt gesehen und honoriert werden. Sie hatte nie verstanden, dass er sich nicht nur nach einer warmen Mahlzeit sehnte, sondern nach einer warmen Umarmung von ihr. Nicht die Wohnung und die Kleider sollten ihm Wärme spenden, sondern seine Mutter. Sie brachte keine Zeit für ihn auf. Nach der Arbeit machte sie ihr eigenes Ding, traf ihre Freundin zum Kaffee, bevor sie dann wieder zur Arbeit verschwand. So blieb stets das Gefühl für ihn übrig, für seine Mutter ein lästiger Störfaktor zu sein. Als Kind hatte er keine andere Wahl, als sich seiner Rolle zu fügen. Ein ungewolltes Kind, welches man wie einen Hund mit Futter abfertigte und dann den Rest des Tages einfach sich selbst überließ. Nur, dass er schon lange keine Streicheleinheiten mehr von ihr bekam. In dieser Sehnsucht fühlte er sich ungesehen. Das machte seinen Schmerz aus. Ein Schmerz, über den er mit niemanden sprach. Auch nicht mit Ace oder anderen aus der Community. Solch einen Schmerz mit sich herumzutragen, war eine Last. Und er richtete Schaden an. Unsichtbaren Schaden.

Aber Schaden der spürbar für ihn war. Meist seelisch. Manchmal aber auch körperlich. Immer dann, wenn sein Körper verrückt zu spielen schien. Wie zuletzt im Rettungswagen. Seit diesem Abend fürchtete er sich davor, dass sein Körper irgendwann wieder außer Kontrolle geraten würde. Welchen Weg bahnten sich Gefühle, die man verdrängte? Für die es keinen Kanal gab, um sie auszudrücken. Die man mit sich herumtrug, wie einen mit Ziegelsteinen befüllten Rucksack.

Als die Dämmerung einsetzte, entschied er sich nach Hause zurückzukehren. Er hoffte, heute nicht mehr auf seine Mutter zu treffen. Und vermutlich hoffte sie das gleiche. Da er aber seinen Schlüssel nicht eingesteckt hatte, bevor er aus der Wohnung lief, würde er ihr zwangsläufig begegnen müssen, wenn er die Klingel läutete. Was würde er ihr sagen? Wie würde sie auf ihn reagieren? Es schien fast so, als hatte er gänzlich das Gespür für seine Mutter verloren. Als ob er einer Fremden gegenüberstehen musste, die für ihn unberechenbar war. Als er an seinem Zimmerfenster vorbeikam, sah er, dass es offenstand. Er erkannte seine Chance und stellte einen Fahrradständer senkrecht an der Hauswand neben dem Eingang auf. Diesen konnte er wie eine Leiter benutzen, um auf das Vordach des Hauseinganges zu gelangen. Von dort war es ein Leichtes, direkt in sein Zimmer zu klettern. Ohne dieser Frau heute noch einmal begegnen zu müssen, zog er sich aus und ging von ihr unbemerkt zu Bett.

KAPITEL 4

Ein Herz außer Kontrolle

>>Kontrolle ist eine Illusion; die wahre Freiheit
liegt im Loslassen.<< **– Richard Bach**

Die Schule bereitete Jonathan keine Freude. Trotzdem schleppte er sich täglich hin, obwohl er noch
keinerlei Idee hatte, was er nach seinem Abschluss
mit sich anfangen sollte. Das machte ihm Angst, da die
Lehrer stets predigten, dass sie mittlerweile einen Plan
entwickeln sollten, wenn sie eine Perspektive in der
Gesellschaft haben wollten. Wenn Jonathan mit seinen
Mitschülern sprach, gab es einige, die bereits wussten
wie es für sie nach ihrem Abschluss weiter ging. Er
gehörte nicht dazu. Dadurch lastete ein eigenartiger
Druck auf ihm. Beinahe so, als ob alle eine Zukunft vor
sich hatten, während er auf eine neblige Wand starren
würde. Nicht wissend, ob sich für ihn überhaupt etwas
dahinter befand. Dem Druck versuchte Jonathan mit
maximaler schulischer Anstrengung zu begegnen, um

bestmögliche Leistungen hervorzubringen. Doch, was brachten ihm diese, wenn er doch gar nicht wusste, wofür er sie benötigte. Bestnoten ohne Zukunft waren allenfalls genau so viel wert, wie eine Dose der feinsten Ravioli ohne einen Dosenöffner zu haben. Vielleicht war seine Bestrebung, Bestnoten zu schreiben, vielmehr als ein Kompensationsmechanismus seiner Zukunftsangst zu verstehen. Sich selbst das Gefühl zu vermitteln, sich alle möglichen Türen offenzuhalten, wenn man Bestnoten hatte, konnte die Angst vor der Perspektivlosigkeit eindämmen. Nur verstanden die Lehrer nicht, dass er sich nicht annähernd bereit dazu fühlte, durch eine dieser Türen zu gehen. Hinter der Schulunlust verbarg sich eine Identitätskrise, in der Jonathan feststeckte. Er wusste nicht, wohin mit sich. Er hatte von sich kein Bild für die Zukunft. Er wusste nicht, wer und was er sein wollte; mit welchem Beruf er sich identifizieren konnte. Er hatte ein vages Verständnis von Partnerschaft und Familie. Menschen, die sich mit solch fundamentalen Fragen auseinandersetzten, waren nicht an dem Punkt, sich auf ein starres, diktatorisches Schulsystem einzulassen. Sie fügten sich lediglich dem staatlichen Zwang. Und selbst, wenn er sich auf die Schule hätte einlassen wollen, so hatte Jonathan Zweifel daran, ob er überhaupt eine Lernfreude hätte entwickeln können. Stupide etwas auswendig zu lernen, um es zu einem bestimmten Zeitpunkt abrufen zu können, hatte nichts mit Bildung zu tun. Weder machte es Spaß, noch konnte er sich so Wissen aneignen, welches sich nützlich für seinen weiteren Lebensweg anfühlte. Ebenso vermittelte die Schule nichts von dem, was die menschliche Evolution erfolgreich machte. Man solle stets allein arbeiten, mit niemandem kooperieren, nicht abschauen bzw. sich nicht an dem orientieren, was andere erfolgreich machte. Doch weil es schon immer so gemacht wurde, waren die entscheidenden Leute offenbar nicht bestrebt, etwas daran zu verändern. Jonathan ging nur zur Schule, um seine Pflicht zu erfüllen. Er wollte ein fremdbestimmtes Ziel, einen Schulabschluss, abarbeiten. Das war sein einziger Antrieb. Es einfach nur hinter sich bringen. Dabei wurde er nie gefragt, ob er einen Schulabschluss machen wollte. Er wurde so sozialisiert, wie alle anderen auch. Diese Sozialisation setzte Vorgaben, was für den Einzelnen wichtig zu sein hat; einen Schulabschluss machen, einen Beruf erlernen, arbeiten. Somit war ein Rahmen geschaffen, aus dem es fast unmöglich war auszubrechen. Nicht nur, weil es mit Ängsten verbunden wäre, die Dinge anders anzugehen als der Rest, sondern auch, weil es Widerstände aus der Familie, aus der Gesellschaft und aus staatlichen Institutionen gäbe. Irgendwann hieß es also, er würde jetzt die Schule besuchen. Das tat er dann auch. Ein Schulabschluss war eine Eintrittskarte für eine Zukunft in dieser Gesellschaftsform. Etwas, worauf vieles andere aufbaute. Diese Eintrittskarte brauchte Jonathan, um nicht als Versager zu gelten. Für den Weg zu dieser Eintrittskarte war er hingegen alles andere als intrinsisch motiviert. Intrinsisch motiviert zu lernen, bedeutete auf dem Weg zum eigentlichen Ziel Freude und Wissensbegierde entwickelt zu haben. Dazu brauchte man keine externen Motivatoren. In diesem Fall hätte das Lernen einen bildenden Effekt, da man sich die Inhalte mit einem selbstauferlegten Ziel aneignen würde. Das Ziel wäre dann, den Inhalt gewusst haben zu wollen, verstanden haben zu wollen, verinnerlichen zu wollen, um es für sich anwendbar machen zu können. Ganz entsprechend der Interessen, der Veranlagungen und des Lebenskonzeptes. Einmal dieses Ziel erreicht, bedeutete intrinsische Motivation, dass es schon fast schade war, den Abschluss erreicht zu haben. Der interessante, erfüllende Weg zu diesem Ziel war gegangen. Im Zuge eines selbstverstärkenden Prozesses würde man sich aus eigenem Antrieb ein neues Ziel setzen, mit einem neuen, mit Wissen angereicherten Weg. Das wäre Bildung nach Jonathans Geschmack.

Jonathan hatte das Glück, auch ohne jegliche Motivation in dem bestehenden Bildungssystem ausreichend gut mithalten zu können. Das ging weiß Gott nicht allen so. Seine Angst, ein Verlierer der Gesellschaft zu sein, trieb ihn an, gegen seinen Willen anstrengungsbereit für gute Noten zu lernen. Hinzu gesellte sich eine Angst, die sich nicht auf die Zukunft bezog, sondern viel alltäglicher war. Die Angst vor Bloßstellungen durch Lehrer. Die Angst davor, Peinlichkeiten ausgesetzt zu werden, indem Schwächen des Einzelnen vor der gesamten

Klasse zur Schau gestellt wurden. Das war für Lehrer ein Mittel, um ihre sadistischen Anteile ausleben zu dürfen. Ganz auf Kosten der seelischen Gesundheit ihrer Schutzbefohlenen. Aus Sicht der Lehrer natürlich nur zum Besten ihrer Schützlinge, die man lediglich auf das Leben vorbereiten wollte. Doch wenn Angst anstelle von Lernfreude und Wissensbegierde der Antrieb für das Lernen darstellte, konnte nur etwas grundsätzlich falsch laufen. Das funktionierte allenfalls solange, bis die Angst lähmende Auswüchse annahm.

Als Jonathan an diesem Tag das Schulgebäude betrat, fühlte er sich unwohl. Der Geruch von Schweiß, Essen und chemischen Reinigungsmitteln löste ein seltsames Gefühl in ihm aus, welches für ihn schwer zu deuten war. So ging es ihm normalerweise, wenn ein Test oder ein Referat anstand. Heute, so wusste er, war nichts davon der Fall. Als er den langen Flur entlang der Klassenräume hinunterlief, hörte er aus den Klassenzimmern links und rechts von ihm das Geschrei von tobenden Jugendlichen, Lehrer die dazwischenriefen, Leute liefen auf dem Flur hin und her, Türen knallten, Jugendliche rempelten sich an, rannten umher, warfen Dinge durch die Luft ... Jonathan war das alles zu viel. Er spürte, wie sein Herz wieder zu rasen begann. So sehr, dass er Angst bekam, einen Herzinfarkt zu erleiden. Je mehr er sich darauf konzentrierte, desto verrückter schlug das Herz in seiner Brust. So sehr, dass es schon bis in seinen Hals schlug. So sehr, dass sich sein Hals begann zuzuschnüren. Er bekam mit jedem Atemzug schwerer Luft. So sehr, dass er Angst bekam, zu ersticken. Seine Hitzewallungen setzten ein. So sehr, dass er zu schwitzen begann. Seine Hände und Füße begannen zu zittern. So sehr, dass sie sich schon bald taub anfühlten. Jonathan hatte nur noch einen Gedanken. Er musste so schnell wie möglich hier raus. Er rannte in seiner Panik den Gang entlang. Unter den vielen tobenden Jugendlichen fiel er kaum auf. Als das andere Ende des Flures erreicht war, nahm er die Hintertür und rettete sich nach draußen auf den Hof. Dort setzte er sich in den Schatten einer großen Eiche. Der Wind blies auf seine mit Schweiß bedeckte Haut, sodass er eine erfrischende Kühle verspürte. Das Sitzen entspannte seinen Körper wieder und er schien zur Ruhe zu kommen. Die Atmung und der Herzschlag normalisierten sich. Seine Haut kühlte sich ab. Zu guter Letzt spürte er seine Hände und Füße wieder. Einige Schüler liefen an ihm vorbei und schauten ihn irritiert an. Sie sagten aber nichts. Es war offensichtlich, dass es ihm nicht gut ging. Jonathan war die Situation peinlich. Aber er war froh, dass sie ihn nicht ansprachen, sondern einfach weiterliefen. Andererseits hätte ihm etwas Zuwendung in diesem Moment gut getan.

Die Klingel läutete zum Unterrichtsbeginn. Die letzten Schüler rannten in das Gebäude. Es wurde plötzlich still um ihn herum. Jonathan war allein auf dem Hof, noch zu schwach, um sich zu erheben und in die Klasse zu gehen. Er versuchte noch zu begreifen, was soeben geschehen war. Er fühlte sich irgendwie alt und erschöpft. Ob er ernsthaft krank war? Zwar kannte er einige dieser Symptome bereits von sich, wann immer er in Rage geriet, aber das hier war eine völlig neue Qualität.

***

Ace und die anderen starrten Jonathan ratlos an. Sie hatten keinerlei Idee, was es mit seinen Symptomen im Schulgebäude auf sich hatte, als er ihnen davon erzählte. Jonathan war besorgt, also erhoffte er sich von Ace und den anderen einen Rat. Doch in ihren ratlosen Gesichtern erkannte er nur sich selbst. Dennoch waren sie diejenigen, die ihn am ehesten verstehen würden. Als Mitglieder der LGBTQ-Community wussten sie am besten, was ihn, was sie alle bewegte.

>>Um ehrlich zu sein, habe ich keine Ahnung, wovon du redest, Jonathan.<< Liz schüttelte ihren Kopf und verzog ihr Gesicht, als hätte sie eine Limette im Mund. Sie war nur knapp 1,55 Meter groß und zierlich. >>Vielleicht hast du Kreislaufprobleme. Hast du denn genug getrunken an dem Tag?<<

>>Quatsch, davon kriegt man doch keine Herzrhythmusstörungen.<<, warf Bailey ein; eine nicht binäre Person, dessen große Hände und breite Schultern seinen männlichen >Background<, wie er es selbst nannte, verrieten.

>>Woher willst du wissen, dass es Herzrhythmusstörungen waren?<<, brachte Ace sich ein, während er an seiner Kippe zog, die er immer häufiger >gelegentlich< rauchte.

Es ergab sich eine wilde Diskussion unter den Leuten. Jonathan fand es toll, dass sich seine Freunde dem Thema annahmen. Aber tatsächlich schien es so, als wollte jeder für sich nur recht vor dem anderen behalten, anstatt nach einer wirklichen Lösung für ihn zu suchen. Doch welche Hilfe konnte er schon erwarten? Sie waren alle keine Ärzte.

>>Bo hatte, glaube ich, mal so etwas ähnliches.<<, brachte sich Liz wieder mit ihrer piepsigen Stimme aus dem Hintergrund ein.

Jonathan kannte zwar diese Person namens Bo nicht, aber jemanden befragen zu können, der ihm vielleicht einen Hinweis geben konnte, ließ ihn aufhorchen. >>Wer ist Bo?<<

>>Bo ist eines von den Ältesten.<<, übertönte Ace die kleine Liz sofort. >>Bo nutzt das Pronomen *Es,* musst du wissen. *Es* kann es gar nicht leiden, misgendert zu werden. Wer kann es *Es* verübeln? Ich glaube *Es* arbeitet in dem *Fresh Market* in der 75.-sten Straße. Clara dürfte die Nummer von Bo haben.<<

Jonathan mochte Clara. Sie war eine wunderschöne Transfrau, die zudem schon alle geschlechts- angleichenden Operationen hatte vornehmen lassen. Sie stand somit auf einer Stufe, welche fast alle in der Community erreichen wollten. Die Stufe, >komplett< zu sein. Clara war zudem sehr offen und freundlich zu jedem. Eine richtige Lady halt.

>>Ich werde Clara fragen, ob sie Bo für dich anruft und gebe dir Bescheid. Ich treffe sie später.<< Ace drehte

sich um und widmete sich seinem neuen Moped, mit welchem er vorhin gekommen war. Einige anderen taten es ihm gleich, und die Diskussionsrunde löste sich schlagartig auf. Jonathan hätte gerne noch mehr über sein Problem gesprochen. Doch er hatte nun wenigstens die Hoffnung, eine Antwort auf seine Symptome zu erhalten.

Am frühen Abend saß Jonathan in seinem Zimmer vor dem Fernseher. Er schaute sich Animes im Stream an. Er kannte jede Episode und jeden Dialog dieser Episoden auswendig. Animes boten ihm eine Welt voller Fantasien, in der alles möglich war. Er mochte es, sich in solch eine Welt zu träumen. Sie bot ihm eine Projektionsfläche all seiner Wünsche und Sehnsüchte und zugleich eine Flucht aus seinem Alltag, in welchem er durch schulischen Druck, einer intoleranten Gesellschaft und einem falschen biologischen Geschlecht geplagt wurde. Hinzu kam seine Mutter, mit welcher er sich immer wieder stritt und mit welcher er sich seit dem vergangenen Streit auch nicht mehr versöhnt hatte. Sie hatte bereits mehrmals Versuche eines Gesprächs unternommen, für die Jonathan sich aber nicht bereit fühlte. Zumindest noch nicht.

Plötzlich klingelte das Telefon. Jonathan zögerte, da er die Nummer, die ihn anrief, nicht kannte. Anrufe von fremden Telefonnummern nahm er prinzipiell nicht an. Wenn es wichtig war, so seine Ansicht, würde man ihm eine Nachricht schreiben können. Dann konnte er den Anrufer wenigstens zuordnen und selbst entscheiden, ob er ihn zurückrufen würde. Das spiegelte seine Tendenz zur sozialen Ängstlichkeit wider. Jonathan wusste gar nicht, wovor er konkret Angst hatte, wenn ihn eine fremde Person anrufen würde. Es war eine abstrakte Angst, ohne feststellbaren Bezug zur Wirklichkeit. Denn tatsächlich ist ihm nie etwas Beängstigendes im Zusammenhang mit fremden Anrufern widerfahren. Vermutlich hatte er Angst, etwas Falsches oder Peinliches zu sagen oder sich irgendein Abo am Telefon aufquatschen zu lassen, da es ihm schwer fiel, Nein zu sagen. Doch dieses Mal entschied er sich intuitiv dafür den Anruf entgegenzunehmen und sich somit auf ein Risiko einzulassen. Seine Unsicherheit war durch seine zögerliche Stimme nicht zu verkennen.

>>Haaal-looo?<<

>>Jonathan, hier ist Bo.<< Seine Stimme hatte etwas Grobes an sich. >>Clara hat gesagt, ich soll dich mal anrufen. Was gibt`s?<< Bo wirkte gleichgültig, schon fast genervt. Trotzdem war Jonathan positiv überrascht, von ihm extra angerufen zu werden. Zumal sie sich persönlich nicht kannten.

>>Wow, ja! Ich weiß gar nicht was ich sagen soll. Danke erstmal, dass du dich meldest. Ich ... <<

>>Schon gut! Also, worum geht`s?<<

>>Es ist so. Ich habe heute mit ein paar Leuten aus der Community darüber gesprochen, dass ich vor kurzem plötzlich Herzrasen und Atemnot bekam. Außerdem

wurde mir gleichzeitig sehr heiß und ich begann, zu schwitzen. Und dann wurden auch noch meine Hände und Füße ganz taub. Das Einzige, was ich erst einmal tun konnte, war aus dem Schulhaus zu rennen.<<

>>Aha. Und was hat das mit mir zu tun?<<

>>Ein paar von uns haben gemeint, dass du mal so etwas ähnliches hattest und vielleicht einen Rat für mich hast.<<

>>Verstehe!<< Bo klang nun zugänglicher. >>Ja, das ist schon ein paar Jahre her. Ich habe es wieder in den Griff bekommen. Gott sei Dank! Das war eine beschissene Zeit in meinem Leben, musst du wissen.<<

>>Ich habe irgendwie Angst, dass ich herzkrank bin oder so.<<

>>Hörzu! Den Weg zum Arzt kannst du dir sparen, wenn du mich fragst. Das hört sich exakt so an, wie es bei mir damals war. Die Ärzte haben ein paar Untersuchungen gemacht und sagten mir dann, ich sei gesund. Aber ich spürte ja, dass mit mir etwas nicht stimmte. Ein anderer Arzt hatte mir dann irgendwelche Psychopharmaka verschrieben. Die halfen aber nur ein paar Wochen. Dann ging alles wieder von vorne los. Erst viel später kam ein Arzt im Edward Hospital mal auf die Idee, mich zu einem Therapeuten zu schicken. Panikattacken! Verstehst du? Nach knapp zwei Jahren Therapie war ich das Problem dann los.<<

>>Zwei Jahre?<<

>>Ja, aber es hat sich gelohnt. Ich war schließlich auch freiwillig da, deshalb fühlte es sich nicht wie zwei Jahre

an. Dieser Therapeut wusste echt, was er zu tun hatte, um mich wieder geradezubiegen. Aber es war hart, sage ich dir.<<

>>Wie meinst du das?<<

>>Hörzu, Kleiner! Ich kann dir das jetzt nicht alles im Einzelnen erzählen. Meine Pause ist nur kurz. Ich bin noch bei der Arbeit. Das Ding ist, wenn du zu diesem Therapeuten gehst, wird er sicher erst einmal verlangen, dass du körperlich durchgecheckt wirst, bevor er dich therapiert. Das war zumindest bei mir damals so.<<

>>Wie heißt dieser Therapeut?<<

>>Dr. Peter Daniels. Seine Adresse lautet ... <<

>>Schon gut. Ich glaube, ich kenne die Adresse.<<

KAPITEL 5

Das Wiedersehen

>>Manchmal ist das Wiedersehen das, was uns die Stärke gibt,
den nächsten Schritt im Leben zu gehen.<< **– Unbekannt**

D r. Daniels lehnte sich in seinem Sessel zurück und
schaute Jonathan erwartungsvoll, aber durchaus
freundlich an. Nach dem letzten Gespräch hatte er nicht
damit gerechnet, ihn so bald wiederzusehen. Jonathans
Gesicht sah aus, als hätte er vor kurzem sein Profidebut
als Boxer hinter sich gebracht und dabei keine gute
Figur abgegeben. Unabhängig davon wirkte er, wie auch
beim letzten Mal, äußerlich unstimmig. Er hatte bereits
einige transsexuelle Patienten vor sich gehabt. Jonathan
jedoch schien durch seine zusammengewürfelt wirkenden Jungenklamotten nicht so, als hatte er bereits
ein klares Bild von sich als Junge entwickelt. Auffallend
waren seine vielen regenbogenfarbigen Patches und
Bänder, die er nach außen trug. Sie hatten etwas von
einem Erkennungsmerkmal.

>>Was führt dich zu mir, Jonathan?<<

>>Ich habe ein Problem, das mich in letzter Zeit beschäftigt. Wie aus dem Nichts bekam ich Herzrasen und Atemnot. Ich habe sogar meine Hände und Füße nicht mehr gespürt, als das passierte.<<

>>Wo war das genau?<<

>>Es war in der Schule. Ein Bekannter von mir meinte, ich habe Panikattacken.<<

Um einen ersten Eindruck eines Problems zu bekommen, pflegte Dr. Daniels sich zunächst eine konkrete Beschreibung der Symptome in einer spezifischen Situation geben zu lassen. Manchmal nervte es Patienten, da sie es für unwesentlich hielten, sich mit ihm über Details auszutauschen. Sie erwarteten vielmehr, gesagt zu bekommen, worunter sie litten und was sie nun zu tun hatten. Symptome erfüllten Funktionen, die Patienten in der Regel nicht bewusst waren. Um hinter diese Funktionen zu gelangen, waren Verhaltensanalysen von großem Nutzen.

>>Lass uns am besten ganz von vorne anfangen. Du sagtest, es war in der Schule aufgetreten. Beschreibe mir deinen morgendlichen Ablauf, bevor du zur Schule gegangen bist!<<

>>Da war nichts Besonderes. Ich bin aufgestanden und bin dann zum Frühstück in die Küche gegangen.<<

>>Mit wem frühstückst du morgens?<<

>>Allein! Meine Mom schläft meist noch, wenn ich das Haus morgens verlasse.<<

>>Ist es dir recht allein zu frühstücken?<<

>>Ich habe mich daran gewöhnt.<<

Dr. Daniels verstand es hinter den Aussagen Hinweise auf Emotionen, Wünsche, Bedürfnisse oder Appelle herauszuhören. Das war wichtig, um eine innere Landkarte über die Bewertungsmuster, Einstellungen, Werte und Motive seiner Patienten zu erhalten. Da den Patienten diese Landkarte so gut wie nie bewusst war, half es nicht, sie einfach danach zu fragen. Zum anderen konnte er diese Landkarte sehr gut dazu nutzen, um sie unbemerkt auf die richtige Bahn zu lenken, die er für eine erfolgreiche Therapie brauchte.

>>Gewöhnen!<<, murmelte Dr. Daniels nachdenklich vor sich her. >>Wenn sich jemand an etwas gewöhnen muss, muss es zuvor einen Zustand gegen haben, an welchen man sich nicht spontan anpassen konnte. Womit konntest du dich deiner Meinung nach nicht spontan arrangieren?<<

>>Mit dem Alleinsein.<<

>>Ich verstehe!<< Dr. Daniels notierte sich auf seinem Klemmbrett gerne Stichworte, um sie zu einem geeigneten Zeitpunkt aufzugreifen oder um zu beobachten, ob sich bestimmte Themen von allein immer wieder in den kommenden Gesprächen wiederholen würden. Er notierte sich *>Alleinsein als Ressource → Autonomie und Freiheit oder Alleinsein als Defizit → verletzter Bindungswunsch und Einsamkeit?<*

>>Hast du während des Frühstücks schon irgendetwas unangenehmes empfunden, an diesem Tag?<<

>>Nein, das kam dann erst in dem Schulgebäude.<<

>>Ok! Wie ging es nach dem Frühstück weiter?<<

>>Ich bin in das Badezimmer gegangen und habe mich fertiggemacht. Ich putzte mir die Zähne, wusch mir das Gesicht und habe mich geschminkt.<<

>>Du duscht für gewöhnlich abends?<<

>>Ich dusche für gewöhnlich selten. Sie müssen wissen, dass das für jemanden wie mich schwer auszuhalten ist, täglich mit einem Körper konfrontiert zu werden, der einem fremd ist.<<

>>Betrifft das deinen ganzen Körper?<<

>>Besonders meine Brüste und meine … Sie wissen schon!<< Jonathans Gesicht errötete und er lächelte verlegen.

>>Deine Vagina?<<, beendete Dr. Daniels den Satz.

>>Ja, genau.<< Offenbar, war dieses Thema schambesetzt für ihn. Da Jonathan gerade erst dabei war eine Psychotherapie aufzunehmen, war es zu früh, um ihn mit solchen unangenehmen Gefühlen zu konfrontieren. Außerdem suchte er ihn nicht wegen seiner Transidentität auf, sondern wegen einer anmutenden Panikstörung. Es war wichtig, sich an den therapeutischen Auftrag des Patienten zu halten. Dr. Daniels notierte sich nur >*Körperdysphorie → Vagina = schambesetzt*<, und fuhr mit der Exploration fort.

>>Was ist dann passiert?<<

>>Nachdem ich mich angekleidet habe, bin ich mit dem Fahrrad zur Schule gefahren. Dort angekommen, habe ich mein Fahrrad angeschlossen und bin reingegangen.<<

>>Als du vor dem Schulgebäude standest, ging es dir gut?<<

Jonathan dachte nach. Es fiel ihm schwer, nach so langer Zeit alle Details zu erinnern. >>Ich denke schon.<< Das zögern wollte Dr. Daniels aufgreifen, da es einen Hinweis auf Hintergrundinformationen bieten konnte.

>>Was verunsichert dich bei der Frage, ob es dir gut geht, wenn du vor deinem Schulgebäude stehst?<<

>>Ich fühle mich insgesamt unwohl in der Schule, müssen sie wissen. Der Leistungsdruck und die Angst vor Blamagen. Das strengt an.<<

>>Erzähl mir mehr davon, Jonathan!<< Dr. Daniels setzte seinen Stift auf dem Klemmbrett an, bereit um sich Notizen zu machen.

>>Viele unserer Lehrer reagieren abfällig, wenn man mal etwas nicht weiß. Es macht ihnen offenkundig Spaß, Schüler vor allen anderen dumm aussehen zu lassen. Sie stolzieren durch den Raum und schauen durch die Reihen, um sich jemanden herauszusuchen. Je ängstlicher man schaut, desto wahrscheinlicher ist es, dass sie einen drannehmen. Deshalb muss man immer die Ruhe bewahren, um nicht aufzufallen.<<

>>Das stelle ich mir sehr nervenaufreibend vor.<<

>>Das ist es auch, Doc.<<

>>Wie lange trägst du diese Angst schon mit dir herum?<<

>>Seit der High School, würde ich sagen.<<

>>Und diese Angst vor Blamagen tritt ausschließlich in der Schule auf?<<

Jonathan seufzte. >>Ich habe auch Angst mit fremden Menschen zu telefonieren.<<

>>Du hast Angst, dich am Telefon vor Fremden zu blamieren?<<

>>Ehrlich gesagt, weiß ich gar nicht genau, was das Problem beim Telefonieren ist. Aber wenn ich jetzt darüber nachdenke, könnte ich mir vorstellen, dass es das ist, ja. Ich habe wahrscheinlich Angst, etwas Dummes zu sagen oder vielleicht gar nicht zu wissen, was ich sagen soll. Dann wird es peinlich.<<

>>Ist dir denn schon einmal etwas Peinliches am Telefon widerfahren?<<

>>Eigentlich nicht!<<

>>Dann handelt es sich hierbei also um eine abstrakte Angst. Abstrakt in dem Sinne, dass so ein Szenario in deiner schlimmsten Vorstellung abläuft. Tatsächlich gab es solch eine Erfahrung aber nie. Eine >*Was-Wäre-Wenn-Angst*<, quasi.<<

>>Ja, so kann man es sehen, Doc.<<

Dr. Daniels notierte sich >*Patient tendiert zu sozialer Angst* → *Thema in den nächsten Sitzungen weiter explorieren.*<

>>Kommen wir wieder auf den besagten Tag zurück. Während du in das Schulgebäude gelaufen bist, hast du mit jemandem gesprochen? Vielleicht über ein bestimmtes Thema?<<

>>Nein, leider habe ich in der Schule nicht viele Leute zum Reden.<<

>>Tatsächlich? Wie kommt das?<<

>>Schauen sie mich an. Transleute haben es schwer. Ich werde von so gut wie jedem ignoriert, weil ich so bin, wie ich bin.<<

Dr. Daniels fragte naiv nach, um Jonathans Aussage auf ihre Objektivität zu prüfen. >>Das sagen dir die Leute in der Schule?<<

>>Nein. Aber ich bekomme es zu spüren. Sie reden nicht mit mir.<<

>>Woher weißt du, dass deine Transsexualität der Grund dafür ist?<<

>>Sie schauen mich komisch an. Oft angewidert und abwertend. Das merkt man doch.<<

>>Ich verstehe.<<

Jonathan zog, wie jeder andere auch, Schlussfolgerungen aus dem Verhalten, welches andere ihm gegenüber an den Tag legten. Dass Menschen auf seine Transsexualität mit Ablehnung reagierten, war vorstellbar. In Anbetracht seiner leichten sozialen Angst galt es, alternativ zu prüfen, ob sein Erklärungsmodell für seine schlechte soziale Integrität in der Schule, nicht aber auch auf seiner eigenen Erwartungshaltung, basierte. Wenn Menschen sich einmal ein Konstrukt ihrer Wirklichkeit gebildet hatten, neigten sie dazu, dieses Konstrukt auf künftige Situationen wieder und wieder anzuwenden. Es entstand eine Art Urteilsheuristik, durch die sie blind für andere Erklärungen wurden. Es war möglich, dass Jonathan sich unbewusst anderen Gegenüber kontaktmeidend verhielt, da er entsprechend seiner sozialen Ängste

Blamagen und Bloßstellungen vermeiden wollte und da er ohnehin die Erwartung hatte, wegen seiner Transsexualität auf Ablehnung zu stoßen. Die anderen könnten daraus wiederum schlussgefolgert haben, dass er kein Interesse an Gesprächen habe. Das käme einem Teufelskreis gleich. Und das Thema >*Alleinsein als Einsamkeit*< würde sich im schulischen Kontext analog zu daheim für ihn reaktivieren. Jonathan würde entsprechend dieser Theorie einem Bedürfniskonflikt zwischen *Sozialer Bindung* auf der einen Seite und *Abgrenzung* durch das Vermeidungsverhalten auf der anderen Seite unterliegen. Dr. Daniels nahm sich vor, diese Hypothese im weiteren Verlauf aufzugreifen und machte sich eine entsprechende Notiz.

Zu Beginn einer jeden Therapie galt es erst einmal seinen Patienten mit all seinem Gesagten anzunehmen, damit er sich nicht missverstanden fühlte und sich eine tragfähige therapeutische Arbeitsbeziehung aufbauen konnte.

>>Jedenfalls ging ich dann in das Schulgebäude. An diesem Tag roch es wieder besonders eklig nach Schweiß im Flur.<<

>>Neigst du dazu, dich schnell zu ekeln bzw. sensibel auf Gerüche zu reagieren?<<

>>Nein, das würde ich nicht sagen. Es war vielmehr so, dass dieser ganze Lärm, die vielen Menschen und das Chaos mir plötzlich zu viel wurden.<<

>>Kannst du kurz erklären, was du mit >zu viel< meinst?<<

Jonathan schien nach Worten zu suchen. Oftmals fiel es Patienten schwer, ein Narrativ für ihre Empfindungen zu bilden. Aber es war wichtig, um ihr Bewusstsein für ihre Empfindungen zu schärfen und um Informationen zu generieren, welche für die Therapie relevant sein konnten.

>>Wie soll ich es sagen? Ich war irgendwie genervt. Und zugleich fühlte es sich irgendwie beengend an, in diesem Flur mit den vielen chaotischen Menschen.<<

>>Hast du die Situation als bedrohlich eingeschätzt?<<

>>Vielleicht unbewusst. Aber in dem Moment habe ich eigentlich gar nichts wirklich gedacht. Vielmehr hatte ich das Gefühl, diesem Ort hilflos ausgeliefert zu sein. Plötzlich setzten die Symptome ein.<<

Dr. Daniels notierte sich >*vegetative Symptome wurden als präkognitiv erlebt.*< Typischerweise beschrieben Patienten ihre Symptome als urplötzlich aufkommend, ohne dass sie die Situation zuvor bewusst gedanklich beurteilten. Doch Jonathans Beschreibung einer Hilflosigkeit brachte Dr. Daniels auf einen Gedanken.

>>Die Blessuren in deinem Gesicht, was hat es damit auf sich? Einige Patienten in deinem Alter hatten mir erzählt, dass es einen Überfall auf eine Transparty hier in Naperville gab.<<

>>Ja, da war ich dabei. Die haben ganz schön auf mich eingeprügelt. Aber schon nach dem ersten Schlag ins Gesicht habe ich nichts mehr davon mitbekommen.<<

>>Der Vorfall ereignete sich vor der Panikattacke?<<

>>Ja. An dem Samstag zuvor. Ist das wichtig?<<

>>Bei so einem prügelnden Mob bekommt man es bestimmt mit der Angst zu tun, was?<<

>>Das können Sie laut sagen, Doc.<<

>>Und wie ist es mit Beklemmung und Hilflosigkeit?<< Jonathan schaute fragend vor sich her. Spontan schien er aber doch einen Einfall zu haben. >>Jetzt wo Sie es sagen, fällt mir ein, dass ich an diesem Abend im Rettungswagen auch Herzrasen und Schweißausbrüche hatte. Außerdem wurde mir unheimlich heiß. Wie im Schulgebäude wollte ich nur noch raus aus dem Rettungswagen. Und so tat ich es dann auch.<< Er hielt einen Moment inne. >>Meinen Sie, das war ursächlich für meine Panikattacke in der Schule?<<

>>Vielleicht. Zumindest könnte dieser Moment eine wichtige Noxe dargestellt haben. Mit dem Unterschied, dass die Bedrohung bei dem Überfall nicht so abstrakt wie in der Schule war, sondern doch sehr konkret. Mit feststellbarem Bezug zur Realität.<< Dr. Daniels ließ die Hypothese im Raum stehen. >>Beschreibe mir nun die Symptome, die du im Schulgebäude erlitten hattest, so genau wie möglich!<<

>>Als erstes bemerkte ich, dass mein Herz zu rasen begann. Ich befürchtete einen Herzinfarkt zu bekommen. Dann kam Atemnot hinzu, sodass ich Angst bekam, zu ersticken. Mir wurde ganz heiß und ich begann am ganzen Körper zu schwitzen. Und plötzlich begann ich meine Hände und Füße nicht mehr zu spüren. Ich hatte nur noch einen Gedanken, nämlich so schnell wie möglich hier raus zu müssen. Und das

tat ich dann auch. Ich rannte auf den Hinterhof. Das war`s.<<

>>Was ist auf dem Hinterhof passiert?<<

>>Dort kam ich nach einiger Zeit zur Ruhe. Und obwohl ich völlig erschöpft war, spürte ich eine unheimliche Erleichterung, dass es vorbei war.<<

Dr. Daniels nickte und brummte ein leises >>Aha!<< vor sich her. Dann legte er sein Klemmbrett zur Seite und schaute Jonathan an. >>Es scheint so, als hattest du tatsächlich eine Panikattacke, Jonathan. Die Symptome und der situative Auslöser sprechen für eine Agoraphobie mit einer Panikstörung. Eine Agoraphobie bezieht sich klassischerweise auf Situationen, in denen man sich subjektiv beklemmt fühlt und in der man befürchtet in der Not schlecht zu entkommen.<<

>>Ja, so in etwa hat es sich für mich angefühlt. Das wollte ich sagen, als ich vorhin versucht habe es zu erklären. Ich hatte Angst davor irgendwie festzustecken.<<

>>Um dich aus der Gefahr zu bringen, provoziert dein Kopf Paniksymptome im Herz-Kreislauf-System, die dich dazu zwingen, die Flucht zu ergreifen. Dein Gehirn weiß, das dieses Fluchtprogramm instinktiv und zuverlässig abläuft. Hast du dich erfolgreich aus der vermeidlichen Gefahrensituation gebracht, verschwindet die Panik wieder, da sie ihren Job erfüllt hat. Erleichterung tritt ein. Damit wird das Fluchtverhalten mit der unmittelbaren Konsequenz, nämlich mit der Erleichterung, im Gehirn verknüpft. In so einem Fall sprechen wir von einer *negativen*

Verstärkung. Verstärkung deshalb, weil sich die Wahrscheinlichkeit, bei neu auftretender Panik wieder mit Flucht zu reagieren, erhöht. Je häufiger du Panik bekommst, desto häufiger wirst du vermutlich wieder flüchten, da es sich bewährt hat. Das Fluchtverhalten wird also verstärkt. Negativ verstärkt deshalb, weil etwas Negatives oder sagen wir etwas Unangenehmes durch die Flucht beseitigt wird.<< Dr. Daniels baute eine Pause ein. >>Und zwar das Gefühl von Panik.<< Dr. Daniels schaute auf die Uhr vor sich auf dem Tisch. >>In Anbetracht der fortgeschrittenen Zeit würde ich für heute hier Stopp machen wollen. Wir werden in unserer nächsten Sitzung weiter darüber sprechen.<< Jonathan nickte zustimmend, schien aber verwundert darüber, wie schnell die Sitzungszeit vergangen war. >>Ich wäre bereit, dir einen Therapieplatz anzubieten. Vorher muss ich dich aber darum bitten, dich einmal bei deiner Ärztin durchchecken zu lassen. Es liegt in ihrer Verantwortung, wie viel Aufwand sie dafür betreibt, da es unwahrscheinlich ist, dass sie irgendwelche organischen Gründe für deine Beschwerden ausfindig machen wird. Aber wenn es welche gäbe, wäre es fatal, sie zu übersehen.<<

>>Wird erledigt, Doc. Gibt es vielleicht etwas, was ich derzeit tun kann, wenn die Symptome wieder auftreten?<<

>>Zunächst solltest du dir klar machen, dass wenn dein Herz stärker zu schlagen beginnt, es sich um eine normale Reaktion bei Stress handelt. Eine Panikattacke

beginnt mit der katastrophierenden Fokussierung dieser normalen Reaktion des Herzens, indem man beispielsweise glaubt, einen Herzinfarkt zu bekommen. Diese Horrorvorstellung lässt das Herz noch schneller schlagen, weshalb man noch stärker davon überzeugt ist, dass man kurz vor dem Sterben ist usw. Das ist wie bei einem Teufelskreis. Wenn du das nächste Mal Atemnot bekommst, nimmst du dir eine gewöhnliche Plastiktüte und atmest in diese hinein. Nach einigen Atemzügen nimmst du die Tüte weg und machst einige Atemzüge ohne sie. Dann wiederholst du das Ganze, bis die Hyperventilation nachlässt. Ich empfehle dir diese Technik zuhause etwas zu üben, damit du sicherer bei der Anwendung wirst.<<

>>Was soll das bringen?<< Jonathan schaute skeptisch. >>Das ist einfach zu erklären, aber schwer zu verstehen. Deshalb nur das Wichtigste, ohne viele Details. Durch die Hyperventilation kommt es zu einem zu niedrigen Kohlendioxidgehalt in deinem Blut. Man spricht dann von einer Hypokapnie. Der pH-Wert im Blut steigt und es kommt zu einer respiratorischen Alkalose. Diese lässt den Anteil von freiem Kalzium abfallen, was in einer Hypokalzämie endet. Das hat zur Folge, dass die neuromuskulären Membranen übererregt werden, was zu den Taubheitsgefühlen und den krampfenden Händen führt. Wenn du in die Tüte atmest reichert sich darin dein ausgeatmetes Kohlendioxid an, welches du bei der Rückatmung aus der Tüte wieder einatmest. Nach einigen Minuten

normalisiert sich der Kohlendioxidgehalt in deinem Blut wieder und die Hyperventilation lässt nach. Hast du noch weitere Fragen dazu?<< So wie Dr. Daniels fertig war, zweifelte er an seiner Fähigkeit sich einfach auszudrücken. Mit Sicherheit hatte er Jonathan soeben maßlos überfordert. Doch in Anbetracht der Zeit ließ er es so stehen, in der Hoffnung Jonathan nahm sich einfach seinen Rat an.

Nachdem sie sich erhoben hatten, um sich zu verabschieden, fiel Dr. Daniels noch etwas ein. >>Bevor du gehst, eines noch! Hast du denn bei einem meiner Kollegen einen Termin zur Begutachtung bekommen?<<

>>Ach ja! Das hatte ich ganz vergessen. Muss wohl durch den Überfall in den Hintergrund gerückt sein. Ich werde heute oder morgen noch anrufen. Danke, Doc.<<

***

Dr. Daniels hatte Feierabend. Er war glücklich, wieder arbeiten zu können. Aber nach Hause zu kommen zu seiner Frau und seiner kleinen Tochter war immer noch das Größte für ihn. Das war nie anders. Doch nachdem er vor gut einem Jahr von Professor Rubinstein einen Patienten überwiesen bekam, der kurze Zeit später mit erst neunzehn Jahren seinem Krebsleiden erlag, schärfte das sein Bewusstsein für seine eigene Lebensweise. Fortan begann er sich stärker auf jene Dinge in seinem Leben zu konzentrieren, welche ihn interessierten und Freude bereiteten, ohne sich seine Wünsche für irgendwann in ferner Zukunft aufzubewahren. Er lernte durch die kurze Begegnung mit diesem totkranken Mr. Sinner, dass das Leben *jetzt* stattfinden sollte. Dr. Daniels war der Ansicht, dass wir mit einer natürlichen Neugierde für das Hier und Jetzt geboren werden. Wann immer er Kinder mit ihren Eltern beobachtete, konnte er sehen, wie Kindern diese Neugierde genommen wurde, wann immer sie sich auf dem Weg mit etwas Interessantem beschäftigten. Die Eltern waren es meist, die danebenstehend völlig entnervt auf das Kind einredeten. >>Nun komm doch weiter! Wir wollen doch einkaufen.<< >>Wir wollen auf den Spielplatz, also lass die Ameisen in Ruhe!<< Die Lernerfahrung dieser Kinder lautete: Nicht hier und jetzt findet das Leben statt, sondern das Später ist wichtig. Also lass den Moment an dir vorbeiziehen. Diese Beobachtungen standen für Dr. Daniels sinnbildhaft für die Lebensweise vieler Menschen. Termine, feste Abläufe, Gewohnheiten. All das schaffte ihnen Sicherheit, aber raubte ihnen zugleich die Fähigkeit zur Spontanität. Nachdem er kurze Zeit später selbst die Verdachtsdiagnose eines Bauchspeicheldrüsenkarzinoms gestellt bekam, die sich zu seiner großen Erleichterung als falsch erwies, bestärkte es ihn in seiner Sicht darin, dass jeder Neuanfang zu spät sein konnte, wenn man zu lange darauf wartete. Seither stresste es ihn nicht mehr, wenn seine Tochter die Treppe an seiner Hand zu langsam hinauflief. Er sah es fortan als seine Möglichkeit, ihre kleine Hand einen Moment länger halten zu können.

Irgendwann, so wusste er, würde sie seine Hand nicht mehr brauchen.

>>*Wenn Sie die Art und Weise ändern, wie Sie Dinge betrachten, ändern sich die Dinge, die Sie betrachten.*<<, soll einmal der deutsche Physiker Max Planck gesagt haben.

Allzu oft hatte Dr. Daniels das Gefühl, etwas zu verpassen, wann immer seine Tochter trödelte. Wenn er sich verdeutlichte, dass es nichts war, was nicht auch hätte fünf Minuten mehr warten können, so konnte er den hausgemachten Zeitdruck loslassen und dem Moment mehr Raum geben. Das war der Weg, durch welchen er zu einer neuen Genussfähigkeit gelangte. Den Genuss des Lebens.

An besonders schweren Tagen half es ihm, sich zu verdeutlichen, dass seine Probleme bedeutungslos erschienen in Anbetracht dessen, dass sich in 100 Jahren niemand mehr an seine Existenz erinnern würde. Alles was ihn also betraf, war als ein Zyklus zu verstehen, der ohnehin enden würde, ohne dass jemand lange nach seiner Zeit noch Notiz von ihm nehmen würde. Als Liebhaber der Astronomie war ihm die Bedeutungslosigkeit der gesamten Menschheit für das Universum bewusst. Allein für unseren Planeten war die Menschheit entbehrlich. Doch auch unser gesamter Planet, unser Sonnensystem, gar unsere gesamte Galaxie, hatte für unser Universum keinerlei Bedeutung. Jedes Mal, wenn er es schaffte, sich dieser Bedeutungslosigkeit bewusst zu werden, rückten seine Sorgen weit in den Hintergrund und er besann sich wieder auf den Moment. Das war eine Lebensphilosophie, die ihn zu einem sorgenfreieren Leben verhalf. Denn die Last unserer Probleme hing einzig und allein von der Bedeutung ab, die wir ihnen zuschrieben.

KAPITEL 6

Zwischen Sehnsucht und Hass

>>Die Sehnsucht ist der Schmerz, der uns dazu treibt, das Unmögliche zu suchen.<< **– Friedrich Nietzsche**

Jonathan kam an diesem Tag direkt nach der Schule heim. Der Tag verlief bisher alles andere als gut. Heute Morgen im Bad war seine Geschlechtsdysphorie besonders heftig. Beim Anblick seines Busens überkam ihm seine vollste Abneigung gegen seinen Körper. Wie bei einem schleichenden Anfall stieg ein unkontrollierbarer innerer Hass in ihm auf. Ohne einen klaren Gedanken zu formulieren, suchte er instinktiv nach einem Weg, um seinen emotionalen Erregungszustand zu kanalisieren. Als er eine lose herumliegende Rasierklinge auf der Ablage des Spiegelschrankes erblickte, ergriff er sie und schnitt sich geistesgegenwärtig in seinen Unterarm. Der peitschende Schmerz und die angenehme Wärme seines Blutes bildeten eine tolle Harmonie. Zum einen hatte er durch den Schmerz das Gefühl, endlich das zu bekommen, was er verdiente. Zum anderen legte sich durch das wärmende Blut ein Schein von Fürsorge und Geborgenheit über seine Seele. Wie ein Vater, von dem er geschlagen wurde, um von ihm dann versöhnend in den Arm genommen zu werden. Und vergessen war der vorausgegangene Konflikt, den Jonathan mit seinem Spiegelbild austrug. Da der Effekt des >Ritzens< nur kurz anhielt, schnitt er sich wieder und wieder in den Arm, bis er im nächsten Moment erschrak. Die Blutungen schienen nicht mehr gut kontrollierbar. Er griff nach einer Mullbinde und verarztete seinen Arm so gut er konnte, in der Hoffnung, dass die Blutungen stoppen würden. Dieser morgendliche Zwischenfall zwang ihn an diesem warmen Spätsommertag mit einem Long Sleeve das Haus zu verlassen. In der Schule erlitt er am Nachmittag eine leichte Panikattacke im Treppenhaus, die zu seinem Glück auch nur kurz anhielt, sodass er sich überwinden konnte den Schultag zu Ende zu bringen. Und zu allem Überfluss bekam er in seiner Klassenarbeit auch noch eine glatte F. Dabei lag ihm Geschichte. Umso frustrierender. In der vergangenen Zeit ließ seine Konzentration beim Lernen merklich nach. Zu sehr forderten seine Panikattacken und seine tägliche Geschlechtsdysphorie all seine Energie.

An diesem Nachmittag war ihm alles egal. Auch, ob er seiner Mutter begegnen würde, welcher er seit dem heftigen Streit vor ein paar Tagen gekonnt aus dem Weg ging. Beide konnten äußerst stur sein, weshalb sie sich nach dem Streit nicht aussprachen. Dabei hoffte er insgeheim, dass sie ihren Fehler einsehen und sich dann bei ihm entschuldigen würde. Es war sein ersehnter Wunsch, dass sie sich in seine Situation versetzte, um ihn endlich verstehen zu können. Sie wiederum spürte seine abweisende Haltung ihr gegenüber, weshalb sie sich unsicher war, ob und wie sie ihm begegnen sollte. Aus dieser Unsicherheit heraus, ging sie ihm aus dem Weg. Sie hatte Angst, in eine erneute Eskalation mit Jonathan zu geraten. Und so vermieden sich zwei Menschen, die sich eigentlich nahestehen wollten, aus unterschiedlichen emotionalen Motiven heraus. Jonathan aus Trotz. Seine Mutter aus Angst.

An diesem Nachmittag nahm sie jedoch ihren Mut zusammen. Ihr mütterliches Herz spürte, dass ihr Kind seit geraumer Zeit litt. Sie klopfte leise an seiner Zimmertür und öffnete sie behutsam. Als sie ihren Kopf zwischen die halbgeöffnete Tür schob, würdigte Jonathan sie keines Blickes.

>>Darf ich hereinkommen, Jonathan?<<

Er blickte zu ihr auf. Seine Verwunderung darüber, dass sie ihn soeben mit Jonathan ansprach, konnte er hinter seinem Trotz schwerlich verbergen. Es schien wie eine Kapitulation seiner Mutter. Das hatte viel mehr wert als eine einfache Entschuldigung. Hatte sie sich in seine Lage versetzt und ihn nun doch verstanden? Kam sie zu einer Einsicht? Vielleicht! Jonathan war neugierig.

>>Ok! Komm herein!<<

Seine Mutter öffnete die Tür und trat in sein Zimmer.

Sie nahm sich seinen Schreibtischstuhl und setzte sich ihm gegenüber. Er saß im Schneidersitz auf seinem Bett.

>>Mein Kind, irgendwie habe ich das Gefühl der Wurm ist zwischen uns drinnen.<< Sie schaute ihn erwartungsvoll an. Er zuckte jedoch nur kurz mit den Schultern. Der Trotz war es, der ihn dazu bewegte, seine Mutter >zappeln zu lassen<. Er genoss es von ihr umgarnt zu werden, wobei er sich in seinem tiefsten Inneren nichts sehnlicher wünschte, als von ihr in den Arm genommen zu werden.

>>Ich verstehe, dass du wütend darüber warst, was ich da von mir gegeben habe. Und ich möchte mich dafür entschuldigen. Aber manchmal habe ich auch das Gefühl, dass du überreagierst.<<

>>Wie das denn?<< Der Trotz klang immer noch aus seinem Ton.

>>Du scheinst manchmal Dinge förmlich hören zu wollen, die ich einfach nicht gesagt habe.<<

>>So?<<

>>Ich sagte, dass die Leute, die im *Bunny Hanas* feiern, besonders gehasst werden. Und du formuliertest daraus, dass ich sie und dich gleich mit hassen würde. Das habe ich nicht gesagt!<< Ihre Stimme war ruhig und sie sprach durchaus bedacht, um die Situation nicht kippen zu lassen.

Jonathan schien sich auf das Gespräch einzulassen. Er setzte sich aufrecht hin und seine Stimme klang sachlich. >>Mom, es ist ganz einfach. Diese Leute von denen du dort sprachst, sind wie eine Familie, die ich nie hatte.<< Er sah, wie ihr Gesicht während seines Satzes an Ausdruck verlor. >>Ich bin ein Teil dieser Familie. Deshalb beschütze ich diese Leute genauso, wie sie es mit mir tun würden. Sie sind so wie ich und ich wie sie. Nur wenige Menschen sind wie wir. Wir sind eine besondere Art Mensch. Deshalb werden wir aber auch gehasst und müssen uns vor Angriffen schützen.<<

>>Aber dabei richtest du deinen Zorn gegen mich. Deine Mutter. Ich sollte doch deine Familie sein, findest du nicht auch?<<

>>In dem Moment, in dem du diese Leute angreifst, bist du mein Feind, Mom.<<

Sein Schwarz-Weiß-Denken brachte sie förmlich aus der Fassung. Seine Worte hatten etwas von einer Anklageschrift, gegen welche sie sich zu wehren versuchte und ihre Stimme erhob. >>Ich habe sie nicht angegriffen! Ich habe gesagt, dass die Leute, die dort feiern gehen, besonders gehasst werden. Das ist eine Tatsache. Du hast selbst gesagt, dass der Club überfallen wurde. Das heißt nicht, dass ich ihn überfallen würde.<<

>>Schrei mich nicht wieder an, Mom!<<, schrie er zurück.

Beide atmeten tief und schauten sich an. Eine neue Eskalation lag in der Luft, die keiner von beiden wollte. Aber offensichtlich fanden sie keinen Weg zueinander. Mutter und Sohn saßen sich gegenüber. Räumlich waren sie nahe, aber emotional konnten sie nicht weiter voneinander entfernt sein. Jonathan war zum Weinen zumute. Aber er hatte über die vergangenen Jahre gelernt, seine Emotionen zurückzuhalten. Er machte sich zu oft angreifbar, wenn er zeigte, wie er empfand. Selbst in der Community ging er sparsam mit seinen Gefühlsausdrücken um. Die Angst nicht verstanden zu werden, hatte sich seit seiner Transsexualität wie ein Virus auf alle Lebensbereiche ausgebreitet; egal ob Schule, Familie oder sonst wo. Nicht Verstanden zu werden, war ein Dauerthema für ihn geworden. Nicht verstanden zu werden erschien ihm wie seine ganz eigene Lebensphilosophie. Aber was brachte ihm eine solche Philosophie, unter der er nur zu leiden schien? Manchmal dachte er darüber nach, wie es wäre, wenn er nicht mehr da wäre. Es wäre einfach sich dem ganzen Leid zu entledigen. Der Körperdysphorie fast jeden Morgen im Bad, seiner für ihn unerreichbar scheinende Mutter, der Intoleranz der Gesellschaft gegenüber Menschen wie ihm, dem schulischen Leistungsdruck, den sadistischen Lehrern ... Er hatte sich gefragt, ob seine Mutter wohl leiden würde, wenn sie die Nachricht erhielte, dass er tot war. Vermutlich hätte sie um ihn geweint. Der Gedanke daran, erfüllte ihn mit Glückseligkeit.

Er hätte seine Mutter gerne umarmt. Aber sie hatte es nicht verdient. Zwischen Sehnsucht und Hass lebte es sich anstrengend. Er hätte gerne gewusst, was in diesem Moment in ihrem Kopf vorging. Sie saß da, angestrengt ihre Tränen im Zaum zu halten. Sie schien traurig zu sein. Dabei war sie es doch, die ihn und seine Community beleidigte. Auch, wenn sie sich fortan bemühen würde, ihn mit seinem richtigen Namen anzusprechen, hatte sie es mit allem, was sie danach sagte, bedeutungslos gemacht.

Sie schaute ihn an. Sie war frustriert darüber, dass er sie offenbar nicht verstehen wollte. Sie fühlte sich von ihm ungerecht behandelt. Sie hatte mit sich den Kompromiss geschlossen, ihn zumindest mit >Jonathan< anzusprechen. Er hatte sich offensichtlich nicht einmal darüber gefreut. Das empfand sie als große Enttäuschung. Dabei wollte sie nichts sehnlicher, als ihn in den Arm nehmen. Enttäuschung über ihr Kind passte da gar nicht hinein. Sie hatte das Gefühl immer schwieriger an ihr Kind heranzukommen. Dabei liebte sie dieses Kind. Sie hatte die letzten vierzehn Jahre nur ihm gewidmet; ihn gewickelt, ihn gefüttert, in den Kindergarten gebracht, ihn getröstet, ihn ermutigt, ihm Geschenke zu seinen Geburtstagen bereitet, ihm Geschichten vorgelesen, seine Haare gestreichelt, ihn zum Arzt gefahren ... Sein Kind zu verlieren, ist womöglich die größte Angst, die Eltern umtreiben kann. Dabei saß er direkt vor ihr. Sie musste ihn nur an sich heranziehen. Aber sie hatte Angst. Angst vor einer Zurückweisung. Wie durch eine Glaswand schienen sie sich anzusehen. Sie wollte zu gerne wissen, was in diesem Moment in seinem Kopf vorging. Er saß da und sah verbittert aus. Vielleicht hasste er sie. Das wäre ihr sicherer Tod als Mutter.

Sie stand langsam auf und ging zur Zimmertür. Sie drehte sich noch einmal kurz zu ihn um. >>Bis später, Jonathan.<<, zitterte ihre Stimme in seine Richtung. Ihn >Jonathan< zu nennen fühlte sich fremd an. Als ob sie zu einem Fremden in der Gestalt ihres allerliebsten Kindes sprach. Sie trat aus der Tür, ohne sich noch einmal umzudrehen. Dann fiel die Tür in das Schloss.

Jonathan begann zu weinen. Er drückte sich sein Kopfkissen vor sein Gesicht, um nicht gehört zu werden. Er wollte seine Schwermut ganz für sich behalten und presste sein Kissen, so fest an sich, dass er es zwischendurch lösen musste, um einige Atemzüge zu nehmen. In dem Moment, in welchem seine Mutter aus der Tür trat, kippte seine Wut auf sie in eine tiefe Trauer. Er trauerte ihr nach, da er sich soeben von ihr verlassen fühlte. Warum hatte sie ihn nicht umarmt? Sie hätte sehen müssen, dass er litt. Er spürte, ihr gleichgültig zu sein. Ein Kind, dass keine Bedeutung für seine Mutter hatte, war wertlos. Dafür hasste er sich. Er hasste sich dafür, nicht normal zu sein. Er hasste sich dafür, im falschen Körper zu stecken. Er hasste sich dafür, nicht den Erwartungen seiner Mutter gerecht werden zu können. Er hasste sich dafür, von ihr gehasst zu werden. Er hatte als Kind versagt. Und noch viel mehr hasste er diese emotionalen Achterbahnfahrten. Ein Spannungsfeld der Gefühle, unter welchem er zu zerreißen drohte. Das Gefühlschaos zwischen Trauer und Hass auf seine Mutter auf der einen Seite, und Hass auf sich und überschwemmendes Selbstmitleid auf der anderen Seite, überforderte ihn. Auch seine Gedanken überschlugen sich mit zunehmendem Tempo. Er geriet in eine heftige emotionale Erregung. Stresshormone schossen durch seinen Körper. Das Herz und der Puls nahmen Fahrt auf. Die Hyperventilation setzte ein, als er sein Gesicht kurzzeitig und schwer atmend aus dem Kissen hob. Doch hatte er keine Plastiktüte zur Hand. Seine Hände und Füße wurden taub. Er begann immer lauter zu stöhnen und nach Luft zu schnappen. Er war sich sicher, dass sein Weinen ins Kopfkissen nun sinnlos war, denn sie würde ihn sicher nach Luft ächzen hören. Sein Stöhnen schlug in eine Art des Schreiens um. Plötzlich flog seine Zimmertür auf. Seine Mutter stand im Raum. Erschrocken starrte sie ihn mit weit aufgerissenen Augen an. >>Johanna! Was ist mit dir?<< Sie nahm ihn in ihre Arme und drückte ihn fest an sich. Er spürte ihre Körperwärme und ihren Herzschlag an seinem Ohr. Ihr weicher Busen fühlte sich mütterlich an. Wie ein Baby, welches sich nach dem mütterlichen Lebenserhalt sehnte, genoss er es, sich einen Moment wie ein hilfloser Säugling fühlen zu können. Er weinte in ihren Pullover, der eine Note von altem Frittieröl in sich trug. Diesmal waren es aber keine Tränen der Trauer, wie noch vor einigen Minuten. Freudetränen, so hatte er einmal gelesen, gab es nicht. Sportler, die auf dem Siegertreppchen weinten, weinten nicht vor Freude. Es war Druck, der sich in ihnen entlud. Druck, der sich über die harte Vorbereitungszeit einer Olympiade anstaute, entlud sich in dem Moment des Triumphes. Jonathan fühlte sich in den Armen seiner Mutter an einem langersehnten Ziel angekommen. Sie sprach ihm zu, wobei er sich nicht auf ihre Worte konzertieren konnte. Seine Anspannung ließ nach. Seine Atmung wurde frei, als würde er über eine Sauerstoffflasche versorgt werden. Nach einigen Minuten lösten sie sich langsam voneinander. In den Armen seiner Mutter schien die Panik zerronnen zu sein. Er sah zu ihr auf. Sie sah besorgt aus. Er hingegen war völlig erschöpft, doch zugleich erleichtert, dass es vorbei war.

***

Kurz vor dem Treffen mit der Community bekam er noch eine Nachricht, ob er noch einige Snacks besorgen könne. Man wollte sich heute mit einigen Leuten im naheliegenden Park treffen, um die letzten warmen Wochen des Jahres zu genießen. Jonathan mochte den Park nicht, da er voller Menschen war. Aber umgeben von seinen Leuten fühlte er sich sicher genug, um all die Menschen auszublenden. Eine Gruppe bot Schutz. Das war schon von Anbeginn der Menschheit so. Eine Gruppe war jedoch nicht nur als eine zufällige Ansammlung von Menschen zu verstehen. Vielmehr zeichnete sie sich durch ein soziales Gebilde von Menschen aus, die miteinander interagierten, wechselseitig Einfluss aufeinander nahmen, ein gemeinsames Ziel verfolgten und sich als >Wir< verstanden. Gruppen bestanden aus Einzelnen, die eine bestimmte Rolle innerhalb dieser Gruppe einnahmen. Diese Rollen waren jedoch nicht starr, sondern unterlagen einem individuellen Entwicklungsprozess, der wiederum von der Gruppendynamik mitbeeinflusst wurde und der umgekehrt die Gruppendynamik beeinflusste. Jonathan war in jedem Fall einer derjenigen, der nicht sonderlich viel Platz in der Gruppe einnahm. Das lag vor allem an seinem jungen Alter, aber auch an seiner hohen Schadensvermeidung. Er mochte keine Risiken. Und er mochte keine Disharmonie. Aus diesem Grund verhielt er sich zurückhaltend und ruhig. Nie hätte er jemanden etwas streitig gemacht; eine Rolle oder eine Beziehung. Er war nur froh, Teil dieses sozialen Gebildes sein zu können. Innerhalb dieses Gebildes gab es zudem gemeinsame Normen und Werte. Eine Norm, an der es in der Community nichts zu rütteln gab, war, dass man sich untereinander zu jeder Zeit unterstützte. Die meisten von ihnen hatten eine solche Unterstützung durch ihre Familien oder ihr soziales Umfeld nie erhalten. Im Gegenteil, sie kannten die Position des Ausgegrenzten und des Opfers. Umso wichtiger war der Zusammenhalt untereinander, damit niemand mehr leiden musste und man sich den bestmöglichen Schutz ermöglichte. Schutz brauchten sie vor allem vor dem transphoben System. Von diesem ging die größte Gefahr für jeden Einzelnen in der Community aus. Der Kampf für non-binäre Umkleiden in Schwimmbädern oder die Selbstverständlichkeit der Toilettenwahl entsprechend dem Transgeschlecht war ein wichtiger Kampf. Sie mussten ihn gewinnen, um gleichberechtigt wahrgenommen zu werden. Das war nämlich das, was sie schon immer missen mussten. Horrorgeschichten von Vergewaltigungen durch Transmänner in Frauengefängnissen waren ohnehin Einzelfälle, die einer unsachlichen Polarisierung dienen sollten. Es ging dabei einzig und allein darum, Ängste zu verbreiten und Transmenschen ihre Gleichberechtigung vorzuenthalten; wenn nicht sogar feindselig abzuwehren. Alle anderen vorgetragenen Motive, um von solchen Vorfällen zu berichten, waren auszublenden. Analog verhielt es sich mit dem Idealbild einer Welt, in der Transfrauen selbstverständlich in den Boxring steigen konnten, um sich mit biologisch geborenen Frauen in einem Faustkampf auf Augenhöhe messen zu können. Wer das als Irrsinn ansah, verweigerte höchstens aus Trotz die wahrhaftige Gerechtigkeit, die sich darin verbarg.

Jonathan stolperte einen Moment über seine Gedanken. Konnte Gerechtigkeit für den einen, Ungerechtigkeit für den anderen beinhalten? Oder wäre damit die eigentliche Bedeutung von Gerechtigkeit durchkreuzt? Beinhaltete Gerechtigkeit die Gleichheit aller Beteiligten? Wenn dem so war, schien hier ein unauflösbares Dilemma zu entstehen. Denn offenbar handelte es sich in so einer Konstellation um unterschiedliche Ebenen von Gerechtigkeit. Eine gesellschaftliche Gerechtigkeit, als Transfrau einer biologisch geborenen Frau uneingeschränkt gleichgestellt zu sein, würde eine sportliche Gerechtigkeit konterkarieren.

Somit wäre es definitionsgemäß unfair. Würde man Transfrauen allerdings weiterhin von sportlichen Wettbewerben für Frauen ausschließen, wäre das zwar sportlich fair, aber nicht im Sinne einer Egalität. Je mehr er darüber nachdachte, desto komplexer schien das Thema zu werden. Es wirkte wie bei einer Abwägung verschiedener Rechtsgüter. Niemand konnte eine absolute individuelle Freiheit für sich beanspruchen, denn sie würde an irgendeiner Stelle die Grenzen anderer verletzen. Jonathan merkte, wie er sich gedanklich immer mehr verrannte. Er hasste solche Zustände, weshalb er lernte die Gedanken an solch einem Punkt wie mit einem Bagger beiseite zu schieben. So schaffte er es, sein Weltbild vor einen aufkommenden Konflikt mit einer alternativen Form der Realität zu schützen. Das Gedankenschieben platzierte er immer dann, wenn es zu komplex für ihn als Teenager wurde. Aber auch dann, wenn sein Konstrukt über die Welt von ihm selbst hinterfragt wurde. Wenn dies nicht quasi einem Selbstverrat gleichkäme, gefiel ihm seine Fähigkeit die Dinge auch aus einem anderen Blickwinkel zu betrachten schon fast.

Während er gedankenschiebend über den Parkplatz auf den Supermarkt zusteuerte, trat ein Mann aus dem Laden, der ihm mit dem ersten Augenblick bekannt vorkam. Ihre Blicke trafen sich. Er sah dem Mann mit der Milchflasche unter dem Arm und der Gebäcktüte in der Hand direkt in die Augen. Es waren die Augen seines Vaters. Jonathan erstarrte augenblicklich.

Wie eingefroren stand er vor der Eingangstür, während sein Vater den Blick sofort wieder von ihm löste und äußerlich unberührt weiter in Richtung seines Wagens lief. Es war ein alter Buick. Olivgrün mit weißem Dach. Sein Vater liebte Oldtimer. Das hatte ihm seine Mutter über ihn erzählt. Er warf die Milch und die Tüte auf den Beifahrersitz und stieg, ohne Jonathan eines Blickes zu würdigen, in seinen Wagen. Jonathan ertappte sich, wie er ihm wie versteinert dabei zusah, als er den Motor startete und mit voll aufgedrehtem Radio vom Parkplatz fuhr.

Erst jetzt bemerkte er, wie sehr sein Herz rannte und sein Atem stolperte. Er war schockiert. Seinen Vater hatte er seit Jahren nicht gesehen. Hatte er Jonathan nicht erkannt? Er wirkte gleichgültig, wobei er während des Blickkontakts mit Jonathan ebenso erschrocken zu sein schien. War sein Vater etwa in der Lage sein eigenes Kind missachtet auf einem Parkplatz stehenzulassen? Hatte Jonathan keinerlei Bedeutung für ihn? War er seinem Vater keinen Gruß oder wenigstens ein Lächeln wert? Ihm wurde schlagartig übel. Er setzte sich auf einen Bordstein, um das eben Geschehene zu verdauen. Obwohl er in den vergangenen Jahren keinerlei Interesse durch seinen Vater signalisiert bekam und er von diesem Mann nichts zu erwarten hatte, war dieses unvorhersehbare Aufeinandertreffen doch ein Tiefschlag. Durch den Schock konnte er noch nicht erfassen, was er emotional verspürte. Womöglich war er enttäuscht. Oder traurig. Oder wütend. Wut würde eine mögliche aggressive Haltung gegen seinen Vater mit sich bringen. Aggressionen konnte man in diesem Zusammenhang als einen Versuch der Abgrenzung von seinem Vater deuten. Enttäuschung und Traurigkeit würden ein Ausdruck seiner Sehnsüchte, die er gegenüber seinem Vater hatte, bedeuten.

Eigenartigerweise sprach er das Geschehnis beim Treffen mit der Community gar nicht an. Dabei wären diese Leute genau diejenigen, die ihm am meisten Verständnis entgegenbringen würden. Wahrscheinlich war es die Menge der Leute am Treffpunkt, die Jonathan dazu veranlassten, sich dafür zu entscheiden, keinen Raum mit seiner Belastung einnehmen zu wollen. Er verstand es auch als eine Rücksicht gegenüber den anderen, die sich bei ausgelassener Stimmung in Gesprächen untereinander befanden. Ein so schwer verdauliches Thema hatte da keinen Platz. Genauso wie Jonathan mit seinen Bedürfnissen in diesem Moment keinen Platz fand. Einsamkeit inmitten von Freunden war ihm nicht fremd, aber noch nie war sie so spürbar wie in diesem Augenblick.

Auf dem Weg nach Hause war sein Schock verflogen. Jonathan unterhielt sich im Laufe des Abends mit einigen Leuten und trank zwei, drei Bier. Mit einigen Stunden Abstand zum Schockerleben und nun mit seinen Gedanken allein, konnte er besser spüren, was die unerwartete Begegnung mit seinem Vater mit ihm machte. Es war eindeutig die Traurigkeit, die auf ihm lastete. Er sehnte sich nach einer Bedeutung für seinen

Vater. Er sehnte sich nach seinem Schutz, nach seiner bedingungslosen Liebe und seiner Aufmerksamkeit. Einfach, weil er ein tolles Kind für ihn sein wollte.

Daheim angekommen, hörte er seine Mutter im Wohnzimmer vor dem Fernseher. Er überlegte einen Moment, ob er ihr von der Begegnung erzählen sollte. Sie war immerhin diejenige, die seinen Vater am besten kannte und eine Einschätzung über die Situation vornehmen konnte. Jonathan wollte in Erfahrung bringen, wie er die Begegnung beurteilen sollte, weshalb er sich entschied in das Wohnzimmer zu gehen und zu berichten.

>>Mom, du wirst nicht glauben, wem ich heute begegnet bin.<<

Ohne den Blick vom Fernsehgerät abzuwenden. >>Wem denn?<<

>>Meinem Vater.<< Jonathan wartete gebannt auf ihre Reaktion.

Seine Mutter griff zur Fernbedienung, drehte den Ton herunter und sah ihn mit offenem Mund an. >>Diesem elenden Feigling bist du hier in Naperville begegnet?<<

>>Ja. Vor dem *Trader Joe's* in der West Gartner Road.<<

>>Was hat er gesagt?<< Sie richtete sich auf, als wolle sie sofort losziehen, um ihn ausfindig zu machen. Ihre aggressive Art verunsicherte Jonathan, da er ihr eigentlich berichten wollte, wie traurig er war.

>>Er sagte nichts. Er sah mich an und ging einfach zu seinem Wagen, als ob ich ein Wildfremder wäre.<<

>>Das ist typisch für ihn. Keinerlei Verantwortungs-

bewusstsein. Ihm war immer alles egal.<< Sie redete sich in Rage. >>Er leugnet also sein eigenes Kind. Sein Fleisch und Blut. Siehst du wozu er fähig ist? Ich habe dir immer gesagt, Jonathan, von ihm hast du nichts zu erwarten.<<

Jonathan bemerkte, wie er mit jedem Satz seiner Mutter ebenso wütend auf seinen Vater wurde. Ihre Affekte der Empörung und des Zorns waren ansteckend. Sich mit den Affekten seiner Mutter zu verbinden, war zu dieser Zeit besonders bedeutsam. Jetzt, wo sie seit der gestrigen Versöhnung nach seiner Panikattacke wieder besser miteinander zurechtkamen. Es kam fast einer Verpflichtung gleich, sich mit ihrem Zorn zu verbinden, um das gemeinsame Band zu stärken, um Verantwortung für ihre Emotionen zu zeigen. >*Ich fühle wie du*<, lautete die Verkündung in Richtung seiner Mutter. Vielleicht auch, um sich maximal solidarisch mit ihr zu zeigen, indem er emotional gleich schwang. So verhielt es sich auch in der Community. Man teilte Emotionen miteinander, wodurch man sich gegenseitig besonders gut affektiv aufladen konnte, um die Affekte dann gemeinsam auszuagieren. Und so rückte an Stelle seiner Traurigkeit, die soeben noch als Repräsentant seiner Sehnsüchte auftreten sollte, die unendliche Entrüstung über seinen feigen Erzeuger. Wie in einem Hintergrundprozess war der Wunsch spürbar, dass seine Mutter auch mit seiner Traurigkeit mitschwang, jedoch war er es gewohnt, die emotionale Verantwortung zwischen ihnen beiden zu tragen. Und immerhin war die Entrüstung leichter zu händeln, da er sie als Wut zu kanalisieren verstand, indem er im Chor mit seiner Mutter mitwetterte. Sehnsucht hingegen musste er aushalten, was weitaus die größere emotionale Herausforderung darstellen würde. Insofern war die Wut, mit welcher er sich von seiner Mutter anstecken ließ, als eine willkommene Abwehr seiner Sehnsüchte zu verstehen.

KAPITEL 7

Die erste Selbstbetrachtung

>>Selbstbetrachtung offenbart die Wahrheit über uns selbst und unsere Beziehung zur Welt.<< – **Carl Gustav Jung**

Jonathans Stimmung war an diesem Tag etwas besser. Er und seine Mutter hatten in den vergangenen Tagen ein wenig zueinandergefunden. Seine Mutter schien seit seinem Panikanfall aufmerksamer. Sie meldete sich mehrmals täglich bei ihm, um sich rückzuversichern, dass es ihm gut ging. Bis dato hatte Jonathan vor ihr geheim gehalten, unter Panikattacken zu leiden. Zu groß war seine Befürchtung, dass sie es nicht verstehen würde. Nun, wo sie es hautnah miterlebte, war es das Beste was ihm passieren konnte. Endlich war sie emotional präsenter. Jetzt, wo sie sah, dass er zu leiden hatte.

Der Gedanke an den heutigen Schultag trübte jedoch seine Stimmung. Referate vor der Klasse waren die größte Herausforderung für ihn. Vor seinen

Mitschülern zu stehen und sprechen zu müssen, war eine Horrorvorstellung, da es das größte Potenzial mit sich brachte, sich zu blamieren. Seine Lehrerin, Ms. Milton, liebte es zudem, sich über Schüler lustig zu machen; auf deren Kosten. Und als Unterhaltungsprogramm für den Rest der Klasse. Die meisten aus der Klasse hatten auch Spaß an dieser Form der Unterhaltung, zumindest solange, bis sie selbst dran waren. Am liebsten wollte Jonathan an diesem Tag einfach daheim bleiben. Doch die Angst vor schlechten Noten lag schwerer in der Waagschale als die Angst vor einer Blamage. Und so stand er an Tagen wie diesem vor einem Dilemma. Er hatte die Wahl zwischen Pest und Cholera. Einer seiner Ängste musste er sich stellen. In der Regel stellte er sich dem Referat, wie an diesem Tag. In der Schule angekommen, stieg die Nervosität deutlich an. Das spürte er auch körperlich. Herzklopfen, leichte Übelkeit und eine innere Unruhe waren die sicheren Anzeichen. Doch es gelang ihm, seine Nervosität im Zaum zu halten. Indem er sich bewusst auf das Wesentliche konzentrierte, konnte er die ersten beiden Unterrichtsblöcke wie gewöhnlich bewältigen. Im nächsten Block stand sein Referat an. Als er den Kursraum betrat, fühlte es sich an, als betrete er einen Todestrakt. Die Nervosität stieg merklich an, während er seinen Platz einnahm und er seine Schulutensilien auf dem Tisch vor sich ausbreitete. Ihm wurde warm, er begann zu schwitzen und sein Herz klopfte heftiger. Schon kurz nachdem der

Unterricht begonnen hatte, wurde er von Ms. Milton nach vorne gebeten. Der Weg bis zur Tafel erschien ihm wie sein Todesmarsch zum elektrischen Stuhl. Wie bei einer öffentlichen Hinrichtung, der seine ganze Klasse beiwohnen würde. Er spürte die Blicke der anderen, als er an ihnen vorbeilief. Jonathan wusste, dass er bestens vorbereitet war, um ein gutes Referat halten zu können. Das war es auch, was er sich mantraartig im Kopf vor sich hersagte, um seiner Angst entgegenzuwirken. Bis dato funktionierte dies ganz gut. Nachdem er vor der Klasse stand und in die Gesichter der vielen Mitschüler starrte, durchfuhr ihn ein Gedanke. >Was, wenn ich vor der gesamten Klasse eine Panikattacke erleide?< Kaum hatte er diesen Gedanken zu Ende gebracht, schnürte es ihm schlagartig den Hals zu. Sein Herz begann zu rasen, als wolle es ihm aus der Brust springen. Durch die Taubheit seiner Hände glitten ihm seine Unterlagen aus den Fingern und verteilten sich vor seinen Füßen. Einige Mitschüler gerieten in lautes Gelächter. Sein Albtraum schien wahr zu werden. Fast reflexartig rannte er aus dem Raum. Ms. Milton rief ihm irgendetwas nach. Aber er hatte nur einen Gedanken. Er musste sofort raus. Raus an die Luft. Ins Freie. Den Flur entlang, bog er nach links ab und sprang die achtstufige Treppe in einem Satz hinunter, bevor er das Schulgebäude verließ und sich förmlich auf ein Stück Wiese des Hofes hechtete. Dort lag er einfach nur und lauschte, wie seine Atmung langsam wieder zur Ruhe kam. Sein Brustkorb hob sich auf und ab, wie nach einem Halbmarathon. Sein Herzschlag regulierte sich und das Gefühl für seine Hände kam zurück. Eine Hand voll Schüler, die offenbar ihre Freistunde auf dem Hof verbrachten, sahen zu ihm herüber. Manche kicherten. Andere sahen verunsichert aus. Zwei Jungen standen auf und näherten sich ihm. Eigentlich wollte er nur seine Ruhe. Aber bald standen sie vor ihm.

>>Hey, man! Alles okay? Du siehst nicht gut aus?<<

>>Schon gut. Danke der Nachfrage. Es geht schon wieder. Nur der Kreislauf.<<, keuchte er.

>>Hier!<< Einer der Jungen reichte ihm eine Wasser-flasche, die er aus seinem Rucksack nahm.

>>Nein, wirklich nicht. Aber vielen Dank. Es geht schon.<< Jonathan war die Situation äußerst unangenehm. Er wünschte sich nichts mehr, als dass die beiden sich einfach umdrehten und gingen.

>>Wie du meinst.<< Die beiden sahen sich schulter-zuckend an und kehrten zu ihrer Bank zurück. Jonathan erhob sich gemächlich, klopfte seine Sachen ab und hob einen regenbogenfarbenen Anstecker auf, den er beim Sprung auf die Wiese anscheinend von seiner Jeansweste verloren hatte.

Als er daheim ankam, legte er seine Schul-sachen ab, die er noch aus dem Kursraum geholt hatte, nachdem der Kurs aus war und alle den Raum verlassen hatten. Er setzte sich auf sein Bett und ließ das Geschehene revuepassieren. Nicht nur, dass Ms. Milton ihm mit Sicherheit eine Note F reinwürgen würde, sie würde ihn bei der nächsten Gelegenheit vor der gesamten Klasse für sein Verhalten zur Schnecke machen. Dabei hatte er sich heute ohnehin schon vor allen blamiert. Seine schlimmste Erwartung wurde wahr. Er hatte sich vor dem gesamten Kurs wie ein Geisteskranker aufgeführt. Er hasste sich für das, was er heute getan hatte. Er hasste sich dafür sich nicht im Griff zu haben und nicht normal zu sein. Doch wohin mit dem Hass? Er überforderte ihn. Wie regulierte man seine Gefühle? Er begann wie ein wildgewordenes Tier zu schnaufen, schlug mit seiner Faust gegen seinen Kleiderschrank, schmiss seine Schulunterlagen umher, packte sich an den Haaren und zog kräftig daran. Dabei stieß er einen schrillen Schrei aus. Er sah sich im Spiegel seines Kleiderschrankes. Sein Kopf war hoch rot und sein Gesicht sah angestrengt aus, sodass seine Halsschlagader hervortrat. Als er auf den Boden sah, erblickte er zwischen den verteilten Schulunterlagen die lose Rasierklinge. Sie war von seinem alten Blut dunkel verfärbt. Ohne einen klaren Gedanken zu fassen, hob er sie auf und setzte sie an seinem Unterarm an. Mit einem langen Schnitt glitt die Klinge durch sein Fleisch. Dann setzte er zu einem nächsten Schnitt an. Die Harmonie zwischen Schmerz und Wärme entfaltete ihre volle Wirkung. Er betrachtete sich im Spiegel und sah wie das Blut von seinen Fingerspitzen heruntertropfte. Sein Teppich füllte sich mit Bluttropfen, die einen immer größer werdenden Fleck bildeten. Er spürte, wie sein Puls zur Ruhe kam, wie er begann ruhiger zu atmen und wie sich seine körperliche Anspannung legte. Nun stand er da. Im Spiegel sah er einen Jungen, mit abgebundenen Brüsten und eindeutig weiblichem Habitus. Der Arm blutig. Übersät mit Schnittwunden, die sich wie eine Genugtuung anfühlten. Wenn er nicht schon zur Ruhe gekommen wäre, hätte er sich mehr Wunden zugefügt. Das Blut floss bald langsamer und die Tropfen an seinen Fingerspitzen fielen in immer größeren Abständen zu Boden. Das Cortisol, welches sein Körper vor lauter Stress ausschüttete, hatte die Blutgerinnung eingeleitet. Dann setzte er sich auf sein Bett und saß nur da. Er hasste sich für den, der er war. Und er hasste sich dafür, dass er es wieder getan hatte.

***

>>Nun Jonathan, wie fühlst du dich heute?<<

>>Es geht!<< Solche oberflächlichen Antworten verhießen meist nichts Gutes.

>>Gibt es etwas Neues bezüglich dem Gutachten?<< Jonathan war es peinlich, wieder zugeben zu müssen, noch gar nicht angerufen zu haben. Immer wieder sah er die Visitenkarten auf seiner Kommode liegen. Doch immer dann, wenn er sich vorgenommen hatte, anzurufen, schien etwas dazwischenzukommen.

>>Leider konnte ich noch niemanden erreichen. Aber ich werde es weiter versuchen.<<

Dr. Daniels fiel der schlecht gebundene Verband an Jonathans linkem Unterarm auf. Offenbar hatte er sich an dieser Stelle verletzt. Vielleicht hatte er sich auch selbst eine Verletzung zugefügt. Da er den Verband durch sein T-Shirt offenkundig zur Schau stellte, konnte es sich Dr. Daniels nicht leisten, den Verband unkommentiert zu lassen. Jonathan konnte durch das Zeigen des Verbandes implizit um Hilfe rufen und insofern erwarten, dass er ihn darauf ansprach. Andererseits konnte er es einfach vergessen haben, den Verband zu verdecken, da es nichts Erwähnenswertes war, was zur Verletzung führte. Oder er wollte mit einer Selbstverletzung kokettieren, um Dr. Daniels herauszufordern.

>>Was ist mit deinem Unterarm passiert?<<

Jonathan schaute auf seinen Verband und hielt schützend die Hand darüber. >>Nichts! Jedenfalls nichts, was für sie wichtig wäre.<<

Dr. Daniels hatte an dieser Stelle sein Soll erfüllt. Er hatte Jonathan signalisiert aufmerksam zu sein. Von nun an lag der Ball auf Jonathans Seite, wenn er bereit war über seinen Verband zu sprechen.

>>Ok. Auf jeden Fall sollst du wissen, dass wir jeder Zeit über deinen Verband reden können, wenn dir danach ist. Ich wollte es nur nicht unerwähnt lassen.<<

Jonathan nickte zustimmend. Dr. Daniels tat es ihm gleich und lehnte sich in seinen Chesterfield Sessel zurück.

>>Wie ist es dir denn seit unserer letzten Sitzung ergangen?<<

>>Absolut nicht gut.<<

Kurze Antworten, die nicht viel aussagten, zeugten oftmals von Widerständen, sich auf die Bearbeitung eines Themas einzulassen. Dr. Daniels pflegte es nicht sofort mit einem Kommentar darauf zu reagieren. Stille war für Patienten meist schwer auszuhalten, sodass sie in der Regel von allein anfingen, mehr zu berichten. So wie auch Jonathan in diesem Moment.

>>Es ist viel passiert seit unserer letzten Sitzung. Viel zu viel! Ich hatte zwei Panikanfälle. Und zweimal geriet ich in extremen Selbsthass, der außer Kontrolle geriet.<<

Vielleicht war die Erwähnung des Selbsthasses ein verspäteter Wunsch, über den Verband zu sprechen.

>>Hat der Selbsthass vielleicht etwas mit deinem Verband zu tun?<<

Jonathan zuckte mit den Schultern und blickte beschämt auf den Boden, womit er Dr. Daniels' Frage implizit bejaht hatte.

>>Es ist deine Entscheidung. Wir können uns darüber austauschen.<<

>>Vielleicht ein anderes Mal.<<

>>Einverstanden! Du gibst das Tempo vor. Ich brauche nur dein Versprechen, dass du dich nicht in Lebensgefahr bringst.<<

>>Versprochen, Doc.<<

Dr. Daniels wartete nun darauf, dass Jonathan von allein den Gesprächsinhalt bestimmte.

>>In der Schule kann ich mich nicht mehr blicken lassen, befürchte ich.<<

>>So? Möchtest du davon erzählen?<<

>>Ich habe eine Panikattacke vor der gesamten Klasse bekommen. Meine Lehrerin wird mich niedermachen,

wenn ich das nächste Mal im Kurs bin.<<

>>Möchtest du über deine Lehrerin sprechen oder über deine Panikattacke?<<

>>Lieber über die Panik. Vielleicht kommen wir danach noch zu Ms. Milton.<<

>>Vielleicht fangen wir, wie das letzte Mal, von vorne an.<< Dr. Daniels stand auf und lief zu seinem Schreibtisch, neben dem ein Flip Chart stand, welches er bis an seinen Sessel heranzog. Er griff zu einem Stift und notierte am oberen Rand das Wort *Situation*. Dann reichte er Jonathan den Stift und bat ihn, die Situation in der Schule stichpunktartig zu notieren. *Gehe in die Schule; muss heute einen Vortrag halten; betrete den Kursraum; packe meine Sachen aus; werde nach vorne gerufen; gehe vor die Klasse.*

>>Bis hierher!<< Dr. Daniels nahm den Stift wieder an sich und notierte das Wort *Gedanke* unter die Kurzbeschreibung der Situation. >>Was ging dir durch den Kopf, als du vor der Klasse standest, Jonathan. Erinnere dich!<<

Jonathan dachte nach. Alles ging so schnell, sodass er sich nochmals genau in die Situation hineinversetzen musste. >>Wenn ich mich nicht täusche, sagte ich mir, *Hoffentlich bekomme ich jetzt vor der gesamten Klasse keine Panikattacke.*<< Dr. Daniels notierte den Satz am Flip Chart. Als nächstes notierte er das Wort *Gefühle* darunter und zeigte mit dem Stift darauf. >>Was hast du daraufhin empfunden, Jonathan?<<

>>Im Prinzip gar nichts. Mein Körper ist einfach

entgleist.<<

Dr. Daniels strich das Wort *Gefühle* durch und ersetzte es mit *Physiologie*. >>Beschreibe die Entgleisung!<<

>>Ich bekam keine Luft mehr. Wie aus dem nichts! Mein Herz begann wieder zu rasen und meine Hände wurden taub, sodass mir all meine Unterlagen aus den Händen fielen.<<

Dr. Daniels nickte nur kurz und notierte die Symptome. Darunter schrieb er *Verhalten* und zeigte mit dem Stift darauf. Dabei schaute er Jonathan erwartungsvoll an.

>>Was ich dann getan habe?<<

>>Genau!<<

>>Ich rannte aus dem Raum durch den Flur nach draußen, wo ich mich dann hinlegte. Da war sie wieder, die Flucht. Sie hatten mir ja schon versichert, dass ich wieder so reagieren würde.<<

>>Nun zum letzten, was uns interessieren sollte. Dann möchte ich mir mit dir das komplette Ablaufschema anschauen.<< Er notierte am Flip Chart *Konsequenzen*. Jonathan schaute fragend. >>Was meinen sie damit?<<

>>Nachdem du geflüchtet warst, was hatte das für einen Einfluss auf dich oder deine Umgebung?<<

>>Ich fühlte mich irgendwie ... irgendwie ... befreit. Draußen war ich nicht mehr in diesem geschlossenen Raum. Und ich stand vor allem nicht mehr vor der Klasse. Ganz ähnlich wie wir es beim letzten Mal mit der Erleichterung beschrieben hatten. Die Luft tat mir sehr gut und ich konnte besser atmen.<<

>>Noch mehr?<<

>>Ja! Mein Herzschlag beruhigte sich und ich bekam wieder Gefühl für meine Hände.<<

>>Waren Leute in deiner Nähe?<<

>>Zwei Typen kamen zu mir herüber und fragten, ob alles okay sei. Sie boten mir auch Wasser an.<<

>>Hast du es genommen?<<

>>Nein! Ich wollte nur in Ruhe gelassen werden.<<

>>Ich verstehe! Lass uns einen Blick auf das Schema werfen.<<

Jonathan lehnte sich gespannt nach vorn, zog seine Augenbrauen kritisch zusammen und rieb sich die Hände. Wie ein Detektiv, der einem seit vielen Jahren ungelösten Fall auf die Spur zu kommen vermochte.

Dr. Daniels setzte sich wieder in seinen Sessel und drehte sich zum Flip Chart.

>>Stell dir die Ebenen von oben nach unten bitte als eine Abfolge vor, die ich durch die Pfeile gekennzeichnet habe.<<

Situation: Gehe in die Schule; muss heute einen Vortrag halten; betrete den Kursraum; packe meine Sachen aus; werde nach vorne gerufen; gehe vor die Klasse.

↓

Gedanke: Hoffentlich bekomme ich jetzt vor der gesamten Klasse keine Panikattacke.

↓

Physiologie: Atemnot, Herzrasen, Taubheit in Händen (Unterlagen fallen mir herunter)

↓

Verhalten: Ich renne nach draußen / Flucht.

↓

Konsequenzen: fühle mich befreit; kein geschlossener Raum mehr; musste nicht vor der Klasse stehen; konnte wieder besser atmen; Herzschlag normalisierte sich; Taubheitsgefühle verschwanden

Jonathan und Dr. Daniels schauten auf das Flip Chart. Beide schwiegen. Dr. Daniels ließ die Visualisierung des Geschehenen auf Jonathan unkommentiert wirken. Dieser dachte nach.

>>Es ist eigenartig, dass ich genau in dem Moment eine Panikattacke erlitten habe, indem ich gehofft hatte keine zu bekommen.<<

>>Wie erklärst du dir das?<<

>>Hm ... Irgendwie liest es sich so, als ob der Gedanke daran das Problem herbeigeführt hat.<<

>>Vielleicht liest es sich nicht nur so.<<

>>Aber wie kann das sein? Es ist genau das Gegenteil von dem, was ich erreichen wollte.<<

>>Nun, Jonathan. Eine selbsterfüllende Prophezeiung kennzeichnet sich dadurch, dass etwas selbst Vorhergesagtes durch die bewusste oder unbewusste Reaktion auf diese Vorhersage letztlich auch eintritt. Du hattest Angst, Angst zu bekommen und bekamst deshalb Angst. Klassisch für eine Agoraphobie.<<

>>Aber es ging mir schon den gesamten Morgen nicht gut. Ich war nervös und so weiter.<<

>>Wie bist du mit dieser Nervosität umgegangen?<<

>>Ich habe mich auf den Unterricht konzentriert und versucht den Alltag so normal wie möglich zu gestalten.<< So wie er das aussprach schien er den entscheidenden Unterschied selbst verstanden zu haben. Sein Gesicht verriet einen Aha-Effekt.

>>Möchtest du sagen, was dir soeben durch den Kopf geht?<<

>>Indem ich mich auf den Unterricht konzentrierte, blieb es bei einer Nervosität. In dem Moment, indem ich mir gedanklich die Gefahr einer Panikattacke ins Bewusstsein rief, wurde Panik daraus. Das ist der Unterschied! Sie sagten in unserer letzten Sitzung, dass die Fokussierung des Herzschlages das Herz schneller schlagen lässt. Hier ist es ganz ähnlich abgelaufen. Ich fokussierte die Panik und bekam die Panik.<<

>>Das klingt zumindest plausibel. Den gesamten Tag über bist du mit einem Annäherungsziel in die Kurse gegangen. Du wolltest den Unterrichtsstoff verfolgen und deinen Alltag so normal wie möglich gestalten. Als du dann vor die Klasse getreten bist, hattest du plötzlich nur noch ein Vermeidungsziel. Keine Panikattacke bekommen! Du hattest nicht etwa das Ziel vor Augen, einen super Vortrag hinzulegen und eine gute Note einzufahren. Das hätte aber das nötige Annährungsziel sein können, welches deinen Fokus weg von der Katastrophe gerichtet hätte.<<

Jonathan sah nachdenklich aus. >>Ja, ich befürchte, so wird es gewesen sein.<<

>>Lass uns nun bitte noch die anderen Ebenen der

Verhaltensanalyse anschauen. Du ranntest also fluchtartig aus dem Schulgebäude und als du draußen im Freien lagst, sind deine Symptome mit der Zeit verschwunden.<<

>>Ja, so war es!<<

>>Besonders bei dieser Ebene habe ich ein Déjà-vu. <<

>>Sie meinen, weil es das vergangene Mal auch so ablief?<<

>>Richtig! Du sagtest mir in unserer letzten Sitzung, dass die Panik immer häufiger und schlimmer auftritt. Womit hängt das deiner Meinung nach zusammen?<<

>>Ich habe wirklich keine Ahnung, Doc.<<

>>Denke nach! Wir haben darüber gesprochen. Ich möchte, dass du es bis ins Letzte verstehst.<<

>>Ich glaube, sie sagten es hat sich für mich bewährt an die frische Luft zu rennen.<<

Um seine Patienten zu einer Erkenntnis zu leiten, bediente sich Dr. Daniels meist einem Sokratischen Dialog. Dabei stellte er ihnen gezielte Fragen, damit sie durch ihre Antworten, selbst zur Erklärung gelangten.

>>Bewährt wofür?<<

>>Um mich zu beruhigen.<<

>>Das entscheidest du bewusst?<<

>>Nein, natürlich nicht.<<

>>Wer entscheidet das?<<

>>Nun, mein Körper offenbar.<<

>>Welcher Teil deines Körpers, Jonathan?<<

>>Mein Herz!<<

>>Von wem bekommt dein Herz den Befehl

loszurasen?<<

>>Von meinem Gehirn vermutlich.<<

>>Warum macht dein Gehirn das?<<

>>Weil es verrückt ist?<<

>>Stelle mir keine Fragen, Jonathan! Konzentriere dich! Warum sagt dein Gehirn deinem Herzen, dass es losrasen soll?<<

>>Ich ... Ich ... Puh, also. Ich weiß es wirklich nicht, Doc.<<

Wenn Patienten an einem Punkt angelangt waren, an welchem sie nicht mehr weiterwussten, bot es sich an ihnen wieder zu helfen.

>>Dein Gehirn hat es gelernt, Jonathan. Panik in einer subjektiv bedrohlichen Situation zu entwickeln, zwingt dich zur Flucht. Flucht ist eine klassische Reaktion bei Todesangst. Beutetiere machen das nicht anders, wenn sie ein Raubtier entdecken. Nur, dass dein Raubtier geschlossene Räume und viele Menschen sind. In solch einem Moment schlägt das Angstzentrum in deinem Gehirn, die Amygdala, Alarm und gibt den Befehl, alles zur Flucht einzuleiten. Das Problem ist, Beutetiere sind tatsächlich in Lebensgefahr. Bei dir löst die Alarm-anlage einen Fehlalarm aus. Die Situation, vor vielen Leuten zu sprechen, mag zwar unangenehm sein. Aber lebensgefährlich ist sie sicher nicht. Und deshalb wirkt es für Außenstehende auch nicht nachvollziehbar, wenn du aus dem Raum rennst. Draußen angekommen, bekommt dein Gehirn die Information, dass die Flucht erfolgreich war. Und was einmal erfolgreich war, wird

künftig wieder abgerufen.<<

>>Die negative Verstärkung?<<

>>Richtig, Jonathan!<< Dr. Daniels zeigte mit seinem Stift wie auf einen Game Show Kandidaten, der soeben die Preisfrage knackte. >>Indem du dich wieder befreit fühlst. Dein Herzschlag normalisiert sich und auch alle anderen Beschwerden verschwinden.

>>Das ist faszinierend, Doc.<< Jonathan dachte nach. >>Und was soll ich jetzt tun?<<

>>Den Teil des Nervensystems, welcher uns in Notfällen leistungsfähiger macht, nennt sich *Sympathikus*. Er ist überlebenswichtig, ist aber in deinem Fall übererregt. Etwas zu nervös, gewissermaßen. Sein Gegenspieler ist der *Parasympathikus*. Er sorgt dafür, dass Herzschlag und Puls abnehmen und wir zur Ruhe kommen. Und diesen werden wir zukünftig trainieren. Somit wirst du lernen, dich bei aufkommender Panik durch bewusste Übungen herunterzufahren.<<

>>Einverstanden!<<

Dr. Daniels schaute Jonathan an. Er wirkte erschöpft. Psychotherapie strengte an. Patienten waren emotional und kognitiv stark gefordert. Dennoch ließ er Jonathan den Raum, um eventuell davon zu berichten, was es mit seinem Verband auf sich hatte. Dr. Daniels wusste, dass die heutige Sitzung Vertrauen in seine Kompetenzen geschaffen haben dürfte. Aber war es genug, damit Jonathan freiwillig von selbstverletzendem Verhalten berichten würde?

>>Also, Jonathan. Wir sind mit der Verhaltensanalyse

durch. Du lagst im Gras und kamst zur Ruhe. Dein Gehirn hat einmal mehr gelernt, dass es hilfreich ist, Panik auszulösen, um angsteinflößende Referate und geschlossene Räume zu vermeiden. Wie ging es weiter?<<

>>Ich habe gewartet, bis der Kurs vorbei war und bin nach Hause gefahren.<<

>>Um dort was zu tun?<<

>>Ich war fix und fertig, müssen Sie wissen.<<

>>Das verstehe ich. Was hast du getan, nachdem du zuhause angekommen warst?<<

>>Ich habe viel nachgedacht. Jetzt wollen Sie sicher wissen worüber?<< Jonathan musste selbst lachen. Mittlerweile hatte er verstanden, wie der Hase lief. Dr. Daniels nickt ihm zu.

>>Ich habe darüber nachgedacht, was passiert war. Ich habe mich wie ein Versager gefühlt und dachte daran, dass mich jetzt alle in der Schule für einen Freak halten werden. Ich habe auch daran gedacht, wie Ms. Milton auf mich das nächste Mal reagieren würde. Ich geriet in Wut auf mich selbst und … <<

Jonathan überlegte, ob er weitererzählen sollte. In allen Gesprächen hatte sein Therapeut ihn noch nie wegen etwas verurteilt, sondern sich bemüht lediglich zu verstehen. Wertungsfrei behandelt zu werden, war für Jonathan neu. Aber es war genau das, was er brauchte. Einfach nur angenommen werden, wie er war. Dabei wusste er oftmals selbst gar nicht, wer er war.

>>Also gut. Ich werde es Ihnen erzählen.<<

Dr. Daniels schwieg und schaute ihn nur abwartend an.

>>Ich bin außer mir geraten. Ich habe meine Sachen im Zimmer umhergeworfen und dabei eine Rasierklinge entdeckt. Mit dieser habe ich mich dann verletzt. Ich habe mir den Unterarm zerschnitten.<<

>>Ich verstehe! Danke für deinen Vertrauensbeweis, mir davon erzählt zu haben. Ich bin sicher, über so etwas zu sprechen ist nicht leicht. Ist es das erste Mal, dass du dich selbst verletzt hast?<<

>>Nein. Es kam vor nicht allzu langer Zeit schon einmal vor.<<

>>Was hast du gefühlt, nachdem du dich mit der Rasierklinge verletzt hast?<<

>>In gewisser Hinsicht war ich erleichtert. Die Anspannung und die ganze Wut in mir nahmen ab. Ich konnte förmlich spüren, wie mein Puls herunterfuhr und ich mich wieder beruhigte. Ich habe ... << Jonathan hielt inne. >>Oh mein Gott! Eine negative Verstärkung.<<

Dr. Daniels klappte sein Klemmbrett zu. >>Ich befürchte unsere Zeit ist für heute abgelaufen.<<

KAPITEL 8

Intime Nähe, enttäuschte Lust

>>Lust ist oft der erste Schritt zur Entdeckung der
eigenen Leidenschaft und Intimität.<< – **Osho**

Jonathan stand vor dem Spiegel im Badezimmer
und betrachtete seinen neuen Haarschnitt. Er hatte
sich in seiner Experimentierfreude einen Undercut
verpasst. Er suchte immer wieder nach seinem Stil,
als heranwachsender Mann. Doch der Frust über
seine unübersehbare Weiblichkeit machte ihm seine
Experimentierfreude meist zunichte. Verzweifelt
suchte er nach Möglichkeiten um männlicher auszusehen, weshalb er in jüngster Zeit dazu tendierte,
immer mehr Maßnahmen zu ergreifen. Er zupfte sich
seine Augenbrauen nicht mehr, um sie buschig aussehen
zu lassen. Er schminkte sich immer stärkere Konturen,
wodurch er aber an Natürlichkeit verlor. Seinen
Haarwuchs an Armen und Beinen versuchte er in seiner
Verzweiflung durch Haarwuchsmittel voranzutreiben.

Wann er seinen Binder zuletzt abgelegt hatte, wusste er schon längst nicht mehr. Doch egal wie sehr er sich bemühte, seine Mittel waren und blieben begrenzt. Er wusste, nur Schadensbegrenzung leisten zu können, bis er eine Hormontherapie beginnen und mit seiner Volljährigkeit eine Mastektomie durchführen lassen konnte. Solange würde er in seinem weiblichen Körper gefangen bleiben. Der Körper, durch welchen er keine Chance hatte zu sich zu finden. Da fiel ihm wieder die Begutachtung ein. Er würde zu Beginn der kommenden Woche bei den beiden Therapeuten anrufen, die ihm Dr. Daniels empfohlen hatte. Jonathan hatte in letzter Zeit hin und wieder Impulse verspürt, sich in einem Anflug von Selbsthass zu verletzen. Doch mithilfe der *Skills*, welche er sich bei Dr. Daniels in der Therapie erarbeitete, schaffte er es, ihnen standzuhalten. Am besten half ihm das kleine Fläschchen mit der Chilisoße, aus welcher er trank, wann immer der Drang nach Selbstverletzung bemerkbar wurde. Nicht nur, dass die Chilisoße alltagspraktisch war. Der Doc erklärte ihm, dass Schärfe im Gehirn als Schmerz verarbeitet werden würde, und nicht etwa als Geschmack. Das Gehirn reagiere durch die Ausschüttung von schmerzhemmenden Botenstoffen, wie z.B. Adrenalin, auf die Schärfe, weshalb es ein geeignetes Mittel wäre, um eine echte Alternative zum Ritzen darstellen zu können.

Ace wartete an diesem Abend wieder auf Jonathan an der Ecke. Eine Geburtstagsparty stand im *Bunny Hanas* an. Da es eine private Party war, gab es auch keine Türsteher und somit konnte Jonathan seinen gefälschten Ausweis daheim lassen. Er hatte in den vergangenen Monaten der Therapie gelernt seine Panikattacken besser unter Kontrolle zu bekommen, sodass ihm geschlossene Räume und Menschenmengen kaum mehr etwas ausmachten. Er vertraute dem Doc, wie er Dr. Daniels immer nannte, und hatte entschieden wegen der noch leicht vorhandenen Angstsymptomatik und seiner Selbstverletzungen die Therapie für einige Zeit fortzusetzen.

In seiner Community fühlte er sich wohl, und so spielten Ängste an Abenden wie diesem kaum eine Rolle. Nur die Angst vor einem weiteren Überfall durch Transfeinde war spürbar. Nicht nur bei Jonathan, auch bei vielen anderen auf der Party. Deshalb schloss man an diesem Abend den Vorder- und Hintereingang ab. Jeder der hineinwollte, musste die Klingel benutzen und wurde durch das Sichtfenster überprüft, um sicherzugehen keine ungebetenen Gäste hereinzulassen. Jonathan und die meisten anderen waren es schon gewohnt, mit einer gewissen Angst vor Übergriffen zu leben. Aber sich in einem Club verschließen zu müssen, hatte eine neue Qualität. Je mehr die Entstigmatisierung von Transmenschen voranschritt, schien es auf einer anderen Seite eine wachsende Gewaltbereitschaft zu geben. Es schien wie ein Tauziehen. Aber worum wurde eigentlich gezogen? Für Jonathan und die Community war es klar. Es ging um ihre Akzeptanz und ihre

Freiheit, ihr Leben selbstbestimmt führen zu können. Sie wollten die gleichen Rechte wie alle anderen auch. Worum es auf Seiten der Transfeinde ging, war ihm jedoch unklar. Es konnte nur um die sinnlose Entladung von Hass gehen. Um nichts anderes! Allein der Gedanke daran hatte das Potenzial, Jonathan in Rage zu bringen. Aber heute war feiern angesagt. Die Stimmung unter den Partygästen war ausgelassen. Es waren eine Menge bekannte, aber auch einige neue Gesichter vor Ort. Jonathan tanzte, trank einige Bier und Tequila Shots und unterhielt sich mit vielen interessanten Menschen. Alle waren aus dem gleichen Grund da. Alle wollten einfach nur eine gute Zeit haben und sich dazugehörig fühlen. Eingebunden in eine Gemeinschaft, die zusammenhielt, in der sich jeder gegenseitig verstand und in der alle das gleiche Ziel verfolgten. Und sie wurden immer lauter und immer stärker.

Auf der Toilette stand Jonathan am Waschbecken. Er blickte in den Spiegel, als er ein Mädchen hinter ihm aus einer Toilettenkabine herauskommen sah. Als sie sich neben ihn an das Waschbecken stellte, sah sie zu ihm herüber und lächelte ihn an.

>>Hey!<< Ihr Lächeln war bezaubernd. Es schien den Raum erstrahlen zu lassen. Ihr Gesicht sah wie das Werk eines Künstlers aus. Weiche, harmonische Linien, die ein perfekt symmetrisches Gesicht bildeten. Ihre dunkelbraunen Augen und ihre kleine Nase ließen sie süß und wunderschön zugleich aussehen. Ihre Zähne waren perlweiß und perfekt aneinandergereiht. Ihr

langes dunkles Haar hatte einen außergewöhnlichen Glanz.

>>Hey!<< Jonathan war nervös, was er an seinem Herzschlag spürte. Aber es war keine Angst. Es fühlte sich gut an.

>>Gefällt dir die Party?<< Sie wandte sich dem Waschbecken zu, um sich die Hände zu waschen und sich ihr Gesicht frisch zu machen.

>>Ja, wie immer! Ich fühle mich hier wie zuhause.<<

>>Du bist öfter hier?<<

>>Ja, so ziemlich jedes Mal. Ich heiße übrigens Jonathan.<< Jonathan streckte ihr die Hand hin und spürte, wie verkrampft seine Bewegung erschien.

>>Jonathan?<< Sie schaute ihn fragend ab. >>Du bist trans?<<

>>Ja, genau.<< Und irgendwie erschien es ihm komisch, diese Frage zu bejahen. Als ob es ihm unangenehm war, es zuzugeben. Er wollte diesem Mädchen nahe sein, jedoch hatte er Angst, von ihr zurückgewiesen zu werden. Schließlich wusste er nicht, ob sie auf Mädchen stand und seine Transidentität eine Enttäuschung für sie darstellte.

>>Cool. Ich heiße Laura. Ich komme aus Louisville, Kentucky. René, eine der Organisatoren der Party, ist eine alte Bekannte von mir. Sie hat mich nach Naperville eingeladen. Und ich muss sagen, ich finde es fantastisch wie ihr Leute euch hier organisiert.<< Als sie ihm die Hand schüttelte bemerkte er, wie unerwartet rau sich ihre Hand anfühlte. Ihm fielen ihre athletischen Arme

auf, die durch ihr enganliegendes Shirt betont wurden. Lauras herzliche und selbstsichere Art verblüffte ihn. Sie roch zudem angenehm süß. Ihr sofort so nahe sein zu wollen irritierte ihn. Er hatte bis dato nie erotische Fantasien in Hinblick auf andere Mädchen gehabt. Doch Laura war anders.

>>Hast du Lust zu tanzen?<< Laura holte ihn aus seinen Gedanken. Vermutlich hatte er sie soeben eine gefühlte Ewigkeit angestarrt und sich in ihr verloren. Sie lächelte ihn an.

>>Gerne! Lass uns loslegen. Die Musik ist heute genau mein Fall.<<

Laura nahm ihn an die Hand und zog ihn die Treppe hinauf. Es fühlte sich schön an, ihre Hand zu halten und von ihr geführt zu werden. Normalerweise fühlte sich Jonathan in solchen Momenten oft unbehaglich. Aber bei Laura konnte er die Kontrolle abgeben. Er war bereit, sich auf sie einzulassen und empfand seine erotischen Empfindungen ihr gegenüber mit zunehmender Zeit angenehmer.

Auf der Tanzfläche angekommen, wandte sie sich ihm zu, nahm seine Hände in ihre und führte den Tanz. Sie amüsierten sich und lachten viel. Laura konnte ausgelassen albern sein, was Jonathan gefiel. Ihre Lockerheit war es, die er sich wünschte. Obwohl sie einige Jahre älter zu sein schien, schienen sie auf einer Wellenlänge zu sein. Sie sangen lautstark Lieder mit, umarmten sich, drehten sich, klatschten sich ab … Hin und wieder machten sie eine Pause, um ein Bier und einige Shots zu trinken. Laura war großzügig und lud Jonathan immer wieder zu einem Getränk ein. >>Ich ziehe jüngeren kein Geld aus der Tasche. Ist schon okay! Der Abend geht auf mich, Hübscher.<<, rief sie ihm ins Ohr, um die Musik zu übertönen.

Als sie wieder auf der Tanzfläche waren, tanzten sie wild umher. Jonathan und Laura spürten den Alkohol in ihren Köpfen. Alles drehte sich. Die Bilder waren verschwommen. Und so bemerkte Jonathan erst nach einigen kurzen Augenblicken, wie Laura ihn zu sich heranzog, um ihn lange zu küssen. Ihre Lippen fühlten sich weich und angenehm an, ganz im Kontrast zu ihren rauen Händen. Sie verstand es, ihn zu küssen. Sie legte ihre Arme um seine Schultern und zog den Kuss in die Länge, indem sie ihn immer fester an sich heranzog. Jonathan wollte sie nicht loslassen und umklammerte sie mit voller Kraft. Es war die Leidenschaft, die die beiden beisammenhielt.

Als sie den Kuss langsam löste, sah sie ihn lächelnd an und biss sich leicht auf ihre Unterlippe. >>Mit dir habe ich heute noch etwas vor!<< Laura kicherte und wandte sich von ihm ab, um weiter zu tanzen. Jonathan tat es ihr gleich, aber viel mehr aus Irritation über ihre Worte.

Der Abend schritt voran. Hin und wieder zogen sie sich auf ein Sofa im Flur zurück, um sich nahe zu sein. Sie küssten und umarmten sich, redeten über vielerlei Dinge und tranken. >>Fast drei Uhr! Wow!<< Für Jonathan war die Zeit verflogen.

>>Stehst du auf mich?<<, fragte Laura zusammenhanglos. Jonathan fühlte sich überrumpelt.

>>Ja, schon! Und du?<<

>>Ja, ich stehe auch auf mich!<< Sie brach in ein lautes Lachen aus. Laura war sichtlich betrunken. An Schönheit und Anziehungskraft verlor sie dadurch nicht.

>>Witzbold!<< Jonathan stieß sie mit dem Ellbogen an.

>>Ich meine es ernst! Stehst du auch auf mich?<<

>>Ich wollte dich, als ich dich heute das erste Mal auf dem Klo sah. Ob ich auf dich stehe, finde ich heraus, wenn wir später fertig sind. Der Sex ist mir wichtig, um jemanden so richtig heiß finden zu können, verstehst du? Können wir zu dir gehen?<<

Jonathan bekam es mit der Angst zu tun. Das konnte man ihm offensichtlich auch ansehen.

>>Was ist los? Du bist doch nicht etwa Jungfrau, oder?<< Laura brach wieder in Gelächter aus.

>>Was? Nein! Bist du verrückt?<< Jonathan versuchte seine offensichtliche Unsicherheit mit einer Lüge zu überspielen und lachte laut mit ihr.

>>Gut! Also, hast du Bock? Ich habe für heute Nacht noch keinen Schlafplatz organisiert. Wir können zu dir gehen.<<

>>Sicher!<< Ohne einen Gedanken darüber verloren zu haben, ob er das wollte, antwortete er fast wie aus einem Automatismus sozial erwünscht. Er hatte Angst, Laura zurückzuweisen. >>Wir müssen nur leise sein, wenn wir hereinkommen.<< Er hoffte, dass Laura doch

noch einen Rückzieher machte, wenn sie erfuhr, dass sie nicht ungestört bleiben konnten.

>>Du wohnst noch bei deinen Eltern, schon klar! Ist nicht schlimm, Kleiner. Bis in dein Zimmer schaffen wir es schon leise. Aber im Bett will ich, dass du mich schreien lässt.<<

Lauras eindeutige sexuelle Anspielungen versetzten ihn einerseits in Angst, und zugleich erregten sie ihn. Er spürte wie sein Schritt feucht wurde, wogegen er sich zu verschließen versuchte. Es war ihm ein Greul seine Vagina vor sexueller Erregung pulsieren zu spüren. Die Biologie ließ sich aber nicht überwinden. Und so reagierte sein weiblicher Körper entsprechend seiner determinierten Gesetzmäßigkeit.

Der Abend schritt voran und der Club lichtete sich. Laura nahm Jonathan an ihre Hand und lächelte ihn an.

>>Wollen wir heimgehen?<<

>>Okay! Ich bin auch schon ziemlich müde.<< Jonathan versuchte immer noch mit einer gespielten Naivität Lauras Vorhaben zu umgehen. Laura schien dieses Spiel zu gefallen. Sie ließ ihm kein Entkommen und das ließ sie ihn neckisch spüren.

>>Ich lasse dich auch sofort schlafen. Sobald du mit mir geschlafen hast.<< Dabei presste sie sich an ihn heran und drückte ihren Schritt gegen seinen. Ihr Atem roch mittlerweile unangenehmer als zuvor. Eine Mischung aus Bier, Whisky und Zigaretten.

Sie holten ihre Jacken und Lauras Tasche von der Garderobe. Dann legte sie ihren Arm um seine Hüfte und sie machten sich auf den Weg. Erst jetzt merkte Jonathan, dass Laura größer war als er. Es war unangenehm anstrengend, seinen Arm, um ihren Nacken zu halten, der höher als seine eigene Schulter lag. Sie schwiegen fast den gesamten Weg.

Daheim angekommen, öffnete Jonathan leise die Tür. Er hatte Angst, seine Mutter zu wecken. Laura verstand es ihren schlanken Körper leise durch den Flur bis in sein Zimmer zu bewegen. Als er seine Zimmertür hinter sich schloss, begann sie sich sofort zu entblößen. Sie wirkte routiniert und schamlos, in dem was sie tat. Jonathan stand nur da und sah sie an. Ihre Brüste waren wohl geformt, ihr Bauch und ihre Beine trainiert. Sie schaute ihn an. Die Sekunden schienen zu verstreichen.

>>Willst du dich nicht ausziehen?<<, flüsterte sie.

Jonathan war nervös. >>Doch, natürlich.<< Als er sich sein Shirt ausziehen wollte, hatte er plötzlich Sorge, wie Laura auf seinen Binder reagieren würde. >>Ich gehe nur noch einmal schnell ins Bad, um mich frisch zu machen.<<

>>Gute Idee. Wenn du fertig bist, gehe ich auch.<<

Jonathan schlich leise in das Badezimmer. Er zog sich aus und betrachtete sich im Spiegel. Das war also das, was Laura nun sehen würde. Es war das erste Mal seit er sich zurückerinnern konnte, dass er sich vor jemandem nackt zeigen würde. Er wusch sich den Schweiß von seinem Gesicht, Oberkörper und Schritt, hing sich ein Handtuch um seinen Körper und ging zurück in sein Zimmer. Als er dir Tür öffnete, lag Laura quer auf seinem Bett und sah ihn an. Sie lehnte mit ihrem Kopf an der Wand und ihre Beine hingen von der Bettkannte hinunter. >>Ich will dich gleich. Lass uns anfangen.<<

Er schloss die Tür hinter sich und ging langsam auf sie zu. Sie fixierte ihn mit ihrem Blick. Er hockte sich vor die Bettkannte, sodass sein Oberkörper zwischen ihren Beinen war. Sie richtete sich kurz für einen Kuss auf, bevor sie ihn langsam zurückschob und seinen Kopf nach unten in Richtung ihres Schritts drückte. Ihre Vagina war warm und feucht. Sie roch und schmeckte nach nichts. Das überraschte Jonathan, nachdem Laura den ganzen Abend getanzt hatte und nass geschwitzt war. Laura stöhnte immer lauter, während er ihre Vagina mit seinen Fingern und seiner Zunge penetrierte. Jonathan empfand keine sonderliche Erregung dabei. Er empfand es als die Einlösung eines Versprechens, vor welchem er sich nicht abgrenzen konnte und auf welches er sich zugleich neugierig einließ. Laura zog ihm währenddessen sein Handtuch von seinem Körper. Nun hockte er nackt zwischen ihren Beinen, konnte aber seinen Busen und seine Vagina noch verdeckt halten. Plötzlich erhob sich Laura und zog ihn langsam nach oben auf sich herauf, sodass sie Bauch an Bauch aufeinanderlagen. Ihr Atem roch nach Minze. Offenbar hatte sie ein Bon Bon zu sich genommen, als er im Badezimmer verschwunden war. Sie küssten sich, während sie sich auf ihn drehte und nun auf ihm lag. Nun küsste sie seinen Körper langsam von oben nach unten abwärts. Als sie mit ihrer Zunge über seinen Busen glitt kitzelte es angenehm, sodass er Gefallen daran fand und sich immer mehr auf Lauras erotische Spielchen einlassen konnte. Als sie mit ihrer Zunge seine Vagina berührte, zuckte er vor Scham kurz zusammen. Laura blickte auf.

>>Ist alles in Ordnung?<<

>>Ja, alles okay. Ich habe mich nur erschrocken. Mach weiter!<<

Doch er war sich nicht sicher, ob er das tatsächlich wollte. Die Vorstellung darüber, was Laura soeben sah, erfüllte ihn mit Scham und Ekel zugleich. Und so ließ er Lauras Oralverkehr einfach über sich ergehen, in der Hoffnung sie würde bald aufhören. Doch sie würde nicht aufhören, solange er keinen Orgasmus hatte. Also entscheid er sich dafür, diesen vorzutäuschen. Dieses Spiel fiel ihm schwer. Aufgrund seiner Geschlechtsdysphorie, hatte er die erotische Auseinandersetzung mit seinem Körper weitestgehend vermieden, sodass er kaum eine Vorstellung davon hatte, wie sich ein Orgasmus darstellen ließ. Doch er musste aus dieser Situation heraus. Und so begann er, immer lauter zu stöhnen, ohne jegliche sexuelle Erregung zu verspüren. Er bewegte seinen Körper rhythmisch zum Stöhnen und beendete sein Schauspiel mit einem gespielten Muskelkrampf und einem langen Quieken. Laura löste ihre Zunge langsam aus seinem Schritt und grinste ihn an. Er war sich unsicher, ob sie ihn durchschaut hatte oder ihn vor Vergnügen anlächelte. Er lag wie versteinert auf dem Rücken.

>>Scheiß Egoist!<<, neckte sie ihn und schlug ihn dabei leicht auf seinen nackten Oberschenkel. >>Hast du wenigstens einen Vibrator für mich?<<

>>Nein, sowas habe ich nicht. Ich ...<<

>>Das dachte ich mir.<< Ihre Stimme klang enttäuscht und sie erhob sich. Jonathan tat es ihr gleich und flüchtete unter den Vorwand austreten zu müssen, in das Badezimmer. Er schämte sich und sein nackter Körper widerte ihn in diesem Moment stärker denn je an. Die Vorstellung darüber, dass Laura vergnügt mit ihrer Zunge seine Vagina berührte, war für ihn unvorstellbar. Andererseits empfand er seine erste sexuelle Erfahrung als aufregend neu. Es erfüllte ihn mit einem gewissen Stolz, nun endlich auch diese Erfahrung gemacht zu haben. Laura hatte ihn zu einem >Mann< gemacht, obgleich es ihm keine tatsächliche Befriedigung brachte. War er zu nervös? Zu verklemmt? Lag es daran, dass Laura eine Frau war? Oder am Alkohol? Er wusste keine Antworten auf diese Fragen zu bekommen. Jedenfalls nicht heute Nacht und in diesem Badezimmer, wo er sich nun wusch. Sexualität ist ein Erkundungsprozess. Jedermann entwickelte Vorlieben und Abneigungen durch Fantasien und Praktiken. Für Jonathan spielte Sexualität bis dahin keine nennenswerte Rolle. Er hatte nie ein besonderes Verlangen danach empfunden, so wie er es oft von anderen hörte. Auch heute ging er nicht zur Party mit dem Ziel, mit jemanden zu schlafen. Er ließ es einfach

auf sich zukommen. Ganz spontan ließ er sich an diesem Abend mit den typischen Unsicherheiten einer Jungfrau darauf ein.

Er nahm das große blaue Handtuch, um sich abzutrocknen. Dann umhüllte er damit seinen Körper und ging zurück in sein Zimmer. Laura schien spontan in seinem Bett eingeschlafen zu sein. Sie lag fast quer im Bett. Ihr nackter Körper war halb von seiner Bettdecke umhüllt. Jonathan zog sich seine Schlafsachen an und legte sich zu ihr. Er umklammerte sie von hinten. Ihr warmer, nackter Körper fühlte sich schön an. Dicht an Laura herangepresst, hatte er das Gefühl, geborgen zu sein. Es fühlte sich gut an, nicht allein in seinem Bett schlafen zu müssen. Seine Sehnsüchte wurden gefüttert, wie bei einem Säugling, der die Nähe seiner Mutter genoss. Das ließ ihn einschlafen, wie einen solchen. Friedlich!

Als er die Augen öffnete, war es taghell. Laura lag friedselig neben ihn. Die Sonne schien auf das Bett, da er gestern Nacht vergessen hatte die Gardinen zuzuziehen. Als er sich aufrichtete, hörte er, wie sich seine Zimmertür leise schloss. So wie er zur Tür sah, konnte er sehen, wie die Klinke von außen in das Schloss fiel. Die Schritte seiner Mutter entfernten sich leise von seinem Zimmer.

KAPITEL 9

Von der Hoffnung auf Annäherung

>>Wahre Annäherung erfordert Geduld und die Bereitschaft, sich selbst in einem neuen Licht zu sehen.<< – **John O'Donohue**

Nach knapp einem Jahr der Therapie saßen sich Jonathan und Dr. Daniels in der Praxis gegenüber. Jonathan schien seine Panikattacken erfolgreich bewältigt zu haben. Er hatte nun ausreichend Fertigkeiten und Strategien entwickelt, um diese herunterzuregulieren, wenn sie sich anbahnten. Die Beziehung zu seiner Mutter hingegen, hatte seit geraumer Zeit wieder die alte Gestalt angenommen. Nach den kurzweiligen Bemühungen, sich mehr Verständnis entgegenzubringen, lebten beide unverändert nebeneinanderher und gerieten in ihre üblichen Konfliktdynamiken. Das zunehmende Beziehungschaos bahnte sich seinen Weg in einem schleichenden Prozess, der sich nur durch eine ständige Reflexion ihres Verhaltens zueinander hätte aufhalten lassen.

Etwas, das viel Eifer und Disziplin abverlangte, die sie nicht imstande waren aufzubringen.

>>Nun, Jonathan! Jetzt wo du deine Panikanfälle überwunden hast, frage ich mich, wie du deinen weiteren Therapiebedarf einschätzt?<<

>>Ich habe das Gefühl, dass ich genau dort stehe, wo ich sein wollte, als ich mit den Panikattacken zu ihnen gekommen war.<<

>>Das ist doch wunderbar!<< Dr. Daniels machte sich eine Notiz auf seinem Klemmbrett, welches er auf seiner Armlehne des Sessels liegen hatte.

>>Absolut! Aber dennoch, hatte ich gehofft, dass wir vielleicht die Therapie fortsetzen könnten?<<

>>So?<< Er unterbrach seine Mitschrift und sah Jonathan an. >>Mit welchem Anliegen denn?<<

>>Jetzt wo ich bemerkt habe, was durch ihre Hilfe möglich ist, hatte ich mich gefragt, ob wir noch intensiver an meinem Selbstbewusstsein arbeiten könnten. Ich meine, die Panikattacken waren damit eng verbunden. Dennoch zweifle ich oft an meiner Bedeutung für meine Freunde und meine Mutter. Ich reagiere impulsiv und werte mich ab. Verstehen Sie?<<

>>Ich verstehe sehr gut. Ist dir dieser Gedanke soeben spontan gekommen?<<

>>Nein, ich habe mir darüber schon seit einigen Wochen Gedanken gemacht. Aber da ist noch mehr. Die Beziehung zwischen mir und meiner Mutter ist irgendwie ... Wie soll ich sagen? Nachdem wir uns eine zeitlang angenähert hatten, kam es immer wieder

zu den typischen Auseinandersetzungen zwischen uns beiden. Nun ist seit längerem wieder der Wurm zwischen uns drin. Sie arbeitet ständig und spielt die restliche Zeit die Therapeutin für ihre Freundin. Wir leben zwei getrennte Leben. Und so fühle ich mich von ihr vernachlässigt.<<

Dr. Daniels schrieb eifrig mit, um das Anliegen seines vertraut gewordenen Patienten zu erfassen. Nach dem gemeinsamen Jahr in der Therapie konnten er und Jonathan eine vertrauensvolle therapeutische Arbeitsbeziehung aufbauen. Diese Beziehung, so wusste er aus der Forschung, war für die Wirksamkeit einer Psychotherapie essenziell. Die sprechende Medizin lebte von Transparenz und Vertrauen zweier Menschen zueinander. Und Jonathan hatte noch nicht vor zu gehen. Er wollte nun mehr als mit seiner Panik umgehen zu können. Er wollte seine Probleme tiefgründiger bearbeiten. Einmal in der Beziehung zu seiner Mutter und einmal in der Beziehung zu sich selbst. Er wollte an die Basis seiner Probleme heran, für welche es, so wusste Dr. Daniels bereits zu diesem Zeitpunkt, wiederum eine Basis gab. Doch einen Schritt nach dem anderen.

>>Ich denke, dein Anliegen ist für eine Fortführung der Therapie gut geeignet. Wenn du es so wünscht, arbeiten wir weiter.<<

Jonathan strahlte. >>Großartig!<< Dann setzte er sich aufrecht hin, wie jemand der an das Eingemachte wollte. >>Womit wollen wir beginnen?<<

>>Das überlasse ich ganz dir.<<

>>Fein!<< Er dachte einen Moment nach. >>Mein geringes Selbstbewusstsein!<<

>>Ich würde gerne von dir wissen, ob du glaubst mit dieser Art des Selbstbewusstseins geboren zu sein oder ob es sich im Laufe der Zeit entwickelt hat?<<

>>Gute Frage. Ich denke, es hat sich entwickelt.<<

Dr. Daniels nickte ihm zustimmend zu. >>Und wodurch?<<

>>Auf jeden Fall durch unsere sadistischen Lehrer. Davon hatte ich ihnen schon erzählt.<<

>>Ja, ich erinnere mich. Kannst du dich an einen spezifischen Vorfall erinnern, bei welchem dich einer der Lehrer sadistisch behandelte?<<

Jonathan schaute nach oben, um in seinen Erinnerungen herumzustöbern. >>So spontan fällt mir keiner ein. Aber ich habe hin und wieder miterlebt, dass sie mit anderen Schülern so umgingen. Sie haben sie bloßgestellt und gedemütigt, vor dem gesamten Kurs.<<

>>Dich nie?<<

>>Nein. Persönlich hat es mich noch nie erwischt. Noch nicht!<<, fügte er hinzu. >>Doch ich muss gestehen, dass selbst Ms. Milton mich damals, nach meiner Panikattacke vor der Klasse, überraschenderweise verschonte. Sie nutzte die Gelegenheit am kommenden Tag nicht aus, um gegen mich nachzutreten. Das hat mich positiv überrascht.<<

>>Ich erinnere mich an ein Gespräch, welches wir über

das Telefonieren hatten. Du sagtest, du hast Angst mit fremden Menschen zu telefonieren, obwohl dir weder etwas Peinliches, noch etwas Bedrohliches am Telefon geschehen ist. Wir hatten dies als eine abstrakte Angst bezeichnet, da sie auf Vorstellungen beruhte. Im Fall deiner sadistischen Lehrer verhält es sich weniger abstrakt, da du Beobachter solcher Szenen warst, aber sie basiert dennoch auf einer Vorstellung. Nämlich, dass es auch dir wiederfahren könnte, vor dem Kurs bloßgestellt zu werden.<<

Dr. Daniels baute hier eine Pause ein. Er wollte seine Worte einen Moment auf Jonathan wirken lassen. Dieser schaute vor sich her. Versunken in Gedanken.

>>Wie erklärst du dir, dass es dich noch nie selbst erwischt hat?<<

>>Womöglich hatte ich Glück.<<

>>All die Jahre?<<

Jonathan zuckte mit seinen Schultern. Dr. Daniels konnte beobachten, wie er seine Sicht auf die Situation nach einer alternativen Erklärung durchanalysierte, die er bis dato anscheinend nie suchte. Doch genau darum ging es in der Gesprächsführung. Er wollte ihn durch seine Fragen zum Nachdenken und Umdeuten anregen, um eine andere Sicht auf die Dinge einzunehmen. Eine kognitive Umstrukturierung.

>>Vielleicht nicht nur Glück. Vermutlich haben sie mich bisher einfach in Ruhe gelassen.<<

>>Warum sollten sie das tun?<<

>>Keine Ahnung. Vielleicht, weil ich als Transperson

einer Minderheit angehöre und sie Angst haben den Ruf der Schule zu gefährden. Glauben Sie mir, Transleute lassen sich nichts mehr gefallen da draußen.<< Er zeigte mit seinem Zeigefinger symbolisch durch das Fenster und sah Dr. Daniels entschlossen an.

>>Das klingt vernünftig. Aber irgendwie würde es nicht sehr zu einem Sadisten passen, vor einer Minderheit Halt zu machen. Das verlangt Empathie oder Hemmungen. Man könnte erwarten, dass ein Sadist sich gerade auf einen Schwächeren stürzt. Also, entweder es liegt nicht daran, dass du trans bist oder deine Lehrer sind keine Sadisten.<<

>>Gut. Vielleicht sind sie auch keine Sadisten.<<

>>Du meinst also, deine Lehrer sind keine Sadisten?<<

>>Nein, sind sie nicht.<< Jonathans Stimme klang einsichtig und zugleich nachdenklich. Er schüttelte seinen Kopf leicht und blickte vor sich her, um seinen Gedanken zu folgen. Dr. Daniels hatte seine extreme Meinung von den Lehrern somit relativieren können.

>>Jetzt, wo wir das geklärt haben, interessiert mich nach wie vor, warum sie sich anderen Schülern gegenüber so schrecklich verhalten. Vielleicht hilft uns dabei das >Weinglas Modell<, wie ich es immer nenne.<< Dr. Daniels stand auf und zog das Flip Chart heran. Er malte ein Weinglas darauf. Ein breiter Kelch, der nach unten immer schmaler zu einem dünnen Stil zusammenfloss. Dann teilte er das Weinglas, vom Kelch bis zum Stil in Zeilen ein. In die oberste Zeile, wo der Kelch am breitesten war, notierte er, *Lehrer greifen die*

Schüler an. Dann zeigte er mit seinem Stift auf den Satz und schaute Jonathan an. >>Ist das so?<<

>>Ja. Ich habe es mit meinen eigenen Augen erlebt.<<

>>Aber sie greifen dich nicht an.<<

>>Ja, schon. Aber ...<<

>>Aber du bist ein Schüler. Das heißt, sie greifen nicht Schüler per se an. Diese Aussage ist also nicht stimmig. Welche Art von Schülern greifen die Lehrer an?<<

>>Die Coolen.<< Jonathan musste selbst über seine Aussage schmunzeln. Doch bevor er eine ernsthaftere Antwort geben konnte, schrieb Dr. Daniels in die nächste Zeile, *Lehrer greifen die Coolen an.*

>>Was machen die Coolen, Jonathan.<<

>>Nun, die Coolen sind diejenigen, die stylisch gekleidet sind, auf die alle aufschauen, die immer einen lockeren Spruch parat haben und vor denen man Respekt hat. Und so weiter.<<

Dr. Daniels notierte diese Zuschreibungen in die nächste Zeile. Der Kelch wurde an dieser Stelle bereits etwas schmaler, und die anfangs globale Äußerung *Lehrer greifen die Schüler an* wurde bereits etwas spezifischer.

>>Womit verschaffen sich diese Coolen ihren Respekt?<<

>>Sie sind laut, lassen sich nichts gefallen und sind draufgängerisch.<<

In die nächste Spalte notierte Dr. Daniels also *Lehrer greifen laute, draufgängerische Typen an, die sich nichts gefallen lassen.* Dann zeigte er mit seinem Stift auf die Zeile, die bereits sehr eng war. Sie näherten sich dem Stil des Weinglases, welches für die maximale Spezifizierung der Aussage stand. >>Wer sind diese Typen, Jonathan?<<

>>Es sind Max, Dustin, Rick, Walter und vor allem Paul. Paul ist der Schlimmste dieser Truppe. Paul und Walter, um genau zu sein.<<

Dr. Daniels notierte in der letzten Spalte, *Lehrer greifen Max, Dustin, Rick, Walter und Paul an.* >>Ist diese Aussage korrekt?<<

Jonathan starrte auf das Flip Chart und begann zu lächeln. >>Ja, irgendwie haut das hin, jetzt wo ich es so lese. In der Regel werden sie von den Lehrern bloßgestellt. Gelegentlich auch mal andere. Aber immer dann, wenn sie sich wie diese Typen verhielten, um so zu sein wie sie. Laut und störend. Die Typen bauen auch echt viel Mist, müssen Sie wissen.<<

>>Jonathan, du bist soeben von einer globalen zu einer spezifischen Formulierung gelangt. Deine Lehrer greifen also nicht Schüler an, sondern laute, draufgängerische Typen, die viel Mist bauen. Klingt das für dich logisch?<<

Jonathan sah immer noch ungläubig darüber aus, wie schnell er zu dieser neuen Ansicht kam. >>Ja, schon. Das klingt auf jeden Fall logisch, Doc.<<

>>Bist du denn ein lauter, draufgängerischer Typ, der viel Mist baut?<<

>>Nein! Ich nun wirklich nicht.<< Bei dieser Vorstellung lachte er laut los.

>>Und vielleicht ist das die Erklärung dessen, warum

es dich noch nie erwischt hat.<< Er legte den Stift ab und setzte sich in seinen Ohrensessel. >>Vielleicht hast du ja gar nichts zu befürchten.<<

>>Hm ... Ich befürchte, darüber sollte ich mal nachdenken. Ich werde zukünftig in jedem Fall mal darauf achten, wie es sich genau in den Kursen verhält.<< Das war ein wichtiger Schritt. Jonathan war dabei, seine Wahrnehmung, die er bis dato auf Beweise für den Sadismus seiner Lehrer trimmte, neu auszurichten. Die *Selektive Wahrnehmung* war ein bekanntes psychologisches Phänomen, bei dem Aspekte, die eine bereits gebildete Meinung bekräftigten, aus den Eindrücken >selektiert< wurden. Andere Aspekte, die dieser Meinung widersprachen, wurden hingegen ausgeblendet und somit kaum wahrgenommen. In Jonathans Fall konnte das alle Kurse betroffen haben, in denen Lehrer niemanden vorführten. Und somit verfestigte sich eine Meinung durch die wiederkehrende Selbstbestätigung dessen, was er über Lehrer glauben mochte, bis sich eine manifeste Konstruktion über die eigene Wirklichkeit bildete. Dr. Daniels rüttelte an Jonathans Wirklichkeitskonstruktion, wodurch er seine bisherige Sicht auf das Problem zu hinterfragen begann. Es sollte nicht das letzte Mal gewesen sein.

***

Eine Woche später erschien Jonathan mit seiner Mutter in der Praxis. Jonathan belastete die Beziehung zu seiner Mutter, in welcher zuletzt der Wurm drin war, wie er sagte. Also sprach er sie auf ihre Bereitschaft an, mit ihm gemeinsam zu einer Sitzung mit Dr. Daniels zu gehen. Als sie im Wartebereich saßen wirkte sie nervös. Sie saß mit zusammengepressten Beinen auf einem der Stühle und schaute sich um. Sie nahm hier mal einen Flyer für eine Spezialambulanz für Autismus in die Hand, da mal eine Zeitschrift, betrachtete die Gemälde an den Wänden. Doch nichts von dem tat sie aufmerksam, sondern vielmehr um ihre Nervosität im Zaum zu halten. Jonathan fragte sich, was sie bewegte. Doch er traute sich nicht ihr diese Frage zu stellen. Es kam ihm vor, als würde er mit ihr vor einem Gerichtssaal sitzen; wartend bis ihr Streit verhandelt werden und jemand von ihnen für schuldig erklärt werden würde. Niemand von beiden wollte der Schuldige sein, weshalb eine angespannte Atmosphäre in der Luft lag. Jeder war bereit sich zu verteidigen und Beweise vorzutragen, die den anderen der Schuld überführen würden.

Dr. Daniels öffnete die Tür und schaute beide lächelnd an. Jonathan fiel auf, dass er das immer tat. Er hatte Dr. Daniels bei der Begrüßung nie mit ernster Miene erlebt. Nie wirkte es so, als hatte er einen schlechten Tag. War er etwa jeden Tag bei guter Laune? Oder war er ein Meister darin, seine schlechten Launen zu verbergen?

>>Ich wäre dann soweit. Wir können beginnen.<< Er hielt beiden die Tür auf, während sie eintraten. Jonathan und seine Mutter nahmen nebeneinander auf einer Couch Platz. So war es ihnen unmöglich, sich

im Gespräch anzuschauen. Dr. Daniels legte in den familientherapeutischen Sitzungen Wert darauf, dass die Teilnehmer miteinander redeten und sich dabei ansehen konnten. Deshalb bat er einen der beiden darum auf der zweiten Couch Platz zu nehmen. Somit konnte Dr. Daniels auch die Interaktion der beiden besser beobachten. Wer sah wen wie an? Was würden sie sich durch Blicke, Mimik und Gesten signalisieren? Würden sie den Blickkontakt vermeiden? Wer hat mehr Gesprächsanteile? Wer erhebt die Stimme, um sich durchzusetzen? Wer lässt wen ausreden oder wer fällt wem ins Wort? Und wer würde seinen Platz räumen und auf die andere Couch gehen? Es war Ms. Westers. Sie musste gespürt haben, dass es für Jonathan ein Heimspiel war. Dieser Therapieraum war sein Terrain. Also zeigte sie weniger Dominanz.

Solche Sitzungen waren anspruchsvoller und komplexer als jene mit einer Person. Wann immer man es als Therapeut mit mehreren Akteuren in einem Gespräch zu tun hatte, war eine geteilte Aufmerksamkeit gefragt. Die Neutralität inmitten der vielen verschiedenen Affekte und Standpunkte zu bewahren, von denen man sich leicht anstecken lassen konnte, war herausfordernd.

>>Ms. Westers, wie fühlen Sie sich heute? Ich habe den Eindruck, dass Sie nervös sind.<< Dr. Daniels wusste, dass Begleitpersonen den Therapeuten meist als einen Verbündeten des Patienten ansahen. In gewisser Hinsicht traf das auch zu. Die Aufgabe eines

Therapeuten bestand schließlich darin, im Sinne des Patienten zu handeln, um sein therapeutisches Anliegen zu bearbeiten. Dennoch gelang dies in der Regel nur, wenn man alle Beteiligten für die gemeinsame Arbeit gewinnen konnte. Umso wichtiger war es Jonathans Mutter, Ms. Westers, gleich zu Beginn ihre Ängste zu nehmen.

>>Ich weiß nicht, was mich hier erwartet. Jonathan teilte mir nur mit, dass wir heute ein gemeinsames Gespräch führen werden.<< Ihre Stimme wirkte zaghaft und scheu.

>>Und Sie haben zugestimmt, ohne zu fragen, worum es gehen soll?<<

>>Nun ... Doch! Aber er sagte mir nur, dass es um unser Verhältnis gehen würde.<<

>>Was haben Sie empfunden, nachdem Sie das hörten?<<

>>Ich würde sagen, ich war nervös. Und ich bin es noch immer.<<

>>Was sind Ihre Befürchtungen?<<

>>Ich habe Angst, dass Sie mir sagen, dass ich an Jonathans Problemen schuld bin. Er war schließlich immer ein so braves Kind. Er hat nie Probleme bereitet und war sehr angepasst.<< Ihre Augen füllten sich mit Tränen und ihre Stimme zitterte. Jonathan sah in diesem Moment nervös aus. Sein Kiefermuskel war angespannt und sein Gesicht leicht gerötet. Offenbar bewegte ihn, was er von seiner Mutter hörte. Nun stand Dr. Daniels vor der Gradwanderung bei den Emotionen

der Mutter zu bleiben oder sich den aufkommenden Emotionen von Jonathan zuzuwenden. In dieser Situation bat sich ein >Hopping< an, wie er es nannte. Ein kurzes Eingehen auf den emotionalen Zustand des einen und ein schneller Wechsel zu den Emotionen des anderen. Zuvor wollte er aber die Philosophie solcher Gespräche verdeutlichen.

>>Zunächst einmal, geht es hier nicht um Schuld oder Unschuld, Ms. Westers. Sie stehen schließlich nicht vor Gericht. Jonathan war es ein Anliegen, über ihre Beziehung zu sprechen und bat mich um Unterstützung dabei. Wir werden uns also über Ursachen und Wirkungen unterhalten. Dazu gehören vor allem auch Emotionen, und Sie sagten soeben, dass Sie nervös seien. Das ist auch nicht zu übersehen. Ich habe das Gefühl, Ihnen ist zum Weinen zumute, da Sie Angst haben, als eine schlechte Mutter verurteilt zu werden.<<

Ms. Westers liefen dicke Tränen über die Wangen. Sie griff zu einem Taschentuch aus der Box neben sich, auf dem Beistelltisch. Dann nickte sie zustimmend. Nachdem Dr. Daniels sie in ihren Gefühlen validierte, wandte er sich den Emotionen seines Patienten zu.

>>Jonathan, kannst du mir sagen, was soeben in dir vorgeht, wenn du deine Mutter so gefühlsbetont erlebst?<<

Jonathan brauchte einen Moment. Es wirkte, als wolle er die Fassung zurückgewinnen, bevor er sprach. >>Es ist irgendwie komisch, meine Mutter so zu sehen. Ich hatte nie das Gefühl, dass sie sich darüber Gedanken macht, eine schlechte Mutter zu sein.<<

>>Ich überlege gerade, welcher emotionale Zustand dein eben Gesagtes am besten beschreibt. Was denkst du?<< Dr. Daniels wollte auf Jonathans Gefühlsebene. Patienten beschrieben ihre Gefühlsebene oft mit Worten wie >fühlt sich komisch an<, jedoch beschrieben diese vagen Angaben keine Emotionen.

>>Ich bin etwas erschrocken über ihre Emotionalität und irritiert über ihre Angst, eine schlechte Mutter zu sein.<<

>>Sehr gut! Da wir nun festgehalten haben, wie es Ihnen beiden gerade geht, würde ich es ab jetzt gerne so handhaben, dass Sie direkt miteinander sprechen, anstatt mit mir über den anderen. Ms. Westers, wie erklären Sie es sich, dass ihr Kind erschrocken über Ihre Emotionalität ist? Bitte erklären Sie das Jonathan.<< Dr. Daniels zeigte auf Jonathan, während er seinen Stift ansetzte, um sich Notizen zu machen.

>>Ich habe mir nie große Gedanken darüber gemacht, wie ich auf dich wirke, Jonathan. Ich muss wohl einen gefühlskalten Eindruck gemacht haben. Ich war auch nie sehr gut darin über Gefühle zu sprechen, befürchte ich. Und ich finde es gerade auch unangenehm, es zu tun. Was ich aber nicht ganz verstehen kann ist, warum er irritiert davon ist, dass ich Angst habe eine schlechte Mutter zu sein.<< Ms. Westers sah zu Dr. Daniels. Dieser schüttelte mit dem Kopf und verwies mit seinem Zeigefinger an Jonathan. Das machte deutlich, wie

ungewohnt es für sie war mit Jonathan über so etwas zu sprechen. Ms. Westers verstand Dr. Daniels Geste und wandte sich mit der Frage ihrem Kind zu. >>Jonathan, warum bist du irritiert davon, dass ich Angst habe eine schlechte Mutter zu sein?<< Ihre Stimme wirkte ruhig und empathisch.

>>Um ehrlich zu sein, habe ich oft das Gefühl, dass du überhaupt vergisst, eine Mutter zu sein.<< Jonathan schaute angespannt auf den Boden. Vermutlich hatte er Angst vor der Reaktion seiner Mutter. Oder er konzentrierte sich darauf, nicht in einen unkontrollierbaren Affektdurchbruch zu rutschen. Affekte waren heftige, oft auch kurzeinschießende Gefühlszustände, die schwer zu unterdrücken waren. Dinge, die zwischen Menschen erstmals deutlich ausgesprochen wurden, konnten zu einem unvorhersehbaren Ausbruch solcher heftigen Emotionen führen. Emotionen, die über viele Jahre unausgesprochen in der Tiefe einer Seele lauerten und sich dann wie ein gebrochener Staudamm ihren Weg bahnten. >>Ich fühle mich vernachlässigt von dir. Du bist hier und dort. Aber nicht bei mir. Zumindest nicht mit deinem Interesse. Es ist, als sei ich ein Mitbewohner für dich geworden.<<

Der Blick seiner Mutter verriet ihre Entrüstung darüber, was er sagte. >>Wie bitte? Ich weiß nicht, ob du es gemerkt hast, Jonathan. Aber ich arbeite eine Schicht nach der anderen, um dir alles bieten zu können. Ein voller Kühlschrank ist heutzutage wohl nichts mehr wert. Und wer war es denn, der dich damals aus deiner Panikattacke herausholte? Ich war sofort für dich da, als du mich brauchtest. Du hingegen hattest mich einmal mit deiner verschütteten Suppe allein in der Küche sitzengelassen, weil du außer dich geraten bist, als ich sagte, du hättest Flausen im Kopf.<< Jonathan saß nur da und starrte verkrampft auf den Boden. Aus seinem Augenwinkel konnte er erkennen, wie Dr. Daniels sich etwas auf seinem Klemmbrett notierte.

Abgesehen von seiner Notiz entdeckte Dr. Daniels an dieser Stelle des Gesprächs etwas Erwähnenswertes und entscheid sich nach einem Moment der Stille zu intervenieren.

>>Ich möchte Ihnen beiden kurz erläutern, was ich soeben beobachten konnte. Zunächst einmal habe ich das Gefühl, dass Sie über ganz unterschiedliche Aspekte der Versorgung sprechen. Während Sie, Ms. Westers, von der körperlichen Versorgung ihres Kindes sprechen, für welche Sie hart arbeiten, sprichst du, Jonathan, von emotionaler Versorgung, die dir fehlt. Aber mir ist noch etwas anderes aufgefallen.<< Er wandte sich Jonathan zu, um seine Äußerung zu paraphrasieren. Somit wollte er sicherstellen, ihn richtig verstanden zu haben. Und zugleich signalisierte er beiden dem Gespräch hoch konzentriert zu folgen.

>>Jonathan, du sagtest soeben, was du empfindest. Du fühlst dich von deiner Mutter vernachlässigt und du hast das Gefühl, dass sie wenig Interesse für dich aufbringt. Dann sagtest du, du fühlst dich wie ein Mitbewohner.

Habe ich das richtig verstanden?<< Jonathan nickte ohne seinen Blick vom Boden abzuwenden. Dann wandte sich Dr. Daniels Ms. Westers zu. >>Sie wirkten auf mich erbost über Jonathans Äußerung. Es wirkte so, als wollten Sie sich verteidigen.<<

>>Ja, das wollte ich auch.<<

>>Erinnern Sie sich, dass ich eingangs sagte, dass Sie nicht vor Gericht stehen? Warum war es Ihnen wichtig sich zu verteidigen?<<

>>Weil es nicht der Wahrheit entspricht, was Jonathan sagt.<<

>>Ein sehr kluger Mann sagte einmal >Der Begriff Wahrheit ist nur dort anwendbar, wo Menschen einer gleichen Wirklichkeitskonstruktion angehören.< Der Satz stammt von dem berühmten Psychoanalytiker Paul Watzlawick. Ist es nicht ein toller Satz? Sie haben an dieser Stelle ganz offenbar unterschiedliche Ansichten darüber, was die Wahrheit angeht. Deshalb finde ich es schwierig, von Wahrheit und Unwahrheit zu sprechen. Versuchen wir es andersherum. Wahrscheinlich haben Sie beide bereits festgestellt, dass ich ein großer Fan von Emotionen bin. Vielleicht sagen Sie uns, wie Sie sich gefühlt haben, als er soeben sagte, dass er sich von Ihnen vernachlässigt fühlt und Sie wenig Interesse an ihm zeigen würden.<<

>>Ich habe mich selbstverständlich wie eine Rabenmutter gefühlt.<<

>>In dem Moment, in welchem Jonathan Ihnen eine offene Rückmeldung darüber gab, wie er empfindet,

sprach das Ihre Angst, eine schlechte Mutter zu sein, an. Was glauben Sie, was Ihre Reaktion in Jonathan auslöste?<< Um die Empathie bei ihr zu erhöhen, paraphrasierte er auch ihre Worte. >>Sie fragten, ob er merke, dass Sie eine Schicht nach der anderen arbeiten, um ihm alles bieten zu können.<<

Ms. Westers stimmte dieser Perspektivwechsel offensichtlich nachdenklich. >>Vermutlich mache ich ihm damit Schuldgefühle.<<

>>Sprechen Sie jetzt bitte weiter mit Jonathan!<< Dr. Daniels schrieb wieder auf seinem Klemmbrett mit.

>>In Ordnung! Jonathan, ich glaube ich habe dir Schuldgefühle gemacht. Kann das sein?<<

Jonathan nickte. Er sah traurig aus und schwieg längere Zeit. Deshalb führte Dr. Daniels zunächst weiter aus.

>>In dem Moment, in dem ich Sie beide bat, miteinander zu sprechen, brauchte es nur einen Wortwechsel, bis Sie Jonathan seine Gefühle absprachen, da es Sie sich wie eine schlechte Mutter hat fühlen lassen. Sie sagten eingangs, das sei Ihre Angst. In der Folge ließen Sie ihn sich schuldig dafür fühlen. Letztendlich bestraften Sie Jonathan implizit für seine Gefühlsäußerung. Es schafft eine emotionale Distanz zwischen Ihnen, wenn Sie sich nicht einmal sagen dürfen, dass Sie sich durch den anderen verletzt fühlen. Für solch eine Distanz spricht auch Jonathans Aussage, er fühle sich wie ein Mitbewohner. Anstatt sich also zu verteidigen, macht es vielleicht erst einmal Sinn, die Worte des anderen einen Moment auf sich wirken zu lassen, um darüber

nachzudenken, wie es dazu kommen konnte, dass der andere so empfindet. Das sollte für Sie beide gelten.<< Der letzte Satz war wichtig, damit sich Ms. Westers nicht allein als die Wurzel des Problems wahrnahm. Denn auch, wenn sie soeben exemplarisch zeigte, wie die Interkation zwischen beiden ablief, war es wichtig, dass beide dem anderen seine Gefühle zugestanden.

Jonathan und seine Mutter saßen einen Moment da und schwiegen sich an. >>Genau so ist es.<<, sagte Jonathan dann mit leiser Stimme. Ms. Westers sah nachdenklich aus, was ein gutes Zeichen war. Offenbar dachte sie zumindest darüber nach, was sie hörte und versuchte sich nicht gleich wieder zu verteidigen.

>>Ich möchte, dass Sie sich beide im Alltag darin üben unangenehme Dinge sagen zu dürfen. Das wird anfangs sehr schwer sein auszuhalten, aber genau darum soll es gehen. Therapie bedeutet, sich unangenehmen Aspekten zu stellen, die man zulange vermieden hat. Sie haben es vermieden, miteinander zu sprechen. Dem ganzen liegt offenbar ein Muster zugrunde, in dem Sie, Ms. Westers, auf Problemansprachen mit einer gekränkten Anerkennung als Mutter reagierten und du, Jonathan, aufgrund von Ängsten vor strafenden Schuldgefühlen lerntest, diese Dinge nicht mehr anzusprechen. Ich verstehe beide Beweggründe, aber Sie scheinen selbst gemerkt zu haben, dass es sich so nicht gut zusammenleben lässt. Wenn Sie also etwas verändern wollen, sollten Sie daran arbeiten, nicht Kritik zu äußern, sondern Wünsche zu formulieren.

Zugleich gilt es für den anderen, die Wünsche nicht als Kritik aufzufassen.<<

Jonathan und seine Mutter sahen sich an. Ihre Blicke waren prüfend. So als ob sie die Einstellung des anderen zu Dr. Daniels Worten überprüfen wollten. Ms. Westers nickte.

>>Wahrscheinlich wird das nötig. Ich habe seit langem bemerkt, dass dich etwas bewegt, Jonathan. Und ich möchte meinen Beitrag dazu leisten, dass es dir besser geht.<< Jonathan lächelte sie an. Sein Blick verriet Hoffnung auf eine vertrauensvolle Beziehung zu seiner Mutter, die er sich sehnlichst zurückwünschte.

KAPITEL 10

Eine tiefe Betrachtung

>>Betrachtung ist der Schlüssel, um die Welt um uns herum besser zu verstehen und uns selbst darin zu erkennen.<< **– Albert Einstein**

Als Jonathan an diesem Tag das Schulgebäude betrat, war es wie so oft laut und chaotisch. Manchmal löste dieses Durcheinander von kreischenden Stimmen, hektischen Bewegungen und unangenehmen Gerüchen noch Unruhe in ihm aus. Aber in Panik verfiel er schon seit langem nicht mehr. Im Laufe der Therapie lernte er selbstbewusster aufzutreten und sich einen Raum unter den vielen Jugendlichen zuzuschreiben, den er einnehmen durfte. Er musste lernen, sich nicht mehr verstecken zu müssen und sich auf seine Fähigkeiten zu verlassen, welche er sich durch sein geringes Selbstbewusstsein zu oft absprach. Mittlerweile gelang es ihm wie selbstverständlich Vorträge vor der Klasse zu halten. Er war als leistungsstarker Schüler gefragt. Immer dann, wenn andere Hilfe benötigten, baten sie ihn um Rat. Das machte ihn beliebter denn je zuvor. Der Anfang dessen, so lernte er in der Therapie, konnte jedoch nur von ihm ausgehen. Es lag an ihm, wahrgenommen zu werden. Und so war er es, der eines Tages den Entschluss fasste, jemanden seine Hilfe anzubieten. Es war Kenny, dem er im Chemie Kurs seine Hilfe anbot, während er verzweifelt vor seinen Aufgaben im Labor saß. Kenny reagierte äußerst verwirrt auf Jonathans spontanes Hilfeangebot. Denn es hatte nichts mit dem üblichen schizoiden Verhalten zu tun, welches er außerhalb der Community an den Tag legte. Eine Veränderung konnte nur von einer Veränderung eingeleitet werden, sagte ihm Dr. Daniels. Wenn Jonathan seine Position unter den anderen Schülern verändern wollte, so musste er sein Verhalten ihnen gegenüber verändern. Und er hatte durch sein Leistungspotenzial durchaus etwas, was er in das soziale Gefüge der High School einbringen konnte. Ressourcenaktivierung, so nannte es Dr. Daniels. Diese Ressourcen waren schon lange vorhanden. Nur war Jonathan lange Zeit nicht in der Lage, sie zur Beziehungsgestaltung und im Sinne einer positiven sozialen Integration für sich zu nutzen. Zunehmend musste er feststellen, dass seine Transsexualität den meisten seiner Mitschüler egal zu sein schien. Denn sie thematisierten es in den Gesprächen mit ihm fast nie. Das widersprach seiner bisherigen Erwartungshaltung. Ganz ähnlich wie bei dem >Weinglas Prinzip< korrigierte sich seine Sicht auf einige seiner Mitschüler. Er spürte, dass es für ihn in die richtige Richtung lief. Und er hatte sich mehr vorgenommen. Heute! Hier! Jetzt! Er würde sein frisch geladenes Selbstbewusstsein dazu nutzen, um seine Rechte als Transmann geltend zu machen.

Also suchte er seine Sportlehrerin auf, um sich der nächsten Stufe seiner Selbstverwirklichung anzunähern. Er sah Ms. Riley im Flur der Turnhalle stehen. Sie war im Gespräch mit einer Schülerin, die Jonathan vom Sehen kannte. Er dachte kurz darüber nach, wie ihr Name war. Wahrscheinlich nur um sich die Zeit zu vertreiben, bis die beiden ihr Gespräch beendet hatten, denn er hatte mit dieser Schülerin keinerlei Berührungspunkte. Somit war ihr Name für ihn Schall und Rauch. Als die Schülerin sich von der Lehrerin verabschiedete und Ms. Riley allein war, nutzte er die Gelegenheit, um auf sie zuzugehen.

>>Ms. Riley? Haben Sie einen Moment Zeit?<<

>>Hey Johanna. Selbstverständlich. Was gibt es?<<

Den Kampf, jeden Einzelnen auf seinen gewünschten Vornamen hinzuweisen, wollte er nicht mehr führen. Es raubte zu viel Energie. Zumal er sich unsicher war, ob die meisten Lehrer überhaupt Kenntnis darüber hatten, dass er mittlerweile den Namen Jonathan für sich beanspruchte. Schließlich stand es ihm nicht auf die Stirn geschrieben. Er selbst hatte es nicht jedem Lehrer mitgeteilt. Dennoch hätte er sich die Aufmerksamkeit der Lehrer gewünscht, mitzubekommen, dass er äußerlich doch schon einem jungen Mann ähnelte. Man müsste also nur eins und eins zusammenzählen und ihn darauf ansprechen, ob er andere Pronomen oder einen anderen Namen für sich beanspruchte. Oder erwartete er vielleicht doch wieder zu viel von seinem Gegenüber?

>>Ich möchte einen Antrag stellen, dass ich fortan am Sportunterricht der Jungen teilnehmen kann. Das gilt auch dafür, dass ich mich nicht mehr bei den Mädchen umziehen möchte. Sie behandeln mich herablassend. Sie sagen ich sei eklig usw.<<

Ms. Riley sah ihn irritiert an. >>Das musst du mir erklären! Du meinst, du möchtest die Disziplinen der Jungen durchführen oder du möchtest dich mit den Jungen direkt duellieren?<<

>>Sowohl, als auch! Wahrscheinlich wissen Sie es noch nicht, aber ich identifiziere mich nicht als Mädchen, sondern als Junge. Deshalb trage ich seit einigen Monaten auch den Namen Jonathan und nicht Johanna.<<

>>Du machst Witze!<<, Ms. Rileys Lachen stimmte ihn stinksauer. Er fühlte sich wie so oft belächelt, wann immer er von seiner Transidentität sprach.

>>Nein, es ist mir ernst.<< Sein Ton wurde rau. Doch er schaffte es, sich emotional zu bändigen, indem er sich auf seine Bauchatmung fokussierte, so wie er es in den unzähligen Entspannungsübungen bei Dr. Daniels gelernt hatte. Anfangs konnte er sich nur schwer auf diese Übungen einlassen, da er es für esoterischen Blödsinn hielt. Doch es war so, wie es ihm sein

Therapeut sagte. Über die richtige Atmung konnte er Einfluss auf seinen Puls und seine Herzrate nehmen, was dafür sorgte die Ruhe bewahren zu können. >>Ms. Riley, ich bitte Sie darum, das ernst zu nehmen. Ich bin ein Junge und möchte wie ein Junge behandelt werden.<<

>>Das habe ich verstanden. Ich glaube, du bist dir aber nicht die Tragweite deines Wunsches bewusst. Nicht nur, dass du körperlich in keiner Weise mit den Jungen mithalten könntest und du die Leistungsanforderungen niemals erreichen würdest; deine Noten würden sich dadurch auch massiv verschlechtern.<<

>>Das nehme ich in Kauf.<<

>>Ein anderes Problem besteht darin, dass du nicht nur davon ausgehen kannst, wie du dich am wohlsten fühlst. Es ist vielleicht auch für die Jungen unangenehm, wenn du als Mädchen bei ihnen im Sportunterricht mitmachst oder dich gar bei ihnen umziehst. Wir müssen auch deren Intimsphäre achten.<<

>>Ich habe gar nicht gesagt, dass ich mich bei den Jungen umziehen möchte. Ich habe lediglich gesagt, dass ich mich nicht mehr bei den Mädchen umziehen möchte. Ich brauche also eine Extraumkleide.<<

>>Jetzt wird es albern!<< Ms. Riley winkte mit ihrer Hand ab und verdrehte ihre Augen. >>Wie stellst du dir das vor? Sollen wir einen Extraraum für dich anbauen lassen?<<

>>Ich könnte doch vielleicht eine Umkleide der Lehrer benutzen.<<

>>Und die Lehrer? Sollen sie sich ab sofort mit ihren weiblichen Kollegen umziehen?<< Ms. Riley wirkte verständnislos. Früher hätte das Jonathan in Rage gebracht. Doch er behielt die Fassung.

>>Vielleicht finden wir dafür noch eine Lösung. Wichtiger ist zunächst, dass ich als Junge bei den Jungen mitmachen kann.<<

>>Hörzu! Ich halte das für keine gute Idee. Das geht aus meiner Sicht zu weit. Entscheiden kann ich es aber sowieso nicht allein. Ich kann dein Anliegen gerne mit in die Lehrerkonferenz nehmen und dort besprechen. Dann werden wir sehen, wie die Schule darüber entscheidet.<<

>>Das wäre ein Anfang.<<

>>Aber erhoffe dir nicht zu viel davon. Ich sehe wenig Hoffnungen, dass dir das ermöglicht wird.<<

Jonathan war trotz der pessimistischen Worte von Ms. Riley positiv gestimmt. Vielleicht machte es ihn glücklich, dass man sich in der Lehrerkonferenz mit seinem Anliegen zumindest auseinandersetzen würde. Ernstgenommen zu werden war es, was an dieser Stelle zumindest einmal bei ihm ankam. Die Sicherheit zu haben, dass die Lehrer sich in der Konferenz mit seinem Fall befassen würden, gab ihm das Gefühl von Achtung und positiver Aufmerksamkeit. Er würde gesehen werden. Nach all den Jahren, in denen er von seinem Vater ignoriert und von seiner Mutter und seinen Mitschülern nicht wahrgenommen wurde. Deshalb war es für ihn so bedeutungsvoll, dass jeder

Lehrer ab sofort von Jonathan Westers Notiz nehmen würde. Wie ein Sieg fühlte sich dieser Moment an.

***

Bevor Dr. Daniels Jonathan in den Behandlungsraum hinein bat, warf er einen Blick in die Notizen über die Therapiesitzung, welche er mit Jonathan und seiner Mutter abhielt. Unübersehbar dick unterstrichen hatte er eine Aussage von Ms. Westers in seinen Aufzeichnungen gefunden. *>Ich habe dich aus deiner Panikattacke herausgeholt.<* So in etwa lautete ihre Aussage. Diese Situation wollte er gleich zu Beginn der Sitzung mit Jonathan analysieren. Auch, wenn die Situation schon einige Zeit zurückliegen musste, war es denkbar, dass sie einen Anhalt auf etwas bot, was auch für das aktuelle Therapieanliegen von Bedeutung sein könnte.

>>Vielleicht erinnerst du dich, dass deine Mutter zuletzt von einer Panikattacke sprach, aus welcher sie dir heraushalf. Kannst du dich an diesen Tag erinnern, Jonathan?<<

>>Das ist schon lange her. Aber ja, ich erinnere mich gut daran, Doc. Es war nämlich der Moment, der damals dazu führte, dass wir uns kurzzeitig näher standen.<<

>>Sehr gut! Ich würde mit dir gerne über diese Situation eine weitere Verhaltensanalyse durchführen.<<

>>Ich denke ich muss zuerst die Situation genau beschreiben. War es so?<<

>>Korrekt!<< Dr. Daniels stand auf und zog das Flip Chart heran, um mitzuschreiben.

>>Lassen Sie mich überlegen! Wenn ich mich richtig erinnere, saß ich damals in meinem Zimmer auf dem Bett. Meine Mutter und ich hatten zuvor einen Streit, weil sie etwas Dummes sagte. Das habe ich ihr übel genommen. Als ich in meinem Zimmer saß, kam sie herein, um mit mir das Gespräch zu suchen.<<

>>Wolltest du dieses Gespräch?<<

>>Ich war nicht wirklich bereit. Aber da sie mich in diesem Moment das erste Mal überhaupt mit Jonathan ansprach und in guten Absichten zu kommen schien, hatte ich Hoffnung auf eine Versöhnung.<<

>>Was ist dann passiert?<<

>>Das Gespräch ist völlig eskaliert. Sie warf mir vor, ihr die Worte im Mund verdreht zu haben, um sich als das Opfer darzustellen. Dabei war sie diejenige, die mich überhaupt nicht verstehen wollte.<<

>>Warum sollte sie dich nicht verstehen wollen?<<

>>Um mich zu provozieren.<<

>>Deine Mutter sucht Streit mit dir? Ist es das was du sagen willst?<<

Jonathan wirkte nachdenklich. >>Ich weiß es nicht! Manchmal fühlt es sich zumindest so an. So war es auch bei dem Streit, den wir zuvor hatten. Ich erzählte ihr von dem Überfall im *Bunny Hanas*. Daraufhin ...<<

>>Warum hattest du ihr davon erzählt?<<

>>Um ehrlich zu sein, habe ich mich damals das gleiche gefragt. Es ergab keinen Sinn ihr davon zu berichten, da ich es ihr zuvor mit aller Mühe verheimlichte, damit sie mir nicht erst recht verbieten würde wieder dort

hinzugehen. Aber irgendwie rutschte es mir dann heraus.<<

>>Hattest du dich zuvor über sie geärgert? Ich meine bevor du ihr von dem Überfall erzählt hattest.<<

Jonathan dachte einen Moment nach. >>Ja, tatsächlich. Sie hatte meine Geschichte mit dem Fahrradsturz, die ich ihr als Lüge auftischte, einfach hingenommen, ohne sich wirklich zu fragen, ob das stimmen konnte. Geschweige denn, sah sie sich ernsthaft meine Blessuren im Gesicht an. Sie wirkte so ...<< Er machte eine nachdenkliche Pause. >>... so gleichgültig. Das hatte mich in diesem Moment zutiefst enttäuscht. Und dann gab es auch noch Suppe.<<

>>Vielleicht warst du ja derjenige, der den Streit mit ihr suchte.<<

>>Was meinen Sie?<<

>>Du brauchtest ein Drama, welches du bekamst, indem du ihr erst bereitwillig von dem Überfall erzähltest, um ihr dann im weiteren Verlauf die Worte im Mund zu verdrehen.<<

>>Warum sollte ich ein Drama wollen?<< Jonathan klang etwas trotzig.

>>Nur im Drama ist dir deine Mutter emotional zugewandt. Eben nicht mehr gleichgültig. Zwar in einem negativen Sinne, aber das ist alles, was du hast. Und da ihr einzig und allein durch das Drama emotional miteinander in Berührung kommt, ist eure Beziehung derart von Konflikten durchdrungen.<<

Jonathan war etwas erschrocken über diese Sichtweise,

die ihm jedoch einleuchtete. Doch noch bevor er weiter darüber nachdenken konnte, wechselte Dr. Daniels wieder das Thema.

>>Aber lass und zurück zum besagten Tag kommen, als du die Panikattacke bekamst. Als du merktest, dass der Streit mit deiner Mutter eskalierte, was ging dir durch den Kopf?<<

>>Ich dachte genau das, was ich vorhin meinte. Ich dachte, dass sie mich nicht verstehen möchte. Oder eben kann. Wie auch immer.<<

>>Was hast du empfunden, Jonathan?<<

>>Ich war total wütend auf sie. Das kann ich mit Sicherheit sagen. Und bevor Sie fragen, ob es nur das war. Nein, da war noch mehr.<< Dr. Daniels musste lachen. Offenbar kannte Jonathan ihn mittlerweile ebenso gut. >>Ich war zugleich traurig über das Verhältnis zu meiner Mom. Dieses Gespräch hat mir gezeigt, dass wir keinen Weg mehr zueinander fanden. Dabei hatte ich mir so gewünscht, dass sie mich in den Arm nehmen würde.<<

>>Was hat sie stattdessen getan?<<

>>Sie stand auf und ging aus meinem Zimmer. Kurz darauf begann die Panik.<<

>>Wie hat sie dich aus der Panik herausgeholt, wenn sie aus dem Zimmer ging?<<

>>Die Panikattacke war heftiger denn je. Ich habe so laut nach Luft gerungen, dass sie es gehört haben muss. Plötzlich ging die Tür auf, meine Mutter stürmte herein und ...<< Jonathan schien sich etwas selbst zu

offenbaren.

>>Und?<< Dr. Daniels ließ ihn seine Gedanken zu Ende führen.

>>Sie nahm mich in den Arm.<< Jonathan war erstaunt über seine Aussage.

>>Erkläre mir bitte, was dir gerade durch den Kopf geht, Jonathan!<<

>>Die Panikattacke führte dazu, dass meine Mutter mich in den Arm nahm. Genau das, was ich mir sehnlichst von ihr wünschte, bevor sie aus dem Zimmer ging.<<

>>Ganz offensichtlich hatte diese Panikattacke eine ganz andere Funktion, als es üblicherweise der Fall war. Sie war ein unbewusstes Instrument, um Nähe herzustellen. Dein Wunsch nach Bindung war das Motiv.<<

>>Und das bekam ich erst, nachdem ich in Atemnot geriet.<<

>>So etwas spricht die Urinstinkte einer Mutter an. Ihr Kind beschützen zu wollen. Um Nähe und Fürsorge zu erhalten, musstest du zuerst einem Erstickungstod nahestehen. Erst im Drama kommt ihr emotional miteinander in Berührung. In diesem Fall sogar körperlich.<<

>>Das ist unglaublich, Doc!<< Jonathan schien Gefallen an seiner Entdeckungstour zu finden. >>Es wurde offensichtlich, dass sie sich seit unserem gemeinsamen Gespräch mit ihnen sehr viel bemühter, interessierter und fürsorglicher zeigt. Danke nochmals dafür, Doc.<<

Dr. Daniels nickte ihm lächelnd zu. >>Jonathan, jetzt, wo wir ausführlich über die Beziehung zwischen dir und deiner Mutter sprechen konnten, würde ich mich mit dir gerne darüber unterhalten, was dazu geführt hat, dass du derartige Selbstzweifel entwickelt hast. Das ist sehr eng mit deinem Selbstbewusstsein verknüpft, woran wir schließlich derzeit auch arbeiten.<<

Jonathan war mittlerweile einer der therapieerfahrenen Patienten in Dr. Daniels Praxis. Er verstand das Prinzip der therapeutischen Allianz zwischen sich und seinem Therapeuten, in welchem Teamarbeit gefragt war. Dazu gehörten feste Regeln. Pünktlichkeit, keine Vermeidung von unangenehmen Themen, Gefühle aushalten u.v.m.

>>Einverstanden, Doc. Das klingt nach einem Plan.<<

>>Sehr gut! Ich möchte, dass du mir zunächst alles erzählst, was dir zu der Frage >*Was hat mich einen ängstlich-unsicheren Menschen werden lassen?*< einfällt. Egal für wie belanglos du die Dinge hältst.<<

>>Meinetwegen.<< Jonathan dachte einen Moment nach, um in seinem Gedächtnis herumzukramen. >>Ich erinnere mich, dass ich schon in der Unterstufe mit Angst in die Schule ging. Das muss so in der zweiten Klasse begonnen haben.<<

>>Wovor hattest du Angst?<<

>>Ich weiß es nicht genau. Ich hatte es nicht leicht mit meinen Mitschülern. Ich spürte in irgendeiner Form, dass sie mich nicht mochten. Es ging damit los, dass ich für Gruppenarbeiten nicht ausgewählt wurde oder

die Kinder lieber mit jemanden anderen spielten als mit mir. Ich erinnere mich, dass ich oft allein auf dem Schulhof stand und den anderen dabei zusah, wie sie Fangen spielten.<<

>>Das klingt so, als ob du auf eine Art der Ausgrenzung gestoßen bist. Nicht offen aggressiv, aber dennoch subtil.<<

>>Es war ein schleichender Prozess. Aggressiv wurde es dann im Laufe der folgenden Schuljahre.<<

Um den einen Aspekt der Biografie zunächst klären zu können und Jonathan zugleich nicht das Gefühl zu geben, dass die womöglich schwere Zeit, in der er aggressiv behandelt wurde, ungeachtet bleiben sollte, unterstrich Dr. Daniels die Bedeutung dieser Selbstoffenbarung. >>Dieser Teil interessiert mich sehr, da ich mir vorstellen kann, dass du viel durchmachen musstest. Ich habe noch ein paar Fragen zu der Zeit, als die Ausgrenzung subtil verlief. Ich habe noch nicht ganz verstanden, was der Grund der Ausgrenzung war.<<

>>Tja, das wüsste ich auch gerne. Ich vermute, ich habe damals schon bemerkt, dass ich anders war. Ich war mir meiner Transidentität zwar noch nicht bewusst, aber anders war ich dennoch.<<

>>Was hat dich von den anderen unterschieden?<<

>>Das weiß ich eben nicht.<< Jonathan klang leicht verärgert über das Nachfragen. Solche Gefühls-regungen bildeten häufig ein therapeutisches Material, da sie auch etwas über die Brisanz des Themas aussagen konnten.

>>Du klingst verärgert, Jonathan. Liegt es an meiner Nachfrage oder an dem Thema, dass du mit Ärger reagierst?<<

>>Wahrscheinlich an beidem.<< Er horchte einen Moment in sich hinein, um zu verstehen, was der Beweggrund für seinen Ärger war.

Die wenigsten Menschen machten sich Gedanken darüber, warum sie mit einem bestimmten Gefühl auf etwas reagierten. Sie waren meist damit beschäftigt, dieses Gefühl schnell zu beseitigen, indem sie es rationalisierten oder es beispielsweise als Aggressionen auf die Umwelt kanalisierten. In der Psychotherapie lernten die Patienten bei Dr. Daniels ihre Gefühle zunächst anzunehmen und mit ihnen zu operieren, indem man sie auf ihr Motiv analysierte.

>>Ich denke, ich bin frustriert darüber, dass ich es mir nicht erklären kann. Ich denke schließlich nicht das erste Mal über diese Phase meines Lebens nach. Und ihre Nachfrage setzte mich soeben unter Druck.<<

>>Wahrscheinlich ist es auch der Grund dafür, warum dir diese Phase als erstes zu unserem Thema einfiel.<<

>>Ich habe oft nach Erklärungen gesucht. Aber ich habe niemandem etwas getan. Ich war ein ganz normales Kind. Dennoch fühlte ich mich anders. Vielleicht schlummerte in mir damals schon die Transidentität, die mich hat anders fühlen lassen.<<

>>Das klingt nach einer Hypothese. Wie zufrieden bist du mit dieser Erklärung?<<

>>Eigentlich gar nicht.<<

>>Aber es ist das Einzige, was du hast. Deshalb hältst du vielleicht schon länger daran fest. Ich erinnere mich, dass deine Mutter in unserer gemeinsamen Sitzung sagte, dass du immer ein braves und angepasstes Kind warst. Hast du das auch so empfunden?<<

>>Sicher!<<

>>Grundsätzlich sind das positive Eigenschaften. Ich frage mich nur, ob die Anpassung nicht auch ein Zeichen von Selbstvernachlässigung war. Ich springe gerade zu einem ganz anderen Aspekt in deinem Leben, aber ich komme gleich darauf zu sprechen, was mein Gedanke dabei ist. Du sagtest mir damals, dass deine Mutter nach der Trennung deiner Eltern mit sich beschäftigt war, ohne ausreichend danach zu schauen, was dich eigentlich bewegte. Als du mir davon erzähltest, wirktest du traurig und vielleicht auch etwas enttäuscht. Gab es damals irgendjemanden, der sich für deine Not sensibilisieren konnte?<<

>>Nein. Ich war hilflos. Außerdem tat mir meine Mom leid. Ich konnte sehen, dass sie zu leiden hatte. Ich wollte sie nicht zusätzlich belasten.<< Jonathans Augen wurden feucht.

>>Und ich kann sehen, dass es dich auch immer noch berührt, was deine Mutter durchmachen musste.<< Das oberste Gebot war es, Raum für Emotionen zu lassen. >>Wenn es etwas gab, was du in dieser Zeit gelernt hast, was war das?<<

Jonathan sah Dr. Daniels irritiert an. >>Gelernt?<<

>>Im Sinne von Erfahrungen, meine ich.<<

>>Vermutlich habe ich gelernt Rücksicht zu nehmen.<<
Dr. Daniels nickte ihm zustimmend zu. >>Du hast
gelernt Rücksicht auf deine Mutter zu nehmen. Und
das in einer sehr bewegten Zeit für dich selbst. Dein
Vater hatte dich verlassen und deine Mutter war
nicht erreichbar für deine Not. Solche Lernmuster
können zu generalisierten Grundannahmen führen.
Es heißt dann nicht mehr >Mom`s Bedürfnisse haben
Vorrang vor meinen< sondern >Meine Bedürfnisse
sind zweitrangig<. Und das meint, immer! In jeder
Beziehung! Es wird mit der Zeit ein Grundsatz, welchen
man verlernt, zu differenzieren.<<

>>Und was hat das mit der Schulzeit zu tun?<<

>>Das wollte ich dich gerade fragen. Was könnte das
für deine Schulzeit bedeutet haben, Jonathan?<<

>>Hach, Sie immer mit Ihren Spielchen.<< Jonathan
wirkte etwas genervt. Aber er wusste, dass Dr. Daniels
ihn mit seinen Fragen bisher immer zu wichtigen
Erkenntnissen geführt hatte. >>Wenn Sie mich so
fragen ... Hm ... Kann es vielleicht bedeutet haben, dass
ich zu sehr darauf achtgab, was andere wollten?<<

>>Als du in die Schule kamst, ist es möglich, dass
du diese Beziehungserfahrungen in die Dynamik
zwischen dir und den anderen Schülern eingebracht
hast. Du hattest zu dieser Zeit schon verinnerlicht,
dass die Bedürfnisse anderer wichtiger waren. Anders
ausgedrückt, durftest du nach deinem Grundsatz
keinen Raum einnehmen. Das könnte zu einer hohen
Anpassung geführt haben, ganz so wie sie deine

Mutter beschrieben hatte. Solche Kinder werden von Erwachsenen häufig als brav empfunden. Für andere Kinder sind diese ständig angepassten Kinder jedoch uninteressant. Sie sind zu aalglatt, um sich mit ihnen zu reiben. Kinder wollen streiten, miteinander kämpfen, sich wieder versöhnen, sich behaupten, mal gewinnen, mal verlieren ... Sie brauchen andere Kinder als Resonanzkörper. Dieser konntest du nicht sein, da du früh gelernt hattest, dich zu fügen. Was ausblieb war die nötige Auseinandersetzung, wodurch sich die Dynamik ungewollt immer mehr in die Richtung entwickelte, dass du ungesehen bliebst.<<

Jonathan saß einfach da. Er schien in Gedanken versunken. >>Wie ein Geist, der sein Unwesen in der Klasse trieb, aber ansonsten unsichtbar für andere blieb.<<, flüsterte er vor sich her. Dr. Daniels ließ ihm Zeit, damit er seine Gedanken dazu weiterlaufen lassen konnte. >>Und da ich nie stattfand, war ich auch bedeutungslos für die anderen. Ja, bedeutungslos!<< Seine Stimme wurde heller und lauter. >>Genau so habe ich mich gefühlt. Wie ein niemand. Und genau so wurde ich im Laufe der Zeit immer mehr behandelt. Erst wurde ich nicht wahrgenommen, dann bewusst ignoriert und schließlich ausgegrenzt. Und da ich mich nie zur Wehr gegen meine Rolle setzte, wurde es immer schlimmer. Bis ... Bis ...<< Seine Stimme wurde leiser. >>Bis sie begannen, mich richtig fertig zu machen, indem sie mich schlugen, herumschubsten und beleidigten.<<

>>So könnte man es formulieren. Wenn wir bei deinem Anteil bleiben wollen, könnte man sagen, bis du es sogar zugelassen hast, dass man dich schlagen, herumschubsen und beleidigen konnte.<<

>>Wollen Sie etwa sagen, dass ich daran Schuld war?<<, fuhr es aus ihm heraus.

Dr. Daniels war es gewohnt mit heftigen Gefühlsregungen in Berührung zu kommen, weshalb er die Ruhe bewahrte, selbst wenn man ihn anschrie. So wie Jonathan es soeben tat. Jonathan hatte von klein auf mit Schuldgefühlen zu kämpfen. Sein Schreien war lediglich ein Ausdruck seines Bewältigungsmodus, um mit dieser Schuld umzugehen. Das Verständnis dafür war es, was Dr. Daniels stets dazu veranlasste sich nie persönlich angesprochen zu fühlen, wann immer jemand heftig auf ihn reagierte.

>>Jonathan, erinnere dich bitte daran, dass es hier nicht um Schuld geht. Worauf ich hinauswollte, war, dass du es entweder so betrachten kannst, dass andere dir etwas angetan haben. Oder du es zugelassen hast, dass andere dir etwas antaten. Es sind leidglich zwei verschiedene Betrachtungspunkte. Beide sind zutreffend.<<

>>Wenn beide zutreffend sind, warum dann diese Unterscheidung?<<

>>Das ist ein guter Einwand. Und die Antwort darauf ist einfach. Wenn wir unsere eigenen Anteile betrachten, machen wir uns auch unsere Einflussmöglichkeiten bewusst. Und das ist …<<

>>Das ist genau das, was wir uns bewahren sollten. Das Bewusstsein darüber, dass wir unser Leben selbst bestimmen können.<<

Beide saßen einen Moment schweigend da und schauten sich an. Jonathan spürte, wie er durch die Einblicke, die er in der langen Zeit bei Dr. Daniels über sein Leben erzielte, innerlich gewachsen war. Doch er hatte zu diesem Zeitpunkt noch keine Idee davon, dass ihm die wichtigste Erkenntnis noch bevorstand.

>>Bevor wir einen neuen Termin finden, wollte ich dich fragen, wie weit du mit der Begutachtung gekommen bist? Gibt es etwas Neues?<<

Jonathan war mehr als peinlich berührt. >>Sie können gar nicht glauben, wie schwer es ist, Termine zu bekommen. Zugegebenermaßen, vergesse ich es oft anzurufen, aber wenn, dann erreiche ich auch niemanden.<<

>>Soll ich versuchen die Kollegen zu erreichen? Ich kann sicher ein gutes Wort für dich einlegen.<<

>>Nein, das ist wirklich nicht nötig, Doc. Sie machen schon zu viel für mich. Ich kümmere mich darum.<<

>>Nur damit wir uns nicht falsch verstehen, Jonathan. Du musst das Gutachten nicht durchführen. Ich frage nur, weil du eines dringend bräuchtest für die Hormonbehandlung.<<

>>Ja, ich verstehe, Doc. Vielen Dank, dass Sie nachfragen. Ich kümmere mich weiter allein darum. Ich schätze in dieser Woche werde ich mehr Erfolg haben.<<

>>Ich drücke dir die Daumen.<< Dr. Daniels lächelte ihn aufmunternd an und öffnete seinen Kalender. >>Nächsten Donnerstag um 16 Uhr?<<

***

Dr. Daniels war bewusst, dass es in der Therapie mit Kindern und Jugendlichen unabdingbar war die Bezugspersonen einzubeziehen. Das lag vor allem an den noch unzureichenden Autonomiemöglichkeiten der Patienten. Als Minderjährige waren sie in vielerlei Hinsicht abhängig von ihren Eltern. Das galt von monetärer bis emotionaler Hinsicht. Sie waren familiären Dynamiken stärker ausgesetzt, von denen sie sich nicht ohne weiteres abgrenzen konnten. Wenn Eltern sich stritten, mussten sie es mitanhören. Wenn Eltern ihre Werte in den Vordergrund stellten, mussten sie ihre unterordnen. Wenn Eltern Druck ausübten, mussten sie diesem standhalten. Minderjährige konnten diesen Bedingungen nicht durch einen Rückzug in ihre Wohnung oder durch einen Kurzurlaub entfliehen. Sie konnten ihre Eltern auch nicht anderweitig im Alltag meiden, denn sie lebten mit ihnen.

Derweil hatten diese Eltern als primäre Bezugspersonen einen prägenden Einfluss auf das Selbstbild ihrer Kinder. Das Prinzip war einfach. Behandelten Eltern ihre Kinder wie Dreck, dachten sie von sich, Dreck zu sein. Begegneten sie ihnen respektvoll auf Augenhöhe, so dachten sie von sich, wertvoll zu sein. In der Regel wollten Eltern stets nur das Beste für ihre Kinder, weshalb ihnen der negative Einfluss ihres Handelns auf das Selbstbild ihrer Kinder nicht bewusst war. Das lag vor allem daran, dass sich die Beziehungsdynamik zwischen Eltern und Kindern von Beginn an prozesshaft im Alltag entwickelte und man diesen Prozess nicht ständig reflektieren konnte. Mancherlei prägende Vorkommnisse ereigneten sich frühkindlich, sodass Patienten sich an diese nicht explizit erinnern konnten. Das lag daran, dass das autobiografische Gedächtnis beim Menschen erst um das vierte Lebensjahr einsetzte, da Wissen vor diesem Alter nicht sprachlich codiert werden konnte. In der Theorie konnten sich Patienten also erst ab einem Alter von drei Jahren an Ereignisse aus ihrem Leben erinnern. Erfahrungsgemäß, so stellte Dr. Daniels immer wieder fest, tatsächlich oft erst ab dem Alter von etwa fünf Jahren. Und obwohl frühkindliche Erfahrungen zwar kognitiv in Form von Wissen und Gedächtnisinhalten nicht repräsentierbar waren, so konnten sie es zumindest sensomotorisch sein. Dann konnten Patienten auf bestimmte Reize, die mit den frühkindlichen Erfahrungen unterbewusst assoziiert waren, mit affektiven Bewältigungsschemata reagieren. Solche affektiven Bewältigungsschemata zeichneten sich meist durch unerklärliche emotionale und körperliche Empfindungen aus, die leichter verstehbar wurden, wenn man die Sicht eines Erwachsenen aus dieser Zeit hinzuzog. Erwachsene, die in der Kindheit des Patienten nah genug am Alltagsgeschehen dran waren. Von ihnen konnte man in der Regel wichtige Informationen generieren. Und das waren in aller Regel die Eltern.

Die beste Voraussetzung dafür war, dass Eltern sich in die Welt des Kindes einzulassen vermochten. Das war jedoch in den typischen Eltern-Kind-Beziehungen, die Dr. Daniels kennenlernte, selten der Fall. Er hatte es oft mit Eltern zu tun, welche von der Erwartung durchdrungen waren, dass ihre Teenager-Kinder aus eigenem Antrieb im Haushalt mithalfen; sich für Schule und beruflichen Erfolg begeistern würden. Die Empörung der Eltern entfuhr ihnen stets aus allen Poren, wenn ihre Kinder stattdessen lieber am Computer spielten oder sich den ganzen Tag draußen herumtrieben. Wann immer Dr. Daniels Eltern fragte, was ihre Kinder am liebsten am Computer spielten, wurde klar, dass ihnen die Welt ihrer Kinder völlig unbekannt war. Sie wussten nichts darüber. Sie saßen noch nie mit ihnen gemeinsam am Computer, um sich die Spiele erklären zu lassen, geschweige denn, mit ihnen zu spielen. Meist mit der Begründung, dass diese Dinge nichts für sie wären oder Zeitverschwendung für sie bedeuteten. Dass Jugendliche genauso von ihrer Erwachsenenwelt denken konnten, kam ihnen nie in den Sinn. Sich auf die Welt des anderen einzulassen, kam für Eltern meist einer Einbahnstraße gleich, die von den Teenagern in Richtung der Eltern zu führen hatte. Solche Eltern zeigten ganz offenbar keinerlei Interesse an der Welt ihrer Kinder, hatten aber die Anspruchshaltung, dass diese sich in der Erwachsenenwelt einbringen sollten.

Von Ms. Westers hatte Dr. Daniels den Eindruck, dass sie durchaus interessiert an Jonathan war, aber dennoch zu weit weg von ihm stand. Für gewöhnlich führte Dr. Daniels fremdanamnetische Gespräche mit den Eltern im Rahmen der Diagnostik durch. Da Jonathan aber zunächst mit Panikattacken zu kämpfen hatte, die eine unmittelbare Abhilfe bei den Beschwerden erforderte, ließ er Ms. Westers einen ausführlichen Anamnesebogen ausfüllen, welchen er heute kurz vor seinem Heimweg nochmals genau studiert hatte. Auf dem knapp vierzigminütigen Heimweg von Naperville nach Chicago kamen ihm einige Gedanken zu Jonathans Lebensgeschichte. Jonathans Mutter war zur Geburt ihres Kindes selbst noch jung und ohne einen Job. Jonathan war auch kein geplantes Kind, da die Schwangerschaft ungewollt gewesen sei und laut Aussage der Mutter auf einer vorgespielten Latexallergie des Vaters entstanden war. Sie gab im Anamnesebogen auch an, dass Jonathan ein Schreikind gewesen sei, wodurch sie nächtelang keinen Schlaf bekam und sich überfordert fühlte. Zu allem Überfluss ließ der Vater die junge, unerfahrene und überforderte Mutter mit dem Kind allein zurück, was zu großen finanziellen Problemen für Ms. Westers führte. Mütter, wie Ms. Westers, die ungeplant und unter schwierigen psychosozialen Bedingungen ein Kind bekamen, konnten eine höhere Neigung zeigen, sich weniger empathisch auf ihr Kind einlassen zu können. Vielleicht lehnte Ms. Westers Jonathan sogar implizit ab. Das war durchaus nachvollziehbar, wenn man von existenziellen Ängsten und einem schreienden Baby dominiert wurde. Die Startbedingungen für Jonathan und Ms. Westers schienen also äußerst ungünstig gewesen zu sein. Denn Mütter kanalisierten in solchen Situationen nicht selten ihren Frust auf das Kind, welches sie als Basis ihrer dramatischen Lebensveränderung sahen. Das konnte sich auch darin gezeigt haben, dass Ms. Westers Jonathan nicht stillen konnte. Sie gab an, keinen Milcheinschuss gehabt zu haben, gleichwohl sie Jonathan auf natürlichem Wege zur Welt brachte. Bei einer natürlichen Geburt wird Oxytocin in einer hohen Konzentration ausgeschüttet, da es die Gebärmutter stimuliert. Nach der Geburt ist Oxytocin vor allem eins, ein wichtiges Bindungshormon, welches in hohem Maß in der Muttermilch enthalten ist. Doch noch vielmehr bewirkt dieses Hormon den sogenannten >Milchspendereflex<, indem es dafür sorgt, dass die Muttermilch in die Milchkanäle gepresst wird. Dr. Daniels war aus vielen Forschungsberichten bekannt, dass Oxytocin durch die Ausschüttung von Stresshormonen blockiert werden konnte. Stress, wie ihn illiquide, überforderte, verängstigte und einsame Mütter wie Ms. Westers haben mussten. Die ständige Sorge darüber keine Milch für das Neugeborene zu haben, könnte den andauernden Stress zusätzlich erhöht haben, wodurch sich für Mutter und Kind ein Teufelskreis entwickelte. Dr. Daniels zog jedes Mal seinen Hut, wenn er solchen Müttern und in selteneren

Fällen auch Vätern in seiner Praxis begegnete, die praktisch in einem Überlebensmodus ein Kind alleine großzogen. Eltern, die nicht bereit waren, ihr schutzloses Baby und sich aufzugeben, und auch unter schwierigsten Umständen um eine Zukunft für ihr Kind kämpften. Ms. Westers gehörte sicherlich zu diesen Personen, auch wenn sie von dem Gefühl geplagt zu sein schien, keinen guten Job als Mutter gemacht zu haben. Auch das konnte er dem Fragebogen entnehmen. Und sie hatte es damals bei dem gemeinsamen Gespräch mit Jonathan unmissverständlich geäußert.

Auffallend war zudem, dass Jonathan ausgesprochen trennungsängstlich in der Kindergartenzeit gewesen sein soll und auf die Wiederkehr von Ms. Westers regelmäßig aggressiv reagierte. Das sprach für einen unsicher-ambivalenten Bindungsstil, welcher ein erhöhtes Risiko für seelische Störungen darstellte. Die enorme Fixierung auf seine Mutter habe laut Ms. Westers dazu geführt, dass Jonathan sich weniger auf Beziehungsangebote anderer Kinder einlassen konnte, wodurch sich seine wenig geglückte soziale Integrität im Kindergarten erklären ließe. Von dieser hatte auch Jonathan berichtet. Selbst erinnern konnte er dieses Problem aber erst ab der Grundschulzeit. Früheres ließ sein autobiografisches Gedächtnis dahingehend nicht zu.

All diese Überlegungen, die Dr. Daniels auf seiner Heimfahrt anstellte, waren keine gesicherten Befunde, sondern galten viel mehr als Arbeitshypothesen, die sich aus den Angaben der Mutter, aus den Angaben von Jonathan, aus der Forschung und aus dem klinischen Eindruck, den er von Jonathan gewann, für ihn ergaben. Sie konnten aber in mancherlei Therapiephase noch entscheidend seien.

Die Abfahrt nach Chicago kam Näher. Im Autoradio spielten die RAMONES mit ihrem Song *>Something To Believe In<*. Dr. Daniels lauschte dem Text.

>I wish I was someone else
I'm confused, I'm afraid
I hate the loneliness<

Und er wünschte, er hätte in diesem Moment mehr für Jonathan tun können.

KAPITEL 11

Unerwartete Irritationen

>>In der Irritation liegt die Gelegenheit, die eigene
Geduld und Resilienz zu testen.<< – **Buddha**

Jonathan fuhr mit seinem Long Board durch die
Straßen. Er war an diesem sonnigen Nachmittag
auf dem Weg zu einer Grillparty bei Max. Neben den
Leuten aus der Community hatte Max wohl noch einige
Schulfreunde auf den großen Hof seines Elternhauses
eingeladen. Jonathan war kein Freund von Barbecues,
da er kein Fleisch aß. Das hatte moralische Gründe.
Er fand es nicht richtig, andere Lebewesen zu
benachteiligen, indem man sie ausbeutete und fraß.
Seine Außenseiterrolle in der Gesellschaft ließ ihn
feinfühliger für die Not und das Leid aller Lebewesen
empfinden. Und er fand es furchtbar, was man den
Tieren auf den Schlachthöfen antat. Im Akkord
wurden diese armen Geschöpfe brutal hingerichtet.
Manchmal ohne ausreichend betäubt worden zu sein,

sodass sie unheimliche Schmerzen erleiden mussten. Die Menschheit war grausam. Das konnte er oft am eigenen Leibe spüren, wenn man ihn auf offener Straße als >verfluchte Transe< betitelte. Obwohl er hin und wieder mit solchen Äußerungen rechnen musste, war er stets aufs Neue schockiert, wenn es geschah. Bis zum Überfall auf das *Bunny Hanas* wurde er zwar noch nie ernsthaft körperlich verletzt. Aber die seelischen Wunden waren im vergangenen Jahr mehr geworden.

Als er in die Einfahrt der großen Villa einbog, konnte er Musik und Gespräche von bekannten und unbekannten Stimmen wahrnehmen. Max stammte aus einer wohlhabenden Familie. Seine Mutter war Juristin in einer Real Estate Kanzlei. Sein Vater hatte als Bauunternehmer gefühlt die halbe Stadt errichtet und sich eine goldene Nase an den baulustigen Vorstadtamerikanern verdient, die sich ihre Häuser mühselig zusammensparten. Besonders sein Vater hatte anfangs große Probleme damit, als seine kleine Maxine sich begann, als Junge zu identifizieren und sein Leben als solcher auszurichten. Er fand es peinlich, da ihn die ganze Stadt kannte, und er bangte um seine Auftragslage, wenn seine Tochter nun als Junge verkleidet durch die Stadt ziehen würde, bestückt mit Regenbogenfähnchen. Das führte zu anhaltenden Beziehungsproblemen zwischen den beiden, in welchen sich auch Jonathan mit seiner Mutter wiedererkannte. Was bewegte Eltern nur, sich gegen das soziale Geschlecht ihrer Kinder zur

Wehr zu setzen? Max` Vater hatte ganz offensichtlich Ängste vor einer gesellschaftlichen Stigmatisierung, indem die Auftragslage für sein Bauunternehmen und sein soziales Ansehen leiden konnten. Zudem hatten Eltern sicher Ängste davor, ihr Kind von diesen Stigmatisierungen nicht schützen zu können. Mehr als das konnten andere Ängste eine entscheidende Rolle spielen. Jonathan fielen die Worte seiner Mutter ein, als sie ihm sagte, dass sie ihn als Johanna zur Welt brachte und für ihn diesen Namen wählte. Fühlte sich das eigene Kind somit plötzlich derart fremd für Eltern an, als wenn sie es nur noch mit einem menschlichen Derivat ihres Nachkommens zu tun hatten? Vergleichbar mit dem Gedankenexperiment der alten Griechen über das berühmte *Schiff des Theseus*. Wenn die Bestandteile eines Objekts nach und nach ausgetauscht wurden, handelte es sich dann immer noch um das selbe Objekt? Eltern von Transkindern kämpften mit Widerständen gegen diese Entfremdung gegenüber ihren Kindern. Sie kämpften mit Ängsten vor einschneidenden Veränderungen, denn das Geschlecht eines Kindes war ein bedeutendes Merkmal, mit welchen sie ihr Kind assoziierten. Eltern hatten oftmals Vorstellungen davon, wie ihr Wunschkind zu sein hatte. Sie hatten Wünsche, einen Jungen oder eine Tochter zur Welt zu bringen und großzuziehen. Sie suchten passende Namen mit bedacht. Manchmal auch um einer familiären Tradition zu folgen. Sie wollten ihren Kindern persönliches weitervermitteln; Interessen, ein

Familienbild, Spielsachen aus ihrer eigenen Kindheit, Geschlechterrollen ... Elternschaft bedeutete eine meist bewusst gewählte Lebensveränderung, der man sich mit voller Hingabe widmen wollte. Eltern informierten sich über Entwicklungsspezifika zwischen Jungen und Mädchen und richteten ihr Elterndasein nicht selten nach einem bestimmten Geschlecht ihrer Kinder aus. Kinder stellten nämlich auch Wesen für Eltern dar, in denen sie sich wiedererkennen konnten. Womit sie ihr Kind identifizierten, war auch von dessen Geschlecht abhängig. Das impliziert die Bezeichnung >Geschlechtsidentität< selbst. Und wenn sich Eltern weniger mit dem Bild ihres >ursprünglichen< Kindes identifizieren konnten, bedeutete dies einen Einschnitt in die Repräsentanz des eigenen Kindes. Die Wenigsten aus der Community trafen auf uneingeschränkte Unterstützung durch ihre Eltern und Angehörige. Jonathan erinnerte sich an Blake, dessen Bruder seit seinem Outing kein Wort mehr mit ihm sprach. Trans konnte Familien spalten, so wie es auch in der Gesellschaft leider zu oft >schwarz und weiß< schaffte. Entweder man war ein Befürworter oder ein Verfechter. Wer sich nicht rechtzeitig positionierte, war ein Verfechter, da er nicht ausdrücklich befürwortete. Wo war die Vernunft der Mitte geblieben?

>>Hey Jonathan! Schön, dass du es geschafft hast.<< Jonathan wurde aus seinen Gedanken gerissen. Max kam direkt auf ihn zu, als er ihn die lange Einfahrt entlanglaufen sah. Er schien bei bester Laune zu

sein. Das war nicht immer so. Max war manchmal etwas eigen. Er war einer jener Personen, auf deren unterschiedliche Launen man sich lernen musste, einzustellen. So gab es Tage, an welchen er einen zur Begrüßung freudig umarmte, während er an anderen Tagen gar nicht grüßte. Aber im Grunde war er ein liebenswerter Bursche, dessen weibliche Biologie sich durch einen übergroßen, festen Busen und ausladende Hüften verriet.

>>Ich habe etwas Grillkäse mitgebracht und noch ein paar Getränke im Rucksack.<< Max nahm ihn den schweren Rucksack ab, in dem Flaschen klirrten.

>>Lass mich dir ein paar Leute vorstellen.<< Jonathan mochte es nach wie vor nicht, auf unbekannte Leute zu treffen. Die Befürchtung, einen negativen Eindruck zu hinterlassen, schlummerte in solchen Situationen weiterhin in ihm. Aber er lernte nicht mehr in die Vermeidung zu gehen, sondern sich und Fremden eine Chance zu geben. Eine Chance sich kennenzulernen. Und das brachte mit sich, dass er sich mittlerweile seiner Intelligenz, seiner liebenswerten Persönlichkeit und seiner angenehmen Art, über allerlei Themen diskutieren zu können, bewusst wurde. Sich solcher Ressourcen im Klaren zu sein, bedeutete in gewisser Hinsicht, sich seiner selbst bewusst zu sein.

Als er mit Max den langen Picknicktisch entlanglief und gefühlt dutzende neue Hände schüttelte, die sich mit Namen vorstellten, fiel ihn ein großer blonder Bursche ins Auge, der ihn freundlich anlächelte. Als sie sich ihm langsam näherten, spürte Jonathan wie sein Herz pochte. Er war nervös. Der Blonde stand auf. Es schien so, als würde sich eine große von Muskeln bepackte Wand vor ihm aufbauen.

>>Mein Name ist Jürgen. Nett dich kennenzulernen.<< Seine hellen Augen strahlten Jonathan an. Seine Hand, die er ihm entgegenstreckte, erschien doppelt so groß wie Jonathans. Doch seine junge, reine Haut verriet, dass Jürgen nicht älter als achtzehn oder zwanzig sein konnte. Sein Dialekt erinnerte an Arnold Schwarzenegger.

>>Jürgen kommt aus Deutschland. Er ist als Austauschschüler zu uns an die High School gekommen.<< Max schien nicht zu bemerken, dass Jonathan wie gefangen den deutschen Riesen anschaute. Er lief einfach weiter und bemerkte irgendetwas über die Salatschüsseln, die auf dem Tisch standen. Jonathan hörte aber gar nicht mehr zu.

>>Und wie heißt du?<< Jürgen sah ihn erwartungsvoll an.

>>Verzeihung! Oh Gott! Wie unfreundlich von mir. Ich heiße Jonathan.<<

>>Möchtest du dich setzen? Neben mir ist noch Platz.<< Jürgen setzte sich und rutschte auf der langen Sitzbank etwas zur Seite, klopfte mit seiner Hand einladend auf den freien Platz neben ihn und Jonathan nahm dankend an. Jürgen schaute ihn an, als ob er auf einen Gesprächsbeginn warten würde. Jonathan starrte vor lauter Verlegenheit nur auf seinen leeren

Teller und ignorierte Jürgens Blicke. Zum Glück saß ihm Michelle gegenüber, die ihm bereits von diversen Partys bekannt war. Da sie mit Jonathan gleich das Gespräch suchte, lockerte dies die Situation etwas auf. Jonathan bemerkte den angenehmen Geruch, den Jürgen an sich hatte. Am liebsten hätte er sich an ihn herangeklammert, um den Duft inhalieren zu können. Und so wie er in diese Fantasie abschweifte, befanden sich Michelle und Jürgen urplötzlich in einem Gespräch. Sie stellten sich gegenseitig Fragen und lächelten sich an, was Jonathan bitter aufstieß. Jürgen hatte schließlich ihn zu sich an die Seite eingeladen und nun drängte sich Michelle ihm auf. Wie sollte er so mit Jürgen ins Gespräch kommen? Doch Jürgen schien gefallen an dem Austausch mit Michelle gefunden zu haben. Sie war zudem äußerst hübsch. Sie war schlank, trug schulterlanges dunkles Haar und hatte ein zierliches Gesicht, welches sie stilvoll zu schminken verstand. Jonathan bemerkte, wie überfordert er mit der Situation war. Es kam ihm vor, als würde sein Zug langsam vor seiner Nase wegfahren. Und er sah keinen Ansatzpunkt, um noch aufzuspringen. Mit jedem Wort, mit jeder Frage, mit jedem Lächeln, welches die beiden miteinander austauschten, entfernte sich der Zug vor seinem inneren Auge. Und schon bald, war der Anschluss an das Gespräch unmöglich geworden.

>>Entschuldige! Kannst du mir bitte die Steaks herüberreichen?<<, fuhr es spontan aus ihm heraus. Es war eine reine Verlegenheitsreaktion, denn er hasste

allein den Geruch vom Fleisch. Jürgen schaute ihn einen Moment lächelnd an. >>Natürlich!<< Er erhob sich und griff nach dem riesigen Topf, der bis zum Rand mit Fleisch gefüllt war. Dann stellte er den Topf neben Jonathans Teller ab. >>Bedien` dich!<< Und so fuhr Michelle gleich mit ihrem Gespräch in Richtung Jürgen fort. Jonathan saß nun da. Den riesigen Topf unangerührt neben sich stehen zu lassen, würde allerdings einen ziemlich dämlichen Eindruck beim Schwarzenegger hinterlassen. Und so nahm er sich ein Stück von dem toten, gegrillten Tier aus dem Topf und legte es sich auf seinen Teller. Der Geruch des Fleischs war streng. Fast wurde ihm übel, bei dem Gedanken das Steak essen zu müssen. Jürgen schaute ab und an zu ihm und nickte ihm aufmunternd zu. >>Sieht gut aus, was?<< Jonathan saß in der Falle. Jürgen zu sagen, dass er gar kein Fleisch mochte, kam ihm dumm vor. Also packte er die riesige Ketchupflasche vor sich und übergoss das Fleisch förmlich komplett damit, in der Hoffnung somit den Fleischgeschmack übertönen zu können.

>>Wow! Du stehst wohl auf Ketchup!?<<, lachte Jürgen. Jonathan bekam kein Wort heraus. Ihm wurde die Situation immer unangenehmer. >Was machst du hier nur?<, dachte er sich. Sag etwas Lustiges! Doch Michelle sprach wieder auf Jürgen ein, und der blonde Riese wandte sich ihr zu. Jonathan schnitt das Fleisch in kleine Stücke und begann es von Ekel geplagt hinunterzuwürgen. Bissen für Bissen. Er merkte wie er

innerlich vor Wut kochte. Nur wegen Michelle war er in diese Situation geraten. Sie verhinderte, dass Jürgen und er sprechen konnten. Dass er sich das eklige Fleisch mit dem Berg Ketchup auf den Teller knallte, war allein Michelles schuld. Plötzlich kam Max an ihnen vorbei. >>Seit wann isst du wieder Fleisch?<< Alle schienen Jonathan anzuschauen. Auch Jürgen. Es fühlte sich an, als sei die Zeit stehengeblieben. Jonathan hatte gerade ein großes Stück Rind im Mund, welches er zu zerkauen versuchte. Er versuchte mit vollem Mund zu antworten, um die Stille zu durchbrechen.

>>Iiiiiiiih! Mit vollem Mund spricht man nicht. Kannst du das bitte lassen?<<, rief ihm irgendeine Tussi von der anderen Seite des Tisches herüber. Und so wurde es immer peinlicher. Jonathan geriet in Unruhe, sprang auf und es fuhr aus ihm heraus. >>Noch nicht einmal in Ruhe essen kann man hier!<< Versehentlich flog ihm dabei ein Stück Fleisch aus dem Mund quer über den Tisch. Er stand auf und wandte sich Max zu, der ihn mit großen Augen anschaute. >>Kann ich mal dein Badezimmer benutzen?<<, fragte er völlig entnervt.

>>Ja, klar. Den Flur entlang und dann die zweite rechts.<< Max wirkte schon fast ehrfürchtig vor Schreck. Offenbar war er von Jonathans Verhalten irritiert.

Als er im Badezimmer ankam, verschloss er hinter sich die Tür. Er spuckte das Fleisch in das Waschbecken und wusch sich den Fettgeschmack aus dem Mund, der ihn fast erbrechen ließ. Er schaute in den Spiegel und bemerkte, dass sein Gesicht rot angelaufen war. >>Peinlicher hätte es nicht laufen können.<<, sprach er kopfschüttelnd zu seinem Spiegelbild. Diese Michelle, die unbedingt im Mittelpunkt stehen wollte und sich ganz offensichtlich an Jürgen heranmachte. Und dann diese dämliche Tussi, die sich wegen eines vollen Mundes am Tisch hysterisch aufspielte. Warum mussten sie ihn in so eine prekäre Situation bringen? Jonathan wusch sich das Gesicht mit kaltem Wasser und wartete, bis seine natürliche Gesichtsfarbe zurückkehrte. Dann öffnete er die Badtür und ging zurück in den Hof; nichtwissend, wie er die Situation wieder bereinigen sollte. Als er aus dem Haus trat, stand Jürgen an der Hauswand angelehnt. >>Geht es dir gut?<<

Jonathan erschrak leicht. >>Ja, danke der Nachfrage. Irgendwie war mir das nur am Tisch etwas zu viel. Tut mir leid für mein Benehmen.<<

>>Schon okay! Was hat dich so aufgeregt?<<

>>Nicht der Rede wert. Bin heute nur etwas schlecht drauf, befürchte ich.<<

>>Sicher? Du wirktest verärgert über etwas.<<

Jürgen war offenbar nicht der Typ, dem man ein paar Floskeln vor die Füße werfen konnte, ohne dass er es hinterfragen würde. Das erinnerte ihn ein wenig an Dr. Daniels.

>>Irgendwie bin ich nicht zu Wort gekommen. Jedes Mal, wenn ich etwas sagen wollte, hatte mich Michelle unterbrochen. Das war es wohl.<<

>>Um ehrlich zu sein, hatte ich auch nicht bemerkt,

dass du etwas sagen wolltest. Ich hatte eher das Gefühl, dass du deine Ruhe haben wolltest.<<

Jürgen hielt ihm einen Spiegel vor sein Gesicht. So wie es Dr. Daniels oft tat. Sich mit seinen eigenen Anteilen des Problems zu befassen, anstatt sich über andere zu empören. Das hatte Dr. Daniels ihm immer geraten. Und offenbar setzte er sich selbst ins Aus, indem er vor lauter Selbstunsicherheit kein Gesprächsangebot von Jürgen erwiderte und zugleich kein eigenes offerierte. Ganz in der Art, wie es sich früher mit seinen Mitschülern verhielt. Sein verzweifelter Wunsch mit Jürgen in ein Gespräch zu kommen und ihn kennenzulernen, war für niemanden ersichtlich. Stattdessen nahm er jede Ansprache des deutschen Schönlings wortlos hin und eröffnete den Eindruck, in Ruhe sein Steak essen zu wollen.

>>Ich bin etwas schüchtern, musst du wissen.<<

>>Nun, jetzt wo wir ja miteinander reden, brauchst du das nicht mehr zu sein. Wollen wir uns setzen?<< Jürgen zeigte auf zwei Liegestühle, die etwas abseits von der langen Tafel standen. Als sie sich setzten, bemerkte Jonathan Jürgens große, kräftige Beine.

>>Aus welcher Stadt in Deutschland kommst du?<<

>>Ich komme aus Cottbus. Hast du wahrscheinlich noch nie gehört. Aber die meisten, die ich hier bisher kennengelernt hatte, wussten im Allgemeinen nichts über Deutschland. Deshalb kann ich es niemandem übelnehmen. Cottbus liegt ca. 70 Meilen südöstlich von Berlin. Kennst du Berlin?<<

>>Habe ich schonmal gehört.<< Jonathan war es peinlich, nichts über Europa zu wissen. Er hätte gerne einen gebildeteren Eindruck bei Jürgen hinterlassen. Er wollte ihn beeindrucken. Er hatte oft gehört, dass die Deutschen ein hohes Allgemeinwissen besaßen und sich in Geographie meist viel besser auskannten, als die meisten Amerikaner, für die außerhalb der USA die Welt aufzuhören schien.

>>Berlin ist die Hauptstadt Deutschlands. Hast du noch nie etwas von der Berliner Mauer gehört?<< Jürgen schaute erwartungsvoll. >>John F. Kennedy? Ich bin ein Berliner!<<

>>Oh ja! Natürlich! John F. Kennedy!<< Jonathan wusste natürlich, wer Kennedy war. Aber was es mit Berlin und diesem Zitat auf sich hatte, verstand er nicht ganz. Jürgen schien das nicht zu bemerken.

>>Genau! Jetzt weißt du ja, wovon ich rede.<< Wusste er nicht! Aber Jürgens blonde lange Locken hypnotisierten ihn. Und so war es egal, solange er nicht weiter nachfragen würde.

>>Und du? Kommst du aus Naperville?<<

>>Ich bin hier geboren und aufgewachsen. Und ich frage mich, wie zur Hölle du hier gelandet bist?<< Jürgen musste lachen. Offenbar war Jonathan nicht der Erste, der ihm diese Frage gestellt hatte.

>>Das wurde zugeteilt von den Verantwortlichen des Austauschprogramms. Aber ich finde es nicht schlecht hier. Es ist schön ruhig. Wobei ich mir gerne mal Chicago anschauen würde. Wie weit ist es von hier bis

dorthin?<<

>>Etwa 30 Meilen. Mit dem Zug bist du in rund 45 Minuten da. Hast du Lust, dass ich dir die Stadt zeige? Ich war schon einige Male dort und kenne mich aus.<< Jonathan kostete diese Frage merklich Überwindung. Er wollte sich nicht aufdrängen. Und seine Angst vor Ablehnung trug er als treuen Begleiter stets bei sich. Und so schien die Uhr zu stehen, bis Jürgen antwortete. >>Das wäre toll! Ich bin nämlich erst seit einer Woche hier und bin noch nicht dazu gekommen, mir die Großstadt anzuschauen.<< Sie plauderten noch ein wenig länger. Und die Minuten schienen endlos, bis Jürgen endlich die von Jonathan ersehnten Worte aussprach. >>Am besten du gibst mir deine Nummer, um unsere Chicago Tour gemeinsam zu planen.<< Jürgen war sehr direkt. Aber Jonathan mochte das. Es half das Eis zu brechen, welches seinerseits unüberwindbar war. Sie saßen noch einen Moment da, bevor sie sich wieder an die Tafel zu den anderen setzten, und tauschten sich verlegene Blicke aus. Jonathan konnte beobachten wie Jürgens Gesicht leicht errötete. Im selben Moment spürte er wie auch seines warm wurde. Ein sicheres Zeichen dafür, dass auch er rot anlief. Und plötzlich schien der lockere Gesprächsfluss dahinzuschwinden. Da saßen sie nun wie zwei Teenager, die sich das erste Mal ihrer Zuneigung zu einem anderen Menschen bewusst wurden. Jonathan war über Jürgens Zuneigung überglücklich. Bald würde er mit ihm zu zweit in der Großstadt einen ganzen Tag verbringen.

***

Dr. Daniels blätterte in seinen Mitschriften von den vergangenen Sitzungen, während Jonathan seinen Platz einnahm und sich seine Strickjacke auszog. Sein Undercut war mittlerweile nachgewachsen und er sah wie eines dieser Mädchen aus, denen schulterlanges Haar besonders gut standen. Sein Kleidungsstil wirkte nach wie von unstimmig. Er trug an diesem Tag ein weißes Hemd mit einem Pullunder. Unter dem Kragen schaute eine rote Krawatte hervor. Die schicke obere Hälfte seines Körpers, die an einen jungen Studenten der Physik erinnerte, stand im harten Kontrast zu der abgeschnittenen grünen Jeans, die von vielen bunten Aufnähern bestickt war. Durch seine dünnen behaarten Beine, wirkten die schwarzen Boots in der Proportion übergroß.

>>Wir waren das letzte Mal in deiner Grundschulzeit stehen geblieben. Wir haben uns mit den potenziellen Ursachen deiner frühen Ausgrenzung beschäftigt. Sind diesbezüglich noch Gedanken oder Fragen aufgekommen, die wir aufgreifen sollten?<<

>>Tatsächlich musste ich nach unserer Sitzung über die Zeit nachdenken, in der ich von meinen Mitschülern geschlagen wurde. Und mir ist aufgefallen, dass ich es nie jemandem erzählt habe.<<

>>Das ist ein interessanter Aspekt. Viele Menschen berichten in solchen Situationen, dass sie aus Scham und aus Angst, die Situation zu verschlimmern, nicht darüber sprechen.<<

>>Ich denke, das traf auch auf mich zu. Gleichzeitig hatte ich das Gefühl, auch in dieser Situation niemanden mit meinen Problemen zur Last fallen zu dürfen. Besonders meiner Mutter nicht.<<

>>Die falsch verstandene Rücksichtnahme?<<

>>Sozusagen!<<

>>Mit welchem emotionalen Zustand würdest du diese Zeit am stärksten verbinden?<<

>>In jedem Fall Angst und Einsamkeit. Vielleicht hatte das eine auch etwas mit dem anderen zu tun. Jedenfalls hatte ich niemanden in dieser Zeit.<<

>>Verzeihe bitte, wenn ich in ein ganz anderes Thema springe. Aber mir fällt dazu etwas ein, was du bei unserer ersten Sitzung zu mir gesagt hattest, als du dich wegen deiner Panikattacken vorstelltest. Wir sprachen über das Alleinsein. Du hattest erwähnt, dass du dich daran gewöhnt hast allein zu frühstücken, da deine Mutter viel arbeitete. Ich hatte mir damals eine Notiz gemacht.<< Dr. Daniels blätterte in seinen Unterlagen umher. Dabei befeuchtete er seinen rechten Daumen, damit ihm die Seiten nicht von den Fingern rutschten. >>Ich hatte mich gefragt, ob du es als etwas Positives oder Negatives bewertest allein zu sein. Viele Jugendlichen sehen es als eine Gelegenheit, Freiheiten auszuleben. Dann würde es um die Erfüllung eines Autonomiewunsches gehen. Andere wiederum fühlen sich vernachlässigt bzw. sozial entwurzelt. Dann entsteht ein Gefühl von Einsamkeit.<<

>>Ich habe irgendwie beides verspürt, würde ich sagen.

Sie müssen wissen, dass ich ohnehin schon reifer war als andere in meinem Alter. Das heißt, ich konnte gut auf mich aufpassen und kam allein zurecht.<<

>>Du warst reifer, weshalb man dir zumutete allein zu sein? Oder du musstest schneller reif werden, weil du oft allein warst?<<

Jonathan schien zu erstarren. Offensichtlich irritierte ihn diese Gegenüberstellung von den verschiedenen Betrachtungsweisen. >>Sie meinen, ich musste aus einer Not schnell reifer werden?<<

>>Ich wollte damit gar nichts sagen, Jonathan. Ich wollte dir nur eine alternative Erklärung anbieten.<<

Jonathan schwieg. Dr. Daniels entschied ihm durch gezieltes Fragen weiterzuhelfen.

>>Gibt es aus deiner Sicht etwas, was gegen deine Hypothese spricht, dass du alleingelassen wurdest, weil du reifer warst als andere?<<

Stille füllte den Raum. Nur das Ticken der Tischuhr machte auf sich aufmerksam.

>>Wahrscheinlich hast du recht, dass du dich früh allein versorgen konntest. Du konntest dir allein dein Frühstück zubereiten. Du hast deine Schulsachen erledigt. Du bist pünktlich zur Schule gefahren. Hast auf dem Schulweg auf dich aufgepasst. Die Körperhygiene hat gut funktioniert. Genau darauf hatte im Übrigen deine Mutter in unserem gemeinsamen Gespräch den Akzent gelegt, als du mit ihr darüber diskutiert hattest, ob sie eine gute oder eine schlechte Mutter sei. Dir ging es aber um etwas anderes.<<

>>Die emotionale Versorgung! Ja, Sie haben recht. Die hatte mir schon damals gefehlt. Ich fühlte mich vernachlässigt.<<

>>In solch einem Fall könnten wir von einer Pseudo-Autonomie sprechen. Du bist in den alltäglichen Dingen prima zurechtgekommen, weil du vermutlich gar keine andere Wahl hattest, als dich zurechtzufinden. Emotional waren aber Sehnsüchte da, die du keineswegs allein bewerkstelligen konntest, sondern für die du eine Mutter oder irgendeine andere Bezugsperson brauchtest. Nach außen hin autonom. Innen einsam und hilflos. Eine augenscheinliche Reife. Eine Pseudo-Autonomie!<<

>>Ich denke das ist es, Doc. Ich war nicht soweit, allein zu leben. Aber ich war gezwungen, es zu können.<< Jonathan sah traurig aus. >>Um auf ihre Frage zurückzukommen. Alleinsein bedeutet für mich bis heute wahrscheinlich mehr Einsamkeit als Freiheit.<<

>>Das spricht für deinen dominanten Wunsch nach Bindung. Leider schien sich das >Trauma< in der Schule fortzusetzen. Du konntest keine sozialen Bindungen zur Kompensation der familiären Einsamkeit aufbauen.<< Jonathan kämpfte mit den Tränen. Er schluchzte und schnappte nach Luft, während ihm Dr. Daniels ein Taschentuch aus der Box vor ihm reichte. >>Mein Leben klingt ziemlich schäbig, was?<<

>>Das möchte ich nicht beurteilen, Jonathan.<<

>>Es ist aber so! Meine Mutter war nie daheim. In der Schule war ich der Außenseiter. Und mein feiger

Erzeuger machte sich aus dem Staub.<<

Dr. Daniels ließ sich gerne einmal von dem natürlichen Gesprächsverlauf leiten und entschied sich dafür, die Beziehung zwischen Jonathan und seinem Vater an dieser Stelle aufzugreifen. Insbesondere deshalb, weil dieser Beziehungsaspekt in der bisherigen Therapie kaum ein Thema war. >>Erzeuger? Von wem stammt das Wort?<<

>>Von mir.<<

>>Nur von dir? Oder nennt ihn sonst noch jemand so?<<

>>Meine Mutter.<<

>>Dann ist es also ihr Wort, welches du übernommen hast?<<

>>Meinetwegen. Was macht das schon für einen Unterschied?<<

>>Ich verstehe, dass deine Mutter durch ihn zu tiefst verletzt wurde, da er sie verließ. Und das in einer besonders schwierigen Lebenslage. Ich frage mich nur, ob sie ihre Wut und Enttäuschung über ihn durch ihre Wortwahl in deiner Gegenwart nicht automatisch auf dich übertragen hat.<< Jonathan war bereits lange genug in der Therapie, sodass Dr. Daniels die therapeutische Beziehung auch einmal mit einer Provokation belasten konnte, indem er an der festen und durchaus nachvollziehbaren Meinung, die Jonathan von seinem Vater hatte, rüttelte. >>Ich frage mich, was du deinem Vater gegenüber empfinden würdest, wenn deine Mutter dir eine höhere Neutralität ihm

gegenüber ermöglicht hätte.<<

>>Ich verstehe nicht ganz.<<

>>In dem Moment, in dem ich den Vater meines Kindes ständig als Erzeuger bezeichne, impliziert es eine aggressive Abwertung des Vaters. Mir geht es dabei nicht darum, ob diese Abwertung berechtigt oder unberechtigt ist. Und ich bin sicher, aus Sicht deiner Mutter ist es mehr als berechtigt. Aber habe ich dann als heranwachsendes Kind eine Chance, eine andere Meinung von ihm zu entwickeln?<<

>>Klar! Warum nicht?<<

>>Weil der Fakt, dass meine alleinerziehende Mutter, die einzige Person die ich als Kind habe, mir ihre emotionale Wertung meines Vaters immer und immer wieder aufdrängt; was unweigerlich dazu führt, dass ich sie verinnerliche. In solch einem Fall sprechen wir Therapeuten von einer *Introjektion*. Das schafft eine loyale Allianz gegen den Vater. Deshalb frage ich dich, Jonathan. Was ist *deine* Meinung über dein Vater?<<

>>Dass er ein feiger Erzeuger ist.<<

Dr. Daniels entschied sich dafür ihn zu einer emotionalen Reaktion zu provozieren. >>Die Meinung deiner Mutter kenne ich bereits. Was ist *deine* Meinung von deinem Vater?<<

>>Herr Gott, was wollen Sie von mir hören, man!?<< Jonathan bemerkte, wie ihm warm wurde. Seine Stimme klang gereizt.

>>Deine Meinung! Was denkst *Du* über deinen Vater?<<

>>Ich kenne ihn doch gar nicht, du Idiot!<< Jonathan

schrie so laut, dass er förmlich vor sich selbst erschrak. In dem Raum wurde es still. Jonathan atmete schwer. Dr. Daniels lehnte in seinem Sessel und schaute ihn unerschüttert an. >>Du weißt, warum du geschrien hast?<<, fragte er mit leiser Stimme, nachdem Jonathans Atmung sich etwas normalisiert hatte.

>>Ja, Doc.<<, noch etwas aus der Atmung. >>Ich habe mich nicht verstanden gefühlt. Das ist mein Thema.<<

>>Und du reagierst nach wie vor mit einem aggressiven Bewältigungsmodus. Was glaubst du, hätte ein gesunder Erwachsener in deiner Situation getan?<<

>>Keine Ahnung! Vermutlich hätte er Ihnen an einem bestimmten Punkt einfach Ihre Meinung gelassen, anstatt auszurasten.<<

>>Meinungen darf man auch nebeneinander stehenlassen. Wichtig ist, dass man sich einig darüber ist, sich uneinig zu sein.<< Dr. Daniels ließ etwas Stille vergehen, um seine Worte wirken zu lassen. >>Aber eines finde ich noch viel wichtiger. Ich habe den Eindruck, dass du aus deiner ungebremsten emotionalen Reaktion heraus meine Frage über die Meinung deines Vaters ehrlich beantwortet hast.<<

>>Um ehrlich zu sein, weiß ich gerade nicht mehr was ich gesagt habe.<< Jonathan musste lachen.

>>Du sagtest soeben wortwörtlich >Ich kenne ihn doch gar nicht, du Idiot!< Das waren deine Worte.<<

>>Es tut mir leid, Doc. Ich wollte nicht ...<<

>>Schon gut, Jonathan. Bleib beim Thema. Es geht hier nicht um mich. Was war also deine Antwort?<<

Jonathan dachte nach. >>Wenn ich ihn gar nicht kenne, heißt das wohl vermutlich, dass ich gar keine eigene Meinung von ihm habe.<< Plötzlich fühlte er sich erschöpft. Er hielt sich die Hände vor sein Gesicht. >>Haben Sie etwas gegen Kopfschmerzen da?<<

>>Sicher.<< Dr. Daniels stand auf und lief zu seinem Schreibtisch, um in seiner Schublade herumzukramen. Dann reichte er Jonathan zwei Tabletten, die er mit einem kräftigen Schluck Wasser herunterspülte. >>Wie du merkst, ist Psychotherapie manchmal besonders anstrengend. Ich möchte, dass du dich darauf einstellst, dass du künftig die Sitzungen verlässt und es dir danach sehr viel schlechter gehen wird. Denn ich glaube wir bewegen uns therapeutisch gerade auf eine spannende Reise.<< Dr. Daniels Stimme hatte in diesem Moment etwas Väterliches. >>Ich bitte dich darum, dir bis zur nächsten Sitzung einige Gedanken zu deinem Vater zu notieren. *Deine* Gedanken, Jonathan. Den Teil mit dem Hass kenne ich schon. Aber, und diese Frage kennst du bereits zu Genüge ... Ist da noch mehr als das?<<

***

Die Kopfschmerzen ließen nach. Doch die Gedanken blieben. Warum hatte Dr. Daniels die schwere Stahltür zu seinem Vater geöffnet, die Jonathan über die Jahre so mühsam verschlossen hielt. Die schmerzhafte Begegnung mit seinem Vater wirkte noch immer in ihm. Jonathan fiel auf, dass er Dr. Daniels merkwürdigerweise gar nichts von diesem Aufeinandertreffen erzählt hatte, obwohl es zweifellos ein einschneidendes

Erlebnis für ihn war. Hatte Dr. Daniels davon erfahren und versuchte er nun, dieses Thema durch die Hintertür in die Therapie einzubringen? Dazu brauchte er eine geheime Quelle, mit der er über aktuelle Ereignisse hinter Jonathans Rücken sprach. Vielleicht war es seine Mutter, die ihm als Quelle diente. Sie wusste schließlich von dem Zusammentreffen mit seinem Vater. Hegten Dr. Daniels und seine Mutter einen gemeinsamen Komplott gegen ihn aus? Das schien weit hergeholt. Jonathan befürchtete allmählig paranoid zu werden.

Er sollte sich also Gedanken zu seinem Vater machen. *Seine* Gedanken zu ihm und *seine* Empfindungen ihm gegenüber erkunden. Was sollte er über einen Mann denken, der ihn für ein anderes Kind und eine andere Frau verließ. Ein Mann, der seine Zeit, Energie und Hingabe einem fremden Jungen widmete. Jonathan erinnerte sich, wie er seinen Vater damals über eine Nachricht darüber informierte, trans zu sein, obwohl seit Jahren Funkstille zwischen ihnen herrschte. Die Nachricht musste wie aus dem Nichts auf ihn eingeprallt und zugleich von ihm abgeprallt sein. Denn eine Reaktion blieb aus. Doch welche Reaktion hatte er schon erwartet? Hatte er tatsächlich geglaubt, dass sein Vater nach so vielen Jahren Interesse an ihm zeigen würde, weil er sich plötzlich als Junge verstand? Sicherlich wollte Jonathan ihm seine Leidensgeschichte mitteilen. Manchmal fragte er sich, ob sein Vater von ihm als Tochter enttäuscht war, da er sich insgeheim einen Jungen wünschte. Väter konnten sich womöglich besser mit ihren Söhnen verbinden, um gemeinsam Baseball zu spielen oder Drag Racing zu schauen. Vielleicht wollte Jonathan ihm zeigen, dass er genauso gut sein geliebter Sohn sein konnte. Er war bereit zu werden, was sein Vater wollte, nur um von ihm die Liebe zu erfahren, die er sich wünschte. Denn, wenn ein Kind von seinem Vater nicht geliebt wurde, so musste sich das Kind nur mehr bemühen, um ein besseres Kind zu sein; ein anderes Kind zu sein. Im Zweifel auch ein Junge, obgleich man ein Mädchen war. Diese irrationale Denkweise war wichtig, um seinen verhassten Vater insgeheim idealisieren zu können und sich Hoffnungen durch vermeintliche Handlungsspielräume zu suggerieren. Doch es glich nichts weiter als einem Augenverschließen vor der bitteren, schmerzhaften Realität. Wie einer dieser drei Affen aus dem japanischen Sanzaru-Sprichwort. Nur ist das Wegschauen hier eine Form der Verleugnung einer schwer zu ertragenden Wirklichkeit. Doch selbst im Sohnsein hatte Jonathan versagt. Denn er schaffte es nicht, ein Junge zu sein, wie es der Ziehsohn seines Vaters war. Er kam nicht einmal nah an dieses Ziel heran. Bis heute nicht. Und er wusste nicht, ob er es jemals sein würde.

Manchmal fragte er sich, ob er sich als kompletter Transmann auch nach allen medizinisch möglichen Mitteln jemals tatsächlich einem gebürtigen Mann wesensgleich fühlen würde. Das waren die Zweifel, mit welchen er in der letzten Zeit zu kämpfen hatte.

Denn was er immer bleiben würde, wäre ein im Ursprung weibliches Wesen mit einem doppelten X-Chromosom. Daran würde auch das Konzept des >sozialen Geschlechts< nichts ändern. Dieses Konzept kam ihm manchmal wie ein Verzweiflungsschlag seiner eigenen Subkultur vor, da es offenbar einen Versuch darstellte, determinierte, biologische Merkmale zu einem Deutungsobjekt zu erklären. Als Geschlecht, so wusste er aus dem Biologiekurs bei Ms. Winterfield, verstand man nämlich die Gesamtheit aller Merkmale, die im Bezug zur Funktion bei der Fortpflanzung eines Lebewesens standen. Jonathan fragte sich, ob eine Befreiung von diesen biologischen Merkmalen nicht einem illusionären Wunsch nach unbegrenzten Wahlmöglichkeiten über sein Selbst gleichkam. War Transidentität wirklich Selbstfindung oder Selbsterfindung? War man als Transmann tatsächlich ein Mann? Oder galt man nach all den Strapazen und Entbehrungen, um endlich ein Leben als Transmann führen zu können, für immer als eine medizinisch gelungene Nachahmung dessen, was man mit offenen Augen betrachtet nie sein konnte? Was, wenn der Kampf für Gleichberechtigung als Transperson daran scheitern würde, dass man sich selbst nicht als ebenbürtig fühlte, ungleich wie viele Operationen man über sich ergehen ließe? Was, wenn am Ende dieser suggerierten Problemlösung nichts als die bittere Erkenntnis wartete, dass man all die Jahre an der falschen Stelle nach dem Schatz gegraben hatte? Dass die Suche nach sich selbst weniger mit dem Geschlecht verbunden war. Was, wenn die wirklich entscheidenden Aspekte der eigenen Identität zukünftig erst noch erschlossen werden mussten? Jonathan war schließlich noch ein Teenager. Das Wissen darüber, wer er war und wer er sein wollte, konnte er nicht in einer geschlechtsbezogenen Zuschreibung erwarten. Im Gegensatz zum Geschlecht, war Identität nämlich zu deuten. Es galt, sich seine Identität zu erschließen. Das war kein einfaches Unterfangen, denn Identität war nicht etwa eine über die Lebensspanne hinweg stabile Einheit. Vielmehr durchlief man während seines Lebens verschiedene Identitätskonzepte, die jeweils für einen bestimmten Lebensabschnitt Gültigkeit hatten. Diese Identitätskonzepte konnte man unmöglich getrennt voneinander betrachten. Denn ein durchlaufenes Identitätskonzept bildete dabei die Grundlage des nächsten, bis der Weg zu einer ausgereiften Persönlichkeit geebnet war. Insofern konnte die Transidentität ein transitorisches Selbstkonzept darstellen, dessen Vergänglichkeit sich Jonathan in der gegenwärtigen Lebensphase nicht bewusst sein konnte. Was, wenn die Transidentität als eine Flucht vor der eigenen Biografie zu verstehen war? Zugleich konnte sie eine Flucht vor einer tiefen Selbstablehnung bedeuten, die eng mit dieser Biografie verknüpft war. Dahinter stand der Wunsch, ein neues Selbst zu kreieren. Jonathan wollte nicht mehr die Person sein, die er so sehr ablehnte, gleichwohl sein Selbsthass nicht das Resultat seines persönlichen Versagens war, sondern einer pervertierten Sozialisation. Womöglich war seine Transidentität ein Abbild seines Wunsches, wer er stattdessen sein wollte, ohne jedoch tatsächlich eine innere Kohärenz gegenüber dieser anderen Person zu verspüren. Womöglich war es das, was er zu spüren begann; die Inkohärenz gegenüber seiner Transidentität.

Bei dem Zusammentreffen mit Jürgen spürte er erstmals als Mädchen Bestätigung. Jürgen mochte ihn offenbar als Mädchen. Was für ihn Widerspruch! Jonathan würde als Johanna gemocht werden, während Jonathan es nicht mochte Johanna zu sein. Würde er seinen Binder tragen, wenn sie nach Chicago fuhren? Vermutlich schon, denn er hasste seine Brüste. Vielleicht aber auch nicht, denn Jürgen begehrte sie vermutlich. Begehrt zu werden, das war es, was sich seltsam anfühlte und ihn komischerweise doch irgendwie glücklich machte. Doch Jonathan begehrte sich nicht. Jedenfalls nicht als Johanna, die ungeliebte Tochter und das nicht akzeptierte Mädchen aus der Schule. Er drehte sich mit seinen Gedanken im Kreis. Diese Gedanken machten ihm Angst. Er hätte nicht erwartet, dass die Therapie so sehr seine Transidentität berühren würde. Sein Therapieanliegen bekam zunehmend eine wortwörtliche Bedeutung für ihn; sich >seiner Selbst bewusst< zu sein. Zentrale Fragen seiner Identität wurden durch die Themen in den Therapiesitzungen mehr und mehr berührt.

Wobei er nicht dem Eindruck unterlag, dass dies von Dr. Daniels bewusst gesteuert war. Es entwickelte sich vielmehr dahin. Wie bei einem Fluss, der sich seinen natürlichen Weg bahnte. Oder war es doch der Plan seiner Mutter, die Dr. Daniels den geheimen Auftrag erteilte, Jonathan von seiner Transsexualität zu heilen? So wie sich dieser Gedanke seinen Weg durch die Neuronen seines Gehirns bahnte, musste Jonathan über diesen schmunzeln. Transsexualität konnte man nicht heilen. Das musste vor allem Dr. Daniels wissen. Spätestens er hätte seiner Mutter dieses Hirngespenst ausgetrieben. Jonathan vertraute seinem Therapeuten. Er hatte bisher immer in seinem Sinne gehandelt. Und schließlich war es Jonathan selbst, der sich die Fortführung der Therapie erbat. Doch war er gewillt, sich mit dieser unangenehmen Hausaufgabe zu befassen? *Seine* Gedanken und Empfindungen zu seinem Vater herauszufinden? Manchmal hatte Jonathan der Gedanke heimgesucht, in einer vulnerablen Zeit des Heranwachsens sein eigener männlicher Beschützer geworden zu sein. Denn sein feiger Erzeuger war nicht bereit dazu. Da war er wieder, der Hass. Den kannte er schon. Doch war da noch mehr als das? Wenn er ehrlich zu sich war, wusste er spätestens nach dem Zusammentreffen mit seinem Vater bei *Trader Joe`s*, dass er von unheimlichen Sehnsüchten dominiert wurde. Durch die Tür zu gehen, um sich mit diesen Sehnsüchten innerhalb der Therapie zu befassen, kam jedoch einer Operation am offenen

Herzen bei vollem Bewusstsein gleich. Jonathan fühlte sich nicht bereit dazu, um diese seelischen Schmerzen zu durchlaufen. Deshalb war es heute auch wichtig zu vergessen, das schmerzhafte Zusammentreffen mit seinem Vater gegenüber Dr. Daniels zu erwähnen. Das war die Funktionalität des Vergessens. Demnach war es nicht mehr als eine hinterlistige Selbstlüge, um sich vorzumachen, sich mit der unangenehmen Hausaufgabe befassen zu wollen. Das signalisierte ihm auch der Kopfschmerz, der in diesem Moment wieder heftiger wurde. Also ließ Jonathan den großen Bagger anrücken, um die Gedanken über seinen Vater sowie seine Zweifel über das Transdasein beiseitezuschieben.

KAPITEL 12

Zwischen Vertrauen und Verrat

>>Verrat ist die Dunkelheit, die über das Licht der
Treue kommt.<< **– William Shakespeare**

Als das Telefon an einem Donnerstagnachmittag
klingelte, schaute Jonathan auf das Display. Von
Ace hatte er seit einigen Wochen nichts mehr gehört.
Umso mehr freute er sich, dass er ihn anrief. Besonders
heute, nachdem er erfuhr, dass die Lehrerkonferenz
sein Anliegen abgelehnt hatte und er weder eine
separate Umkleide zugesprochen bekam, noch den
Sportunterricht künftig bei den Jungen mitbestreiten
durfte. Das war ein Ärgernis. Manchmal schienen die
Leute aus der Community ein Gespür dafür zu haben,
dass jemand anderes ein paar aufmunternde Worte
brauchte. Und dann kam ein Anruf, genau im richtigen
Moment. So wie von Ace heute.

>>Ace, ich freue mich von dir zu hören. Wie geht es
dir?<<

Ace` Stimme klang weniger erfreut.

>>Hey Jonathan. Hast du einen Moment Zeit?<< Es war nicht zu überhören, dass er derjenige war, der die aufmunternden Worte dringender benötigte.

>>Klar! Ist etwas vorgefallen? Habe seit einer Weile gar nichts mehr von dir gehört.<<

>>Es geht mir einfach nicht so gut. Ich weiß gar nicht, wie ich es erklären soll. Ich habe Stress mit so einer Kleinen.<<

>>Was für einen Stress?<<

>>Naja, Stress halt.<<

>>Ace, ich kann mit solchen Wortfetzen nicht viel anfangen. Warum erklärst du mir nicht einfach in ganzen Sätzen was los ist, ohne dass ich es dir aus deiner Nase popeln muss.<< Jonathans neu gewonnene emotionale Reife führte mittlerweile dazu, dass er es in der Community war, der die Dinge beim Namen zu nennen versuchte.

>>Bei der letzten Party im *Bunny Hanas* lernte ich diese Schnecke kennen.<< Jonathan fiel auf, wie machohaft Ace über Mädchen sprach, obwohl er es offenbar gerade war, der vor lauter Liebeskummer weichgeknetet wurde. >>Jedenfalls haben wir uns gut unterhalten und den Abend miteinander getanzt, gelacht, angestoßen … Du weißt schon. Irgendwann haben wir hinten bei den Sofas etwas herumgemacht und später die Nummern ausgetauscht.<<

>>Das klingt bis hierher doch ganz toll.<<

>>Ja, bis hierher. Aber es geht noch weiter. Wir haben

uns am Tag darauf zum Kaffee verabredet und ich muss sagen, ich glaube ich habe mich in sie verliebt.<<

>>Und wo liegt das Problem?<<

>>Das Problem ist, dass ich nicht weiß woran ich an ihr bin.<<

>>Dann rede mit ihr darüber.<<

>>Geht nicht. Sie kommt gar nicht aus der Nähe. Und das viele Telefonieren und Texten wurde ihr offenbar zu viel, sodass sie jetzt Abstand will. Seither geht sie mir nicht mehr aus dem Kopf. Ich weiß nicht, was ich tun soll.<< Ace war hörbar verzweifelt. Und Jonathan war klar, dass es in solch einer Situation nichts gab, was er hätte für ihn tun können. Also tat er das, was Leute in solchen Situationen immer taten. Dämliche Ratschläge geben.

>>Vielleicht fährst du sie mal besuchen, um euch auszusprechen.<<

>>Hast du mir zugehört? Sie kommt nicht einmal aus der Nähe. Erstens möchte sie nicht, dass ich sie besuchen komme und zweitens sind es bis Kentucky fünf Stunden Fahrt.<<

>>Kentucky?<< Jonathan kam sofort Laura in den Sinn. Er schlief mit ihr am Abend der Party. >>Wo genau aus Kentucky kommt sie denn?<< Jonathan hoffte insgeheim, dass es sich nicht um Laura handelte, von der Ace sprach. Doch alles andere war fast undenkbar. Aber vielleicht hatte Laura eine Freundin mitgebracht.

>>Aus Louisville.<<

Jonathan zuckte zusammen. Und obwohl er in diesem

Moment wusste, dass Ace sich an diesem Abend, an dem er mit Laura schlief, in sie verliebt hatte, gab er die Hoffnung nicht auf, dass es sich nicht doch um jemand anderes handeln konnte. Louisville war schließlich eine große Stadt und Laura hatte womöglich viele Freunde dort, die mit ihr reisten.

>>Oh je! Das klingt nach einer harten Nuss, mein Freund. Und sie will nichts mehr von dir wissen? Gar nichts?<<

>>Gar nichts! Sie sagte, es mache keinen Sinn über diese Entfernung von einer Beziehung zu reden und ich solle den Abend als eine schöne Begegnung in Erinnerung behalten. Mehr könne sie nicht für mich tun. Ich solle sie vergessen. Aber das kann ich eben nicht.<<

>>Wie heißt denn die schöne Begegnung?<<

>>Ihr Name ist Laura.<<

>Verdammt!<, schoss es Jonathan durch den Kopf. Offenbar war Laura nach Naperville gekommen, um in der Provinz die Sau rauszulassen, nur um dann wieder in die Anonymität der Großstadt zu verschwinden.

Jonathans Handy vibrierte, während er mit Ace sprach. Als er auf sein Display schaute sah er, dass er eine Nachricht von Jürgen erhalten hatte. Ungeduldig öffnete er sie, um sie zu lesen, während Ace` Stimme im Hörer weiter dröhnte, ohne dass Jonathan ihm auch nur ein Wort folgen konnte.

Hey Jonathan. Hast du Lust und Zeit mich am Samstag nach Chicago zu begleiten? Es kommt vielleicht etwas spontan, aber ich würde mich darüber freuen, dich

wiederzusehen und mir die Stadt von dir zeigen zu
lassen. Liebe Grüße, The German Jürgen<

Jonathan war überglücklich, etwas von ihm zu hören.
Er hatte all die Tage Hemmungen ihm zu schreiben, da
er befürchtete ihn zu nerven. Umso erfreulicher, dass
Jürgen nun den Schritt machte. Und so konnte seine
Stimmung in diesem Moment nicht gegensätzlicher
zur Stimmung von Ace sein, der am anderen Ende der
Leitung mit Herzschmerz saß. Deshalb war er bemüht
sich nichts von seiner überschwänglichen Freude
anmerken zu lassen.

>>Bist du noch da?<< Hallte Ace durch den Hörer.

>>Ja, logisch. Ich habe nur gerade eine Nachricht
bekommen und ich wollte schauen, ob es wichtig
war.<<

>>Danke für deine ungeteilte Aufmerksamkeit in dieser
schwierigen Zeit.<< Ace` Stimme klang schnippisch.

>>Hast du vielleicht Lust mit mir am Samstag etwas
zu unternehmen? Einfach irgendetwas, um mich auf
andere Gedanken zu bringen.<<

Jonathan saß in der Falle. Er hatte sehnlichst darauf
gewartet mit Jürgen einen Tag allein in Chicago zu
verbringen. Doch Ace in dieser Situation sitzen zu
lassen, war das Schlimmste, was er ihm hätte antun
können. Ace war stets jemand auf den er sich verlassen
konnte. Jemand, der ihm unter die Arme griff und ihn
beschützte. Jetzt, wo er ihn einmal brauchte, nicht für
ihn da zu sein, war einfach falsch. Doch Jürgen klang
entschlossen, am Samstag nach Chicago zu fahren.

Wenn er ihm absagen würde, würde er vermutlich mit jemand anderen fahren. Im schlimmsten Fall würde sich diese Michelle aufdrängen. Das würde er nicht zulassen.

>>Puh, Samstag ist es schlecht.<<

>>Komm schon! Nur für ein bis zwei Stunden. Muss nichts Weltbewegendes sein. Ich brauche nur etwas Ablenkung und ein wohltuendes Gespräch.<<

>>Ich muss Samstag nach Chicago und werde erst Abend zurückkommen.<<

>>Chicago? Das klingt nach Spaß. Lass uns zusammenfahren!<<

Jonathan fühlte sich wie von Gott persönlich bestraft. Mit jedem Satz geriet er immer tiefer in Erklärungsnot. Mit jedem neuen Kompromiss seitens Ace würde deutlich werden, dass er ihn versetzten wolle. >>Das wäre echt cool. Glaub mir. Aber ... ich muss mit meiner Mutter hinfahren, um irgendetwas zu erledigen.<<

>>An einem Samstag? Was gibt es denn an einem Samstag in Chicago so Wichtiges zu erledigen?<<

>>Keine Ahnung. Irgendwelche Besorgungen. Ich habe es ihr blöderweise schon vor langer Zeit versprochen. Ich kann das jetzt nicht platzen lassen. Du weißt doch, wie kompliziert es zwischen uns ist. Und wir raufen uns gerade zusammen, damit es besser miteinander läuft. Verstehst du?<<

>>Ich verstehe.<< Ganz offensichtlich war Ace enttäuscht. Jonathan plagte ein schlechtes Gewissen, seinen treuen Freund mit einer Lüge im Stich zu lassen.

Deshalb suchte er nach einer Lösung, um ihm gerecht zu werden.

>>Wie wäre es mit Morgenabend?<<

>>Morgenabend habe ich meinen Vater zu Besuch. Da kann ich nicht.<<

>>Okay. Wie wäre es denn, wenn wir Samstagabend etwas trinken gehen. Ich denke, ich werde gegen 19 Uhr aus dem Großstadtdschungel zurück sein. Dann gehen wir aus. Nur du und ich. Und meine Aufmerksamkeit gehört ganz dir.<<

>>Okay, einverstanden! Ich warte also dann bis du zurückkommst. Aber keine Ausreden, dass du dann zu müde bist.<<

>>Ganz sicher nicht. Du kannst auf mich zählen, mein Freund.<<

Nachdem Ace aufgelegt hatte, konnte es Jonathan kaum erwarten, Jürgen zu antworten. Sie vereinbarten einen Treffpunkt und eine Uhrzeit. Jürgen wollte gerne zeitig los. Offenbar freute er sich auch schon sehr auf den Tag in Chicago. Normalerweise war Jonathan ein Langschläfer. Aber für Jürgen stand er gerne in der Früh auf.

Als Jonathan am Abend im Bett lag, konnte er vor Aufregung kaum einschlafen. Positiver Stress wirkte offenbar ebenso schlafstörend wie negativer Stress. Doch dieser gesellte sich während des abendlichen Grübelrituals dazu. Sollte er Ace von seinem One-Night-Stand mit Laura erzählen? Es fühlte sich falsch an, es ihm zu verheimlichen. Zugleich würde es ihm das Herz brechen. Vielleicht würde er sogar sauer auf Jonathan sein. Obwohl! Er hatte ja gar nicht gewusst, dass Laura an diesem Abend auch etwas mit Ace am Laufen hatte. Und wer weiß mit wem noch? Immer wieder sprach etwas dafür, dann wieder dagegen, es Ace zu erzählen. Er würde es doch eh nie erfahren. Aber wenn er es doch erfahren würde, dann stünde Jonathan als der Unaufrichtige da. Doch von wem sollte er es erfahren? Vielleicht hat ihn ja jemand an diesem Abend mit Laura herumknutschen sehen. Oder vielleicht sah jemand, wie die zwei zusammen nach Hause zu Jonathan gingen. Die Pro- und Contra-Liste in seinem Kopf wurde immer länger und er spürte, wie er mit seinen Gedanken eine Runde nach der anderen im Kreis fuhr. Offenbar war dies keine Entscheidung, die er mit seinem Kopf fällen konnte. Vielleicht war es eine Frage der Intuition. Intuitive Entscheidungen hatten nichts mit dem Bauch zu tun, auch wenn man in diesem Zusammenhang oft von einem >Bauchgefühl< sprach. Bei intuitiven Entscheidungen kam es vielmehr auf die Signale aus der Peripherie an, die sich das Gehirn einholte, um eine Beurteilung der Situation zu ermöglichen. Parameter wie Puls, Herzschlag, Atmung oder Muskeltonus mussten im Einklang sein und sich widerspruchsfrei anfühlen, sodass das Gehirn zum Urteil kommen konnte, dass sich eine Entscheidung einfach gut anfühlen würde. Und Jonathans >Bauchgefühl< sagte ihm, gegenüber Ace das Schweigen bewahren zu sollen.

***

Am nächsten Tag saß Jonathan bei Dr. Daniels im Wartezimmer. Er war allein. Das war in den Praxen der Psychotherapeuten wohl typischerweise so, da jeder zu fest einbestellten Terminen kam. Wofür Dr. Daniels dann die vielen Stühle im Warteraum zu stehen hatte, war ihm ein Rätsel. Vielleicht würde der helle, große Raum mit dem marmorierten Boden sonst zu leer aussehen. Da Jonathan heute etwas zeitiger Schulschluss hatte, war er etwas früh dran. Er hörte Stimmen aus dem Behandlungszimmer, sodass wohl noch jemand in einer Sitzung zu sein schien. Dr. Daniels konnte es nicht leiden, wenn jemand während einer Therapiesitzung an der Tür klopfte. Das wusste Jonathan aus einer seiner Sitzungen, in der jemand anklopfte. Dr. Daniels seufzte und verdrehte die Augen, als er sich bei Jonathan entschuldigte, um die Tür zu öffnen. Den Paketboten vor der Tür wies er freundlich aber bestimmend auf das große Schild an der Tür hin. *>Bitte nicht anklopfen! Sie werden aufgerufen.<*

>>Ja, das habe ich auch schon gesehen.<<, antwortete der Paketbote, während er den Doc ahnungslos anlächelte.

>>Und?<< Dr. Daniels hob die Hände in die Luft, wie ein gestikulierender Italiener.

>>Ich dachte das gilt nicht für mich.<<

>>Mein Fehler!<<, erwiderte Dr. Daniels nun lächelnd.

>>Bitte nennen Sie mir doch Ihren Namen, dann schreibe ich ihn mit auf das Schild, um Ihre Verwirrung beizulegen.<<

Jonathan sah auf der anderen Seite des Warteraumes direkt neben der Eingangstür zur Praxis ein großes Gemälde an der Wand hängen, welches von einem verglasten Bilderrahmen geschützt wurde. Es sah aus wie der Querschnitt eines Kopfes samt Gehirn und Augen, welcher augenscheinlich aus Tupferstrichen gemalt worden war. Als er aufstand, um es näher zu betrachten bemerkte er, dass der Kopf aus unzähligen großen und kleinen Tabletten und Kapseln zusammengelegt wurde. Unter dem Kopf war ebenfalls aus Tabletten ein Schriftzug gelegt, der >You are Big Pharma< lautete. Auf einem grünen Schild unter dem Kunstwerk beschrieb Dr. Daniels, dass er mit diesem Bild auf einen bewussten und reflektierten Umgang mit Arzneimitteln aufmerksam machen wolle. Das Kunstwerk habe es sogar in ein Buch eines Berliner Neurologen geschafft. >>Wow! Dr. Daniels hat dieses Pillen-Mosaik gemacht?<<, brabbelte Jonathan leise vor sich her. Durch den Berliner Neurologen musste er plötzlich an Jürgen denken, den er morgen sehen würde. Er hatte ihm erzählt, dass seine Heimatstadt nicht weit von der Hauptstadt Berlin entfernt lag.

Plötzlich öffnete sich die Tür vom Behandlungsraum, sodass Jonathan vor Schreck leicht zusammenzuckte. >>Dann sehen wir uns nächste Woche, Mr. Cole.<<, hörte er Dr. Daniels sagen. Ein Mann trat aus der Tür. Er sah verweint aus und hielt noch ein durchtränktes Taschentuch in seiner linken Hand. Als er Jonathan erblickte, versuchte er schnell die Fassung über sich zurückzuerlangen. Ohne Jonathan eines Blickes zu würdigen verließ er die Praxis. Jonathan sah ihm hinterher, um ein etwaiges >Auf Wiedersehen< von ihm nicht zu verpassen. Vergebens! Als die Tür hinter ihm zuschnappte und Jonathan sich wieder umdrehte, stand Dr. Daniels mit seinen Händen in den Taschen in der Tür seines Behandlungszimmers und lächelte ihn an. Er sah heute etwas sportlicher gekleidet aus, als es sonst der Fall war. Das machten vielleicht die Sneaker, welche er heute trug. Seine cremefarbene Hose und sein schwarzes Shirt saßen wie maßgeschneidert an seinem Körper und betonten seine durchtrainierten Arme und Brustmuskeln. Ein echter Kerl, wie Jonathan einer sein wollte und wie er sie begehrte. Mit seinem akkuraten Seitenscheitel und seinen abrasierten Seiten, hatte er in dieser Position etwas von einem SS-Offizier. Das würde er ihm nie sagen, da er es mit Sicherheit nicht als Kompliment auffassen würde.

>>Ich wäre soweit, wenn du es bist.<<

>>Bin ich.<< Jonathan trat ein und setzte sich auf seinen Platz auf der Couch, der mittlerweile zu einer Art Stammplatz geworden war. Dr. Daniels ließ sich in seinem Ohrensessel nieder und klappte sein Klemmbrett auf.

>>Wie fühlst du dich heute?<<

>>Ausgezeichnet sogar.<<

>>Ausgezeichnet?<< Dr. Daniels zog die Augenbrauen nach oben und schmollte mit seinen Lippen, während er Jonathan leicht zunickte. >>Gibt es einen bestimmten

Anlass?<<

>>Ja, ich treffe morgen einen Jungen. Aber davon kann ich vielleicht noch später berichten, wenn uns Zeit bleibt.<<

>>Gerne!<< Dr. Daniels mochte die Therapiemotivation, die Jonathan an den Tag legte. >>Schon etwas Neues von den Gutachtern?<<

Jonathan schüttelte den Kopf, versuchend seine Scham zu verstecken. Er vergaß einfach immer wieder diese Gutachter anzurufen.

>>Schon gut, Jonathan. Es wird die Zeit kommen. Möchtest du mir eine kurze Zusammenfassung dessen geben, was in den vergangenen Sitzungen unsere Themen waren? Ich denke so haben wir bisher am besten wieder in die Arbeit gefunden.<<

Jonathan fiel erst jetzt wieder ein, dass er sich Gedanken über seinen Vater machen sollte. Das Gedankenschieben hatte er wohl soweit perfektioniert, dass die Themen nicht mehr abrufbar waren. Es war ihm unangenehm zuzugeben, es vergessen zu haben. Er mochte Dr. Daniels und wollte ihn nicht enttäuschen. Deshalb hoffte er, dass er die Aufgabe selbst vergessen hatte und nicht danach fragen würde.

>>Wir haben bisher darüber gesprochen, dass meine Panikattacken nicht nur der Vermeidung von Situationen dienten, vor denen ich mich fürchte, sondern sie auch zur Erfüllung meines Bedürfnisses nach Bindung führten. Meine Ausgrenzung begann lange vor meiner Transidentität und lag in meiner

extremen Neigung anderen gegenüber, überangepasst zu sein. Dadurch blieb ich unsichtbar für meine Altersgenossen. Jemand ohne eigene Meinung und eigene Bedürfnisse, sodass sie mich bald als Springball benutzten. Jemanden auf dem sie herumtrampeln konnten. Die psychische Belastung meiner Mutter, die der Trennung von meinem Erzeuger ... also von meinem Vater geschuldet war, war ein tragender Grund meiner Überangepasstheit. Denn ich hatte gelernt stets Rücksicht auf andere zu nehmen und meine eigenen Bedürfnisse deren anderer unterzuordnen.<<

Dr. Daniels sah ihn zustimmend an. Doch es schien so, als würde er auf noch etwas warten. Anscheinend hatte er die Aufgabe, die er Jonathan mitgab, nicht vergessen.

>>Ich weiß worauf sie hinauswollen, Doc.<< Dr. Daniel schaute ihn fragend an. Doch Jonathan war sich sicher, dass er sich naiv stellte. >>Es tut mir wirklich leid, Doc. Ich hatte keine Zeit um mir Gedanken über meinen Vater zu machen. Ich hatte so viel in der Schule zu tun. Dann wollte meine Mom, dass ich ...<<

>>Um ehrlich zu sein hatte ich darauf gewartet, dass du noch die Pseudo-Autonomie umreißt. Wir hatten davon gesprochen, dass du nicht zwingend reifer warst als andere, sondern aufgrund deiner emotionalen und körperlichen Unterversorgung lernen musstest, zu funktionieren.<<

Jonathan war peinlich berührt. Seine Wangen liefen rot an und er lächelte verlegen.

>>Aber bevor wir auf deinen Vater zu sprechen

kommen, möchte ich kurz mit dir reflektieren, was soeben passiert ist. Als du bemerkt hattest, dass du deiner Aufgabe nicht nachgekommen bist, ging was in die vor?<<

>>Ich hatte Angst bekommen.<<

>>Wovor hattest du Angst?<<

>>Ich hatte Angst, Sie zu enttäuschen oder zu verärgern.<<

>>Und wenn?<<

>>Keine Ahnung.<< Jonathan schaute verlegen auf den Boden und zuckte mit seinen Schultern. >>Vielleicht würden Sie mich nicht mehr als Patienten wollen, wenn ich nicht mitarbeite.<<

>>Du hattest also Angst, von mir verstoßen zu werden, wenn ich dich richtig verstanden habe. Würdest du das als eine Strafe empfinden?<<

>>Absolut! Ich mag es, hier her zu kommen.<<

>>Du hattest Angst, von mir bestraft zu werden, indem ich dich als Patienten verstoße. In der Eltern-Kind-Beziehung käme das einem Liebesentzug gleich. Ich spreche tagelang nicht mehr mit meinem Kind, schmeiße es aus der Wohnung, werte es mit Worten wie >Ich will dich nicht mehr sehen< ab, haue wütend mit dem Auto ab ohne zu sagen, wo ich hingehe und wann ich wiederkomme usw.<<

>>Es ist unglaublich.<< Jonathan konnte sich sein Schmunzeln nicht verkneifen.

>>Was ist so unglaublich?<<

>>Genau solche Dinge tat meine Mom, als ich kleiner

war, wann immer wir Streit hatten. Und mein Vater hat mich vermutlich ohnehin nie geliebt. Zumindest habe ich das nie gespürt. Sein Liebesentzug war Standard.<<

>>Als du glaubtest, ich warte nun auf deine Gedanken, die du dir über deinen Vater machen solltest, was hast du getan?<<

>>Ich habe ihnen erklärt, warum ich es nicht geschafft habe.<<

>>Wovon ich dir kein Wort glaube, Jonathan. Was war der wahre Grund?<<

Jonathan sah nun einsichtig aus. Wie jemand, der bei einem FBI-Verhör zu einem Geständnis gedrängt wurde. >>Ich habe es vergessen, Doc.<<

>>Anstatt dich also wie gewohnt in den Unterwerfungsmodus zu begeben, hättest du mir schlicht sagen können, dass du nicht mehr an deine Aufgabe gedacht hast.<<

>>Sie haben Recht. Das war nicht sehr selbstbewusst von mir.<<

>>Schon gut, Jonathan. Ich habe mich nur gefragt, was deine Einstellung zu dieser Aufgabe war, nachdem du sie bei unserem letzten Treffen von mir gehört hast?<<

>>Um ehrlich zu sein, fand ich die Aufgabe bescheuert. Ich weiß, dass ich meinen Vater hasse. Und ob es daneben noch mehr gibt, was ich für ihn empfinde … möchte ich vielleicht besser gar nicht wissen.<< Jonathan klang traurig.

>>Insofern könnte dein >Vergessen< der Aufgabe auch ein impliziter Widerstand dagegen gewesen sein.

Wenn ich etwas ohnehin meiden möchte, ist es sinnvoll es zu vergessen.<<

Genau daran dachte Jonathan auch bereits. >>Vermutlich ist da was dran, Doc. Jetzt, wo wir dabei sind, kann ich es Ihnen ja erzählen.<< Jonathan holte tief Luft und gab einen Seufzer von sich. Sein Herz war vor Aufregung in den Marathonmodus gewechselt. Doch er gab sich einen Ruck. Er wusste, dass es wichtig war, sich mit den unangenehmen Dingen zu befassen. Das konnte nur sein Beitrag in der Therapie sein. Dr. Daniels konnte ihm nicht helfen, wenn er nicht von sich aus bereit war, in die Konfrontation zu gehen. >>Ich bin meinem Vater vor geraumer Zeit hier in Naperville zufällig begegnet.<< Dr. Daniels sah ihn abwartend an. >>Nichts! Er ging einfach an mir vorbei, als würde ich nicht existieren.<<

>>Das muss schmerzhaft gewesen sein. Was hast du empfunden?<<

>>Zunächst war ich schockiert, auf ihn getroffen zu sein. Aber dann war ich unendlich traurig darüber, dass er mich ignorierte. Als ich zuhause ankam und meiner Mutter davon erzählte, ist sie völlig aus der Haut gefahren. Und plötzlich war es vorbei mit meiner Traurigkeit. Ihre Wut zog mich in ihren Bann und so wurde ich auch stinksauer auf ihn, anstatt mich nach ihm zu sehnen. Ich habe mir darüber Gedanken gemacht und bin zu der Erkenntnis gekommen, dass meine eigenen Empfindungen gegenüber meinem Vater stets von dem Zorn meiner Mutter auf ihn

beiseitegeschoben wurden. Deshalb kann ich meinem Vater gegenüber nichts als Hass empfinden. Es ist aber in erster Linie der Hass meiner Mutter.<< Jonathan schaute Dr. Daniels mutlos an.

>>Nun dann!<< Dr. Daniels klatschte in die Hände und rückte sich in seinem Sessel kurz zurecht. >>Jetzt, wo klar ist, dass du dich anscheinend doch mit dem Thema befasst hast, lass uns ein paar Gedanken zu deinem Vater entwickeln. Was ist *deine* Meinung über deinen Vater?<<

>>Ich wünschte, ich hätte eine Meinung von ihm. Aber ich habe nur das, was meine Mutter mir als Bild von ihm anbot. Ein feiger Erzeuger, der seine Frau und sein Kind gegen eine andere Frau und ihren Sohn eintauschte.<<

>>Ich könnte mir vorstellen, ähnlich verhält es sich mit deinem Bild von dir.<<

>>Wie meinen Sie das?<<

>>Du magst nicht Johanna sein; dein weibliches Ich. Du lehnst sie abgrundtief ab. Es erweckt den Anschein, als verhieltest du dich Johanna gegenüber dabei genauso, wie all die anderen Menschen es immer taten. Du übernimmst somit die Einstellung der anderen und agierst ihr gegenüber mit Hass und Ablehnung. Vielleicht ist es aber gar nicht dein Hass. Du hast den Hass der anderen gegenüber Johanna als einen Anteil in dich integriert, der durch Jonathan repräsentiert wird. Und somit vereinst du nun beide Anteile in einer Person; Jonathan als Gewalttäter, der Johanna malträtiert. Das zerreißt dich. Und ich frage mich

manchmal, wie es Johanna damit geht.<<

Jonathan stockte der Atem. Diese Parallele war so interessant wie angsteinflößend. Doch noch bevor er einen Gedanken dazu fassen konnte, wechselte Dr. Daniels plötzlich wieder das Thema.

>>Verzeih mir meinen spontanen Einwurf. Es ist eine dumme Angewohnheit von mir abzulenken. Kommen wir zu deinem Vater zurück. Warum wünschst du dir ein eigenes Bild von ihm zu haben?<<

Jonathan musste sich nach Dr. Daniels Exkurs einen Moment sammeln. Er war bemüht sich wieder auf das Thema zu konzentrieren. >>Es fühlt sich so an, als fehle mit ihm ein Teil meines Selbst. So wie er für mich nur ein Schatten einer Person ist, so fühle ich mich auch als Transperson. Ich bin ich, ohne zu wissen wer ich bin. Das wurde mir durch Ihren Einwurf soeben klar. Das ist irgendwie verwirrend.<<

>>Das klingt in meinen Ohren nach Identitätsfragen.<<

>>Irgendwie war ich lange auf der Suche nach meinem Vater, weil ich Sehnsüchte hatte. Sehnsüchte als Tochter geliebt zu werden; es wert zu sein, zu bleiben und nicht fortzugehen. Sehnsüchte, an die Hand genommen zu werden, gestreichelt zu werden ... Und vor allem die Sehnsucht, beschützt zu werden.<< Jonathan sah nachdenklich in die Luft, um einen Gedanken zu verfolgen. >>Ein Vater bedeutet für mich Schutz, Dr. Daniels. Ich fühlte mich so schutzlos, als er fortging.<<

Jonathans Augenränder färbten sich leicht rot, was ein sicheres Zeichen für aufkommende Tränen war.

Dr. Daniels fokussierte die Emotionen, die er soeben aufkommen sah.

>>Deine Tränen haben hier Platz, Jonathan. Es ist okay!<< Diese Absolution reichte mittlerweile, sodass Jonathan in ein Weinen ausbrechen konnte. Das war konditioniert. Jonathan brauchte einen Moment, um sich wieder zu beruhigen. Er nahm sich gleich drei Taschentücher hintereinander aus der Box vor ihm, da ihm eine Mischung aus Tränen und Rotze das Gesicht herunterlief.

>>Aus meiner Sicht klingen diese Sehnsüchte, von denen du soeben sprachst, natürlich und nachvollziehbar. Wie bist du mit diesen offenen Bedürfnissen umgegangen?<<

>>Was sollte ich schon tun? Es wurde normal für mich. Ich lernte damit zu leben.<<

>>Ich verstehe.<< Dr. Daniels machte sich eine Notiz auf seinem Klemmbrett. *>Akzeptanz oder Verdrängung?<* Dann schaute er diesmal nachdenklich in die Luft. Jonathan wartete gespannt auf das, worüber er offensichtlich nachdachte. >>Mir kam nur soeben ein Gedanke. Du sagtest gerade, dass das fehlende Bild von deinem Vater dich verunsichert, wer du eigentlich bist. Habe ich das richtig verstanden?<< Aussagen seiner Patienten zu paraphrasieren bot die Sicherheit, dass man diese richtig verstand und man sie nicht durch versehentliche Verdrehungen von Tatsachen in eine falsche Richtung führte.

>>Ich kann es selbst nicht richtig in Worte fassen. Aber

so kann man es am besten formulieren, ja.<<

>>Du hast auch eine Analogie zu deiner Transsexualität gezogen. Kannst du mir mehr darüber sagen?<<

>>Ich meine damit, dass das fehlende Bild meines Vaters sich so anfühlte, wie ich mich als Mädchen. Inkomplett! Ich hatte bis vor einem Jahr gar kein Bild von mir in der Zukunft. Ich wusste nicht, was mich ausmachte, warum mich Menschen mögen sollten, was meine Stärken waren, was mich interessierte, was ich beruflich machen wollte, welche Ziele ich verfolgte, ob ich Familie wollte, wo und wie ich wohnen wollte ...<< Seine Aufzählung wirkte wie eine Suche nach den richtigen Worten. >>Was meine Werte sind!<<

>>Was ist dann passiert?<<

>>Auf meiner jahrelangen Suche nach mir selbst lernte ich in der Middle School Kirk kennen. Kirk war ein Homosexueller auf unserer Schule. Ich lief wie typischerweise in den Pausen planlos durch das Schulhaus, um den Eindruck zu erwecken auf dem Weg nach irgendwohin zu sein.<<

>>Warum wolltest du diesen Eindruck erwecken?<<

>>Ich glaube, ich wollte unsichtbar für die anderen bleiben. Ich hatte Angst angesprochen zu werden. Allein zu sein war über die Jahre zu einer Normalität für mich geworden, sodass ich förmlich befürchtete, in ein Gespräch verwickelt zu werden. Gleichaltrige waren für mich eine Art Gefahr geworden. Meiner Erfahrung nach waren sie gemein, zynisch und aggressiv.<< Jonathan schreckte kurz begeistert auf

und erhob mit aufgerissenen Augen den Zeigefinger. >>Das Herumlaufen war mein distanzierter Selbstschutzmodus mit dem ich mir Leute fernhielt.<<

>>Den gleichen Gedanken hatte ich soeben auch. Du machst Fortschritte, Jonathan.<< Dr. Daniels lächelte ihn zufrieden an. >>Was ist als nächstes passiert?<<

>>Plötzlich sprach mich Kirk von der Seite an. Er war für mich so unsichtbar wie ich es für die anderen sein wollte. Ich hatte ihn gar nicht bemerkt. Er fragte, wo es zum Sekretariat ginge, da er neu auf der Schule war. Nachdem ich ihm mit zittriger Stimme erklärt hatte, wo er es finden würde, fragte er mich immer mehr. Wie ich heiße, welche Kurse ich besuche, wie alt ich bin ... So ein Zeug halt.<<

>>Wie hast du seine Fragen interpretiert?<<

>>Ich fragte mich, warum er das alles wissen wollte.<<

>>Hast du ihm diese Frage gestellt?<<

>>Nein. Ich habe ihm alle Fragen beantwortet.<< Jonathan schmunzelte. >>Das war mein angepasster Anteil. Ein angepasster Mensch stellt keine Fragen, Doc. Er beantwortet welche.<<

Dr. Daniels sah wohlgelaunt aus. >>Ich bin sehr stolz darüber, wie gut du dich analysierst. Ich befürchte ich werde langsam überflüssig. Wenn ich dich also richtig verstanden habe, hast du seine Fragen nicht als ein Kontaktangebot verstanden, sondern als eine Art Spionage?<<

>>So könnte man es verstehen. Das klingt schon fast paranoid, was? Jemand zeigt Interesse an mir und ich

frage mich, für was er diese Informationen über mich missbrauchen könnte.<<

Jonathan war an einem Punkt in der Therapie, an welchem er seine typischen Bewertungsmuster selbst erkannte und zu hinterfragen begann, ohne dass Dr. Daniels ihm Denkanstöße geben musste. Die kognitive Umstrukturierung seiner dysfunktionalen Ansichten funktionierte fast selbstständig. Dabei ging es ganz zentral um die Frage, was könnte es noch sein, als mein übliches Bewertungsmuster? In diesem konkreten Fall, war Kirks freundlicher Annäherungsversuch ein gefährlicher Spionageakt oder vielleicht doch ernsthaftes Interesse? Heute wusste Jonathan, dass Kirk ein guter Freund war. Zum damaligen Zeitpunkt, als er ihm unbekannt war, ging er von Schlimmerem aus. Er sah Kirks Kontaktangebot nicht etwa als Chance, eine Freundschaft aufzubauen.

>>Jedenfalls sprach Kirk mich in der folgenden Zeit immer häufiger an und offenbarte mir auch einiges über sich. Wir stellten fest, dass wir einige Gemeinsamkeiten hatten. Er kannte niemanden auf der Schule und in seinen Kursen zeigte so ziemlich niemand Interesse an ihm. Er fühlte sich ebenso wie ich einsam. Und er offenbarte mir, schwul zu sein.<<

>>Das war eine Gemeinsamkeit von euch?<<

>>Nein. Das nicht. Als wir uns kennengelernt hatten, war ich mir noch nicht einmal meiner Transidentität bewusst.<<

>>Ich verstehe. Aber mit allem anderen schien

er jemand für dich zu sein, mit dem du dich gut identifizieren konntest.<<

>>Genau. Es fühlte sich irgendwie gut an, eine Art Spiegelbild von sich in einer anderen Person wiederzufinden.<<

>>Erinnerst du dich, als wir von deiner Überanpassung nach deiner Einschulung sprachen? Ich sprach davon, dass Kinder einen Resonanzkörper brauchen, der du nicht warst, da du dich nie als einer angeboten hattest. Genau solch ein Spiegelbild, wie du es gerade beschreibst, ist mitunter mit solch einem Resonanzkörper gemeint. Und nun fandest du einen in ihm, so wie er einen in dir. Das hat euch offenbar verbunden.<<

>>Ja, das ergibt Sinn. War ich damit spät, Doc?<<

>>Aus Sicht der Entwicklungspsychologie vermutlich schon. Du sagtest ja soeben, dass du damals niemanden hattest und auf der Suche nach dir selbst warst. In der Sozialpsychologie spricht man davon, dass das *Ich* sich aus dem *Wir* entwickelt. Das bedeutet, wir brauchen ein soziales Umfeld, um uns gewissermaßen kennenzulernen. Wir lernen uns in der Gruppe zu behaupten, unsere Werte von denen anderer abzugrenzen, mit Eifersucht umzugehen, Konflikte zu überwinden usw. Und das besser spät als nie. Glaubst du, du hast dich heute gefunden?<<

>>Gefunden ja. Ich weiß zum Beispiel, dass ich ein Mann bin. Das war vor allem dem geschuldet, dass Kirk mich im Laufe der Zeit ins *Bunny Hanas* einlud.

Zu dieser Zeit war der Laden nachmittags wie eine Art Jugendtreff, der aber schon szenetypisch für trans-, homo-, bi-, intersexuelle usw. war. Und so fand ich in die Community.<<

>>Wie haben die Leute dort auf dich reagiert? Wenn ich dich richtig verstanden habe, warst du zu dieser Zeit noch nicht trans.<<

>>Ich hatte mich nur noch nicht geoutet zu dieser Zeit. Aber durch diese Leute fand ich den Mut.<<

>>Moment!<< Dr. Daniels schaute irritiert auf seine Mitschriften. >>Da fehlt für mich ein Teil dieses anscheinend wichtigen Wendepunktes in deinem Leben. Zwischen dem Kennenlernen mit Kirk und dem Kennenlernen der Community im *Bunny Hanas* muss es zu einem Bewusstsein deiner Transsexualität gekommen sein. Von was für einem Zeitraum sprechen wir hier?<<

>>Einige Wochen. Vielleicht einen Monat.<<

>>Nachdem du den homosexuellen Kirk kennengelernt hattest, wurdest du dir also deiner Transsexualität bewusst?<<

>>Genau. Er erzählte mir gelegentlich von der Community. Vor allem davon, wie herzlich diese Menschen waren. Dass es ihnen egal war, wer man war und wen man liebte. Jeder sei willkommen, sagte er mir. Das ließ mich nachdenken.<<

>>Es klingt so, als ob sich deine Transsexualität in einem relativ kurzen Zeitraum herauskristallisierte.<<

>>Nein, dem war nicht so. Ich spürte schon bevor ich

Kirk kennenlernte, dass ich anders war.<<

>>Anders, ja. Du hast gespürt einsam zu sein, Menschen als Gefahr wahrzunehmen und sozial nicht integriert zu sein. Das ist aber nicht das gleiche wie transsexuell zu sein, oder?<<

>>Ich wusste schon, transsexuell zu sein.<< Jonathans Ton wurde rauer. Dr. Daniels stellte ihn nun auf die Probe. Er sah einen klaren Widerspruch zu dem, was Jonathan bis gerade eben noch sagte und stellte sich naiv.

>>Ich bin verwirrt.<< Dr. Daniels blickte einmal mehr in seine Mitschriften. >>Du sagtest, als du Kirk kennlerntest, warst du dir deiner Transsexualität noch nicht bewusst. Das kam erst später. Da er immer wieder von der Community sprach, ließ dich das nachdenken. Und als du die Leute in der Community einen Monat später kennenlerntest, warst du trans, aber noch nicht geoutet. Was ist in dieser kurzen Zeit passiert, dass du so etwas prägnantes wie dein Geschlecht infrage stelltest?<<

>>Das habe ich Ihnen doch gesagt. Ich habe nachgedacht und bin zu der Erkenntnis gelangt.<< Obwohl Jonathans Stimme lauter wurde und er offensichtlich gereizt auf dieses Thema reagierte, ließ Dr. Daniels nicht nach, um es auf die Spitze zu treiben. Er wollte diese sensible Noxe in seinem Leben genau verstehen. Und er wollte Jonathan ein Übungsfeld bieten, um sich in seiner Form der Selbstbehauptung ausprobieren zu können.

>>Du bist durch Nachdenken innerhalb von vier Wochen zur Erkenntnis gekommen, ein Junge zu sein?<<

Jonathan schrie mit hochrotem Kopf. >>Was stimmt mit Ihnen nicht? Sind Sie meine Mutter oder was? Oder sind Sie dumm und verstehen nicht, was ich sage?<<

>>Es tut mir leid, wenn ich dich verärgere, Jonathan. Ich will es nur richtig verstehen, deshalb frage ich nach.<<

>>Also sind Sie dumm! Ich weiß nicht, wie ich es Ihnen sonst noch erklären soll. Soll ich Handpuppen herausholen und es Ihnen vorspielen? Wenn Sie es nicht verstehen, kann ich Ihnen auch nicht helfen.<<

Dr. Daniels saß gelassen in seinem Sessel und sagte nichts. Er war nicht persönlich angegriffen, da er Jonathans Reaktion als einen Abwehrmechanismus verstand. Jonathan schnaufte vor Wut. Sein Kopf nahm langsam wieder seine natürliche Gesichtsfarbe an. >>Ich werde mich für meine Worte diesmal nicht entschuldigen, Doc. Ich weiß, dass ich wieder in diesem aggressiven Bewältigungsmodus bin. Aber das ist mir egal. Diesmal haben Sie es sich selbst zuzuschreiben.<<

Jonathan stand auf und verließ den Raum. Dr. Daniels lauschte ihm nach. Dann hörte er, wie die Praxistür aufging und wieder ins Schloss fiel. Jonathan hatte die Praxis verlassen und war fort.

***

Dr. Daniels saß in seinem Auto und dachte nach. Hatte er es zu weit getrieben? Mit Sicherheit. Eine Therapiesitzung sollte nicht mit einer Eskalation enden. Jonathan reagierte extrem auf seine zugegebenermaßen provokanten Fragen. Dr. Daniels war sich bewusst, dass er damit die Rolle aller anderen einnahm, die Jonathan als die Intoleranten zu nennen pflegte. Er rüttelte durch sein kritisches Nachfragen an dem Selbstkonzept, welches sich Jonathan unter schwierigen Lebensbedingungen mühsam aufgebaut hatte. Widerstand zu zeigen, war deshalb nur logisch. Er negierte eine gewisse Unlogik in seinen Ausführungen, obwohl er sonst für selbstkritische Denkanstöße offen war. Die Ereigniswende, in der die Geschlechtsidentität in sein Leben trat, war anscheinend zu überlebenswichtig, als dass er es zuließ, sie hinterfragen zu lassen. Denn bis zu dem Kennenlernen der Community war Jonathan eine verlorene junge Seele auf der Suche nach sich selbst. Ein sozial-emotional entwurzelter Teenager. Trans zu sein, gab ihm einen Platz in der Gesellschaft und wurde für ihn somit identitätsstiftend. Deshalb war er aus psychologischer Sicht gezwungen, Argumente, die eine Unlogik in seinem Realitätskonstrukt entlarvten, aggressiv abzuwehren, denn für ihn waren diese Argumente existenziell bedrohlich. Ein heißes Eisen, an dem sich Dr. Daniels heute die Finger verbrannte.

Eine therapeutische Beziehung stellte eine künstliche Dienstleisterbeziehung dar, in der sich natürliche Beziehungsdynamiken reproduzieren ließen. Deshalb hörte Dr. Daniels auf dieser Heimfahrt umso sorgsamer in sich hinein. Was löste Jonathans Verhalten in ihm aus, was andere im Alltag ebenso empfinden konnten, wenn es um sein Selbstkonzept als Transperson ging? Klammerte er seine durchaus provokante Art gegenüber Jonathan aus, so fühlte sich Dr. Daniels vor allem missverstanden. Er hatte Fragen gestellt, um den Wendepunkt seiner Geschlechtsidentität widerspruchsfrei zu verstehen. Jonathan wehrte dieses Hinterfragen mit impulsiver Aggression ab. Eine Art des Nichtzulassens, eine Art der Vermeidung. Hinterfrage mein Selbstkonzept nicht zu genau, trage es mit. So in etwa muss es Ms. Westers und anderen im Alltag mit Jonathan gegangen sein. Nur mit dem Unterschied, dass Dr. Daniels glücklicherweise nicht emotional befangen gegenüber Jonathan war. So wie etwa eine Mutter.

Doch seine Analyse dessen, was heute zwischen ihm und seinem Schützling geschah, stellte ihn nicht gänzlich zufrieden. Das war das Ergebnis seiner nach Innen gerichteten Beobachtung; seiner Introspektion. Warum hatte er sich derart unprofesionell verhalten? Sicher, er wollte verstehen. Doch, und dieses Mal musste er sich diese Frage stellen, war da noch mehr? Er hoffte, dass er mit Jonathan an diesem Punkt bald anknüpfen konnte. Ob, daran zweifelte er nicht, sondern wann war die Frage. Aber er war sich sicher, dass Jonathan sich wieder melden würde.

KAPITEL 13

Beziehungskarussell

>>Manchmal ist das Chaos in einer Beziehung ein Spiegelbild der inneren Unruhe beider Partner.<< **– Harville Hendrix**

Es war noch recht frisch an diesem Morgen, auf dem Bahnsteig in der North Ellsworth Street. Jonathan hoffte, Jürgen hatte den Straßennamen des Bahnhofs richtig verstanden, da er ihn bis zuletzt falsch aussprach. Jonathan war an diesem Morgen extra zeitig aufgestanden, um sich fertig zu machen. Er hatte sich auf diesen Ausflug gefreut, seit dem Tag an dem er Jürgen kennengelernt hatte. Alles sollte perfekt sein. Er hatte sogar etwas Make Up aufgetragen, um seine Lippen und Augen besser zur Geltung zu bringen. Er mochte Jürgen. Vielleicht sogar in einer homoerotischen Art. Nur dass Jürgen nicht homosexuell war. Jedenfalls nicht, dass er wusste. Deshalb war er heute bereit einen Kompromiss mit seiner Weiblichkeit einzugehen, indem er nicht zu maskulin auftreten wollte. Heute brauchte er eine feine Brise Femininität; aber in einem rein instrumentellen Sinne. Als Mittel zum Zweck, quasi. Denn er wollte, dass Jürgen ihn auch mochte. Aber nicht als Frau! Der Gedanke, von ihm als Frau geliebt zu werden, fühlte sich falsch an. Denn Jonathan liebte sich als Frau selbst nicht. Immer wenn ihm jemand als Frau erotisches Interesse entgegenbrachte, lehnte er denjenigen umso mehr ab. Bei dem großen, blonden Deutschen war es aber irgendwie anders. War er in Jürgen verliebt? Er war definitiv sein Typ. Aber wie sollte eine Beziehung zwischen ihnen funktionieren, wenn Jürgen auf Frauen stehen sollte? Jonathan konnte keine Frau sein. Seine Biologie sprach lediglich eine falsche Sprache, die Jürgen missverstand. Aber vielleicht spielte das Geschlecht zwischen ihnen gar keine Rolle. Von Jürgen als Person wahrgenommen zu werden, war entscheidend. Eine bedingungslose Bedeutung zugesprochen zu bekommen.

Jonathan zog sich die Ärmel seiner Strickjacke über seine kalten Finger, um sie vor der Morgenfrische zu schützen. Er hielt bereits die beiden Fahrkarten für den 8.17 Uhr Zug nach Chicago in seinen Händen. Der menschenleere Bahnsteig wurde in den feuchten Morgennebel gehüllt, während sich die Sonne ihren Weg durch den Schleier hindurch zu bahnen versuchte. Nur ein rötlicher Schimmer flach am Horizont verriet sie hinter der Nebelwand.

Bald kündigte sich eine Silhouette am anderen Ende des Bahnsteigs an. Jonathan erkannte Jürgen sofort hinter den breiten Schultern und dem aufrechten Gang. Er spürte, wie er nervös wurde und sein Herz zu pochen begann. Doch von Panik keine Spur. Da fiel ihm Dr. Daniels ein, der soweit er wusste, in Chicago lebte. Hoffentlich würden sie ihm heute nicht in der Großstadt begegnen. Jonathan war immer noch wütend über seine dämlichen Fragen hinsichtlich der Entwicklung seiner Transidentität. Er führte sich plötzlich auf wie alle, die nichts von der Sache verstanden. In solchen Diskussionen fühlte sich Jonathan gehörig angreifbar. Besonders, da von ihm immer verlangt wurde etwas zu erklären, was er selbst nicht in Worte fassen konnte. Sich dafür rechtfertigen zu müssen, wer er sei, kam gar nicht infrage. Er war außerdem noch ein Teenager. Wer wusste in diesem Alter schon, wer er war? Vielleicht hatte Jonathan es ja selbst noch nicht verstanden, was andere ständig erklärt haben wollten. Und über die kurze Phase, in der er das Transsein für sich entdeckte, hatte er sich noch nie im Detail Gedanken gemacht. War das etwa Dr. Daniels Ziel mit dieser Provokation? Sollte er diese Schwelle genauer betrachten? Und wenn schon! Er war sich seit gestern ohnehin sicher, dass er die Therapie bei ihm nicht fortsetzen würde. Auch wenn der gestrige Streit noch eine andere Seite hatte. Dr. Daniels sprach mit seinen bohrenden Fragen Zweifel an, die Jonathan durchaus selbst kannte. Der Fairness halber hätte er sich eingestehen können, dass auch er sich in der jüngsten Vergangenheit die Frage stellte, ob ein Leben als Transmann tatsächlich

Selbstranszendenz bedeuten würde. Vielleicht tat er seinem Therapeuten in gewisser Weise Unrecht, indem er ihm verbot, etwas auszusprechen, worüber Jonathan selbst insgeheim nachdachte. Doch Jonathan wollte an diesem Punkt nicht fair sein. Es war Trotz und Kränkung, die es ihm nicht erlaubten, die zweite Seite der Medaille näher zu betrachten.

Die Gedanken an den gestrigen Streit mit seinem Therapeuten verflogen mit jedem Schritt, den Jürgen sich ihm näherte. Und schon konnte er die goldenen Locken, die strahlend blauen Augen und das breite Lächeln erkennen. Es war, als hatte sich die Sonne plötzlich ihren Weg durch den dichten Morgennebel gebahnt.

>>Guten Morgen! Entschuldige die Verspätung. Das ist nicht die deutsche Art, dich warten zu lassen.<<, rechtfertigte er sich noch einige Meter entfernt. Dabei winkte er unermüdlich mit seiner rechten Hand ab und schüttelte schuldgeständig den Kopf.

>>Schon okay. Ich habe schon die Tickets gekauft. Wir haben also keinen Zeitdruck.<<

Kaum hatte Jonathan seine Absolution ausgesprochen, zog ihn Jürgen an sich heran, um ihn zur Begrüßung herzlich zu umarmen. Jonathan versank in seiner großen starken Brust, da Jürgen gute zweieinhalb Köpfe größer war. Für einen Moment spürte er eine warme Geborgenheit, die er mit einer großen Sehnsucht assoziierte.

Als Jürgen die Umarmung löste, die sich wie eine

Ewigkeit anfühlte und doch viel zu kurz war, sah er über Jonathans Kopf in die Ferne hinweg. >>Ist das unser Zug?<<

Jonathan drehte sich um und sah aus dem Nebel die Scheinwerfer eines Zuges auf sie zukommen, der aber noch zu weit von ihnen entfernt war, als dass man ihn hören konnte. 8.15 Uhr zeigte die große Bahnsteiguhr. >>Das dürfte er sein.<<

Als die quietschenden Druckluftbremsen die endlos wirkenden Wagons zum Stehen brachten, öffneten sich die Türen. Das Abteil war nahezu leer. Nur ganz hinten saß ein älterer Herr in einem Blaumann, der seinen Rucksack neben sich auf dem Sitz abgestellt hatte und mit müden Augen aus seiner Sandwichbox ein belegtes Brot aß. Jonathan führte Jürgen in die andere Richtung, um mit ihm ungestört zu bleiben. Er wollte seine Aufmerksamkeit heute nur für sich allein haben.

>>Kann ich dort sitzen? Mir wird beim Rückwärtsfahren immer übel.<<

Jonathan hatte nicht erwartet, dass ein deutscher Kerl solche kleinen Schwächen hatte, geschweige denn sie zugeben würde. Aber er fand es irgendwie süß, dass er sich ihm selbstoffenbarte. Und so eine Schwäche machte ihn nahbarer. Schließlich hatte Jonathan jede Menge davon. Ängste, Selbstzweifel, Schuldgefühle, Geschlechtsdysphorie ...

Als der Zug sich in Gang setzte, kamen sie sofort ins Gespräch über dies und jenes. Es war nicht schwer mit Jürgen eine Konversation zu pflegen. Er war nicht nur interessant, sondern auch gebildet zugleich. Er wusste erstaunlich viel über die Vereinigten Staaten und die Welt. Jonathan war es etwas unangenehm, dass er über Deutschland und Europa so ziemlich nichts wusste, abgesehen von einigen Klischees und den Namen Hitler. Er war überrascht, als Jürgen ihm erklärte, dass das Hakenkreuz, der Hitler-Gruß, SS-Symbole und so ziemlich alles was damit zusammenhing, in Deutschland streng verboten waren. In den USA hingegen machte man gerne Witze damit.

Jonathan war mit Freude erfüllt, als ihm Jürgen erzählte, in keiner Beziehung zu sein. Seine letzte Beziehung ging einige Monate vor seiner Abreise in die Vereinigten Staaten in die Brüche. Aber er konnte sich nun sicher sein, dass Jürgen auf Frauen stand. Auch wenn er es schon fest vermutet hatte. Wie das ganze zwischen den beiden also funktionieren sollte, war unklar. Aber irgendwie schien es für Jonathan in diesem Moment erst einmal zweitrangig, was sich zugleich widersprüchlich anfühlte. Doch mit diesem Widerspruch zu leben, war für ihn an diesem Tag in Ordnung. Die Zeit im Zug verstrich, sodass sie bald in der Chicago Union Station einfuhren.

Als sich die Türen öffneten, drängten sich Leute auf dem Bahnsteig eng aneinander. Es schien, als hätten sie eine Weltreise aus der menschenleeren Provinz in die überfüllte Großstadt hinter sich gebracht, und irgendwie war es auch so. Jürgen schien begeistert. >>Das ist aufregend.<<, strahlte er, als er sich in der Bahnhofshalle umsah. Jonathan fühlte sich in solch einer Umgebung unwohl. Er mochte Menschen nicht, denn er war die meiste Zeit seines Lebens von Menschen missachtet, gedemütigt und verletzt worden. Die negativen Erfahrungen hatten feste Grundüberzeugungen über Menschen verursacht, die er nicht einfach aus seinem Gehirn löschen konnte. Jedes Mal, wenn er unter vielen Menschen war, schlug sein Angstzentrum im Gehirn Alarm. Erst durch viel Therapie gelang es ihm, diesen als Fehlalarm zu verstehen und die Alarmanlage langsam herunterzuregulieren. Bis der Fehlalarm in großen Menschenmengen gar nicht mehr auslöste, war es noch ein langer Weg. Jürgens Anwesenheit gab ihm die nötige Sicherheit. Und er wollte ihm heute einen unvergesslichen Tag bescheren.

Nachdem sie den *Millennium Park* und das *Field Museum of Natural History* besuchten, fanden sie sich am Nachmittag auf dem *Chicago Riverwalk* wieder. Sie spazierten, aßen zu Mittag, sprachen über die Unterschiede zwischen Deutschland und den USA und wurden sich mit der Zeit immer vertrauter. Das Eis war endgültig gebrochen, als sie sich gegenseitig ihre peinlichsten Momente im Leben anvertrauten. Scham als soziale Emotion machte Menschen von jeher füreinander angreifbar, da es dem Ansehen innerhalb einer Beziehung schaden konnte. Sich gegenseitig Schambesetztes anvertrauen zu können, bedeutete sich seiner Beziehung zueinander sicher sein zu können. Und diese Sicherheit vermittelte ihm Jürgen wie kein anderer zuvor. Als die Abenddämmerung eintrat, begaben sie sich an das *Cloud Gate*. Jonathan hätte Jürgen gerne zum Abend etwas Romantisches geboten, was sein Geldbeutel aber keinesfalls hergab. Also saßen sie nebeneinander in der Nähe der riesigen Skulptur, die einer Bohne ähnelte und aßen Hot Dogs. Die kühle Luft erfrischte den Abend, was Jürgen dazu veranlasste, Jonathan Wärme spendend in den Arm zu nehmen. Er liebte Jürgens Geruch, seine Wärme und das Gefühl, sicher in seiner Nähe zu sein. Und vor allem fühlte er eines nicht, in solch einem Moment. Die Einsamkeit, die sein Leben bisher durchdrang. Das Gefühl für jemanden bedeutsam zu sein, nicht weil er dessen Kind war oder weil er gut Mathematik erklären konnte, sondern bedingungslos. Nur deshalb, weil er Jonathan war. Jürgen hatte sich bisher nur für ihn als Person interessiert. Er wollte nichts von Zukunftsperspektiven, Geschlechtern oder Talenten wissen. Er ließ sich voll und ganz auf Jonathan in der Momentaufnahme ein. Und es funktionierte. Jonathan hatte nicht das Gefühl, etwas bieten zu müssen. Erstrecht kein romantisches Abendessen. Lediglich ein Hot Dog, eine Bank und er reichten, um einen besonderen Tag ausklingen lassen zu können.

Das Handy vibrierte in Jonathans Hosentasche. Vom ersten Moment war klar, dass er sich durch niemanden stören lassen wollte. Und so ignorierte er es. Doch plötzlich traf es ihn wie ein Stromschlag, der seinen gesamten Körper durchzog, sodass Jürgen ihn besorgt mit großen Augen ansah. >>Alles in Ordnung?<<, fragte er, während er auf seinem Hot Dog herumkaute. Jonathan nahm sein Telefon aus der Tasche. >>Ace!<< Er hatte offensichtlich schon mehrmals versucht ihn zu erreichen. Jonathan hatte während der wundervollen Zeit mit Jürgen völlig vergessen, Ace für heute Abend ein offenes Ohr versprochen zu haben. Aber so abrupt sollte der Tag mit Jürgen nicht enden. Erstrecht nicht jetzt, wo er in seinem Arm saß.

>>Verdammt! Ich habe ganz vergessen, dass ich mich heute Abend ...<< Jonathan brach den Satz ab, da er Jürgen das Gefühl geben wollte an diesem Tag nur für ihn da zu sein. Das war auch das, was er selbst wollte. Nur weil Ace ein gebrochenes Herz hatte, hatte er ihm versprochen, sich heute auch noch Zeit für ihn zu nehmen. Jürgen sah ihn wartend an. >>Ein Freund von mir, hat zurzeit Liebeskummer. Und er wollte sich heute noch unbedingt mit mir treffen. Ich habe ihm aber gesagt, dass ich in Chicago sein werde. Wir sind so verblieben, dass ich mich vielleicht bei ihm melde. Vorausgesetzt, es wird nicht zu spät. Komisch, dass er jetzt ständig anruft.<< Jonathan verdrehte die Tatsachen ein wenig, um den Moment an diesem schönen Abend in Chicago nicht kaputt zu machen. Er hatte Sorge, dass Jürgen ihn dazu drängen würde Ace zu treffen, der seine Hilfe in dieser schweren Zeit brauchte. Vor allem wollte Jonathan auf Jürgen nicht den Eindruck eines schlechten Freundes machen. Oder war er etwa einer? Oder war es etwa nicht normal, dass

man einer Romanze alles unterordnete?

>>Willst du ihn nicht anrufen? Vielleicht ist es wichtig.<< So etwas wollte Jonathan nicht hören. Er wollte von Jürgen hören, dass er bleiben solle. Er wollte von Jürgen hören, weiterhin in seiner Nähe gewollt zu sein. Er wollte hören, dass Jürgen ihn für Ace nicht entbehren wolle. Er wollte von Jürgen beansprucht, vereinnahmt, begehrt werden.

Jonathan schaute auf die Uhr. Es war bereits Viertel nach sieben. Eh sie es bis Naperville zurückschaffen würden, hätte es sicher noch eine Stunde gebraucht. Doch selbst, wenn es noch nicht zu spät gewesen wäre, wäre er in diesem Moment nicht zurückgefahren. Insofern war die fortgeschrittene Uhrzeit nur eine Form der Selbstlegitimierung sich unehrenhaft seinem Kumpel gegenüber zu verhalten.

>>Nein, schon okay. Ich kümmere mich später um ihn, wenn wir zurück sind.<< Er packte sein Handy zurück in seine Hosentasche. Jürgen lächelte ihn an. >>Cool! Dann müssen wir nicht sofort los.<<, bevor er wieder in sein Hot Dog biss. Jonathan wusste, dass er gegenüber Ace in Erklärungsnot kommen würde. Doch dieser Moment schien in Anbetracht der Nähe Jürgens noch weit weg. Und somit verhielt er sich so, wie es Menschen üblicherweise taten. Die kurzfristigen Konsequenzen, die Menschen unmittelbar im Hier und Jetzt erlebten, hatten einen stärkeren Einfluss auf die Entscheidungsfindung, als jene die sich mittel- oder langfristig ergeben würden. Wie bei einem Raucher,

der jeden Zug an seiner Zigarette genoss, um den Stress besser herunterzufahren und um in geselliger Runde mit seinen Kollegen zu plaudern. Der aber zugleich die Augen vor der drohenden Krebsdiagnose verschloss, die zu abstrakt und ohnehin viel zu weit weg erschien.

***

Als Jonathan am späten Abend zuhause ankam, saß seine Mutter in der Wohnstube. Er konnte die Stimme des Fernsehmoderators hören und die flackernden Lichtbewegungen des Bildschirmes durch die verglaste Wohnzimmertür sehen. Seine Mutter schien Jonathan nicht gehört zu haben oder sich nicht sonderlich für seine späte Rückkehr zu interessieren. Ihre Bemühungen, mehr an Jonathans Leben teilzuhaben, waren bereits wieder verflogen. Dr. Daniels hatte ihnen gesagt, dass für eine bessere Beziehung eine kontinuierliche Arbeit beiderseits nötig war. Anderenfalls würde es sich so wie mit verschränkten Armen verhalten. Wenn man die Arme vor der Brust ineinander verschränkte, war das das gewohnte Muster. Wenn man sich nun einmal bemühte die Arme andersherum ineinander zu verschränken, indem zum Beispiel die rechte Hand in der linken Armbeuge versank, fühlte es sich ungewohnt seltsam an. Das war aber das neu zu erlernende Verhaltensmuster. Die Gefahr immer wieder in das alte Muster zu verfallen, war sehr wahrscheinlich, wenn man sich nicht stetig im Alltag selbstreflektierte und sich daran erinnerte, dass die ungewohnte Sitzhaltung zur neuen Gewohnheit werden sollte. Und so tauchten auch Jonathan und seine Mutter viel zu schnell wieder in ihre gewohnten Alltagsstrukturen ab und verfielen mehr und mehr in ihr klassisches Beziehungsmuster, was dadurch geprägt war, dass sie aneinander vorbeilebten. Sie unterlagen dem trügerischen Effekt, dass eine kurzzeitige Verbesserung der Beziehung beiden ein Gefühl der Zufriedenheit gab. Und die fatale Schlussfolgerung war eben, dass, weil es besser lief, man ja nun wieder alles so machen konnte wie früher. Das war nicht logisch, aber so funktionierte das Gewohnheitstier eben, dessen neuronale Verknüpfungen im Gehirn ein ständiges Wiederholen des Neuen abverlangten. An der Sehnsucht Jonathans nach mütterlicher Zuneigung änderte das nichts. Doch an diesem Abend hatte er zunächst ein anderes Problem zu lösen. Er musste die Dinge mit Ace irgendwie geradebiegen.

Als er ihn anrief, hatte er noch keinen endgültigen Plan, wie er ihm sein Verhalten erklären wollte. Irgendetwas zwischen einem kurzfristig verlorenen Handy oder der ausufernden Erledigungen seiner Mutter würde Ace ihm schon abkaufen. Vielleicht war seine Sorglosigkeit auch seinem emotionalen Höhenflug geschuldet, den er noch wegen des unvergesslichen Tages mit Jürgen hatte. Dieser hatte ihm gefragt, ob sie sich in den nächsten Tagen wieder verabreden wollten.

Das Telefon klingelte lange. Dann hob Ace ab. Es dauerte einen Moment bis er etwas sagte.

>>Ja, was ist los?<< Ace klang verschlafen.

>>Ich bin`s, Jonathan. Alles klar? Du klingst irgendwie müde.<<

>>Hör zu!<< Seine Stimme klang nun aufgeweckter. >>Ich hätte so etwas von dir nicht erwartet, du Wicht!<< Ace lallte. Anscheinend war er betrunken. >>Du hast mir versprochen, dass wir uns heute treffen würden. Aber du hast mich einfach sitzen lassen, du Hund.<<

>>Hey man, hör mir zu! Lass es mich dir erklären. Ich ...<<

Ace schrie heulend in den Hörer. >>Du brauchst mir nichts zu erklären. Du warst nicht da, als ich dich brauchte. Mehr gibt es dazu nicht zu sagen. Ich war immer für dich da, aber du? Ein Mal brauchte ich dich. Ein Mal! Und du bist nicht an dein verfluchtes Telefon gegangen.<<

>>Es tut mir leid. Ich ...<<

Jonathan kam nicht etwa aus dem Konzept, da er von vornherein keines hatte. Er fühlte sich von Ace` hysterischen Anfall förmlich überrollt. Er hatte mit Enttäuschung und einer kleinen Diskussion gerechnet, aber nicht mit aggressiven Vorwürfen und Beleidigungen. Und vor allem hatte er nicht damit gerechnet, dass Ace sich vor Kummer derart betrinken würde.

>>Ich hatte mein Handy im Zug liegengelassen und habe den gesamten Tag damit verbracht, der Transit Authority vom Handy meiner Mom hinterherzutelefonieren, damit sie es für mich aus dem Zug herausfischen. Und dann haben diese Trottel ...<<

>>Spar dir diese Erklärungen. Ich möchte nichts davon hören, Jonathan. Du bist für mich gestorben.<<

Ace legte auf. Jonathan stand unter Schock. Mit solch einem kurzen Prozess hatte er bei weitem nicht gerechnet. Plötzlich holten ihn die langfristigen Konsequenzen seiner zu kurz gedachten Entscheidung sehr schnell ein. Sein Herz klopfte vor Aufregung. Er hatte Angst, Ace zu verlieren. Und was würden die anderen aus der Community zu seinem Verhalten sagen. Mit Sicherheit würde Ace mit ihnen darüber reden, wenn er es nicht schon jetzt tat. Neben der Angst und seiner Scham kam ein ganz alter Vertrauter hinzu. Die Schuld. Mit Schuldgefühlen hatte er es bereits sein ganzes Leben zu tun. Und nun war er schuld daran, dass er einen loyalen Freund im Stich ließ. Dafür hatte er schreckliches verdient. Er hasste sich einmal mehr dafür, wer er war. Jemand, der sich selbst immer wieder die Folgen seines Versagens auf dem Silbertablett servierte. Er war nicht nur als Kind ein Versager, sondern auch als Freund. Ständig vermasselte er seine Beziehungen. Ihm überkam die Angst verlassen zu werden, obgleich er es verdient hatte. Und so schaukelten sich seine Gedanken von einer anfänglichen Angst über eine selbstinduzierte Schuld bis hin zu einem globalen Hass auf sich hoch. Global deshalb, weil er sich nicht etwa nur dafür hasste, was er in der spezifischen Situation angestellt hatte, sondern weil er sich urplötzlich wieder als Person hasste. Diese Form der nach Innen gerichteten

Aggression kannte nur einen Kanal. Jonathan griff nach einer Rasierklinge.

***

Die kleine rote Lampa blinkte. Jemand hatte ihm wohl auf das Band gesprochen. Das war fast jeden Morgen so, wenn er in die Praxis kam. Nach einigen neuen Terminanfragen die vierte Nachricht. Jonathans Stimme ertönte. Er klang wie jemand der mit seinem Ex abrechnen wollte. Er sprach schnell und monoton, als hatte er sich seine Worte lange zurechtgelegt.

>>Hallo Dr. Daniels. Hier ist Jonathan Westers. Ich wollte Ihnen mitteilen, dass ich die Therapie bei Ihnen nicht fortsetzen möchte. Falls Sie noch etwas wissen müssen, rufen Sie mich zurück. Falls nicht, danke ich Ihnen für Ihre Hilfe und wünsche Ihnen alles Gute. Bye!<<

Dr. Daniels ließ Therapien nie über eine Nachricht auf dem Anrufbeantworter auslaufen. Er würde Jonathan zurückrufen, um zu einem Abschlussgespräch zu bitten. Er würde ihn zu nichts überreden. Er würde mit ihm auf der Metaebene analysieren, was genau zwischen beiden vorgefallen war, dass sie vor solch einem Scheidepunkt standen. Mit Sicherheit würde er auch kritisch auf seine eigene konfrontative Art gegenüber Jonathan zu sprechen kommen. Nachdem all dies offengelegt wurde, würde er Jonathans Entscheidung akzeptieren. Egal wie sie ausfallen sollte.

***

Einige Tage später saß Jonathan zum Abschlussgespräch

in der Praxis. Dr. Daniels bemerkte eine Veränderung an ihm. Seine gesamte Aufmachung wirkte stimmiger und weniger fassadenhaft. Seine offenen, über die Schultern gewachsenen Haare brachten sein symmetrisches Gesicht gut zur Geltung. Seine Perlenkette, die er zu seinem Hemd und Pullunder trug, gab ihm eine weiblichere Note als üblich. Die Bundfaltenhose verschaffte ihm dazu einen Auftritt, der ihn schick, aber dennoch nicht spießig daherkommen ließ. Doch Dr. Daniels pflegte es, seine eigenen Wertungen nicht einzubringen, um Jonathan nicht in irgendetwas zu bestärken, was er derzeit ohnehin für sich zu entdecken bereit schien. Er modifizierte sein Identitätskonzept. Das war interessant anzusehen. Und es war aus entwicklungspsychologischer Sicht typisch, das in seinem Alter zu tun.

>>Nun, Jonathan! Du hattest mir gesagt, dass du die Therapie nicht fortsetzen möchtest. Das finde ich bedauerlich. Vielleicht kannst du mir sagen, was dich zu dieser Entscheidung bewogen hat.<<

>>Das ist ganz einfach. Sie haben mein Vertrauen zerstört, nachdem Sie in der letzten Sitzung mein Transdasein nicht mehr ernstnahmen. Vielleicht haben Sie das noch nie getan. Sie haben mir gezeigt, dass Sie genauso denken, wie es alle anderen tun.<<

Dr. Daniels fixierte Jonathan mit ernster Miene und nickte nachdenklich. >>Damit werde ich mich wohl selbstkritisch auseinandersetzen müssen. Danke für deine ehrlichen Worte. Vielleicht kannst du mir genau sagen, wodurch du dich nicht ernstgenommen fühltest. Was habe ich gesagt?<<

>>Sie wollten immer wieder wissen, wie ich plötzlich trans wurde.<<

Jonathan zeigte die typischen kognitiven Verzerrungen, wie sie bei länger verstrichener Zeit nach einem Gespräch bei vielen Menschen zu beobachten waren. So wie er es formulierte, reduzierte er den Sachverhalt auf eine undifferenzierte Art und Weise. Dr. Daniels musste das korrigieren, um eine Klärung herbeizuführen. Dabei war es wichtig, Jonathan nicht mit einem Vorwurf zu begegnen. Er verfälschte den Streitpunkt nicht absichtlich. Seine reduzierte Wahrnehmung des vergangenen Gesprächs war vielmehr ein Streich seines Gedächtnisses, welches sich die Welt derart konstruierte, wie es sein Menschenbild von ihm abverlangte. Und dieses Menschenbild war wiederum das Resultat seiner Beziehungserfahrungen und seines sich mit ihnen wechselseitig beeinflussenden Selbstbildes.

>>Wenn ich mich richtig erinnere, hattest du mir erklärt, dass du niemanden hattest, bevor du Kirk kennenlerntest. Kirk führte dich einen Monat nach eurem Kennenlernen in die Community ein. Korrekt?<<

>>Ja.<<

>>Nachdem du Kirk kennenlerntest und er dir oft von der Community erzählte, wurdest du dir deiner Transsexualität bewusst. Als du die Community einen Monat später kennenlerntest, warst du trans. Aber du

hattest dich zu diesem Zeitpunkt noch nicht geoutet. Richtig?<<

>>Ja.<<

>>Meine Frage, die für mich an dieser Stelle unbeantwortet blieb, war, was zwischen dem Kennenlernen mit Kirk und dem Kennenlernen der Community passiert war. Deine Antwort war, dass du nachgedacht hattest und dir deiner Transidentität bewusst wurdest. Habe ich das richtig in Erinnerung?<<

>>Haben Sie!<<

>>Das bedeutet, ich wollte nicht einfach wissen, wie du trans geworden bist. Mich hat der einmonatige Prozess genau interessiert, den du durchlaufen hattest, der schließlich dazu führte, dass du innerhalb einiger Wochen deine Geschlechtsidentität hinterfragtest. Das schien mir ein entscheidender Wendepunkt in deinem jungen Leben, Jonathan. Und ich wollte diesen gerne genauer verstehen.<<

Jonathan nickte nachdenklich vor sich her, so als ob er Dr. Daniels vorsichtig zustimmen wollte. Diesem ging es heute aber um etwas anderes, als den Inhalt des Gespräches wie ein Rindvieh wiederzukäuen. Er wollte auf Jonathans Bewältigungsmodus hinaus.

>>Als ich diesen wichtigen Wendepunkt immer wieder fixierte, was ging in dir vor?<<

>>Es hat mich wütend gemacht.<<

>>Das ist die emotionale Ebene. Sehr gut. Was ging dir durch den Kopf?<<

>>Ich dachte, dass sie mich provozieren oder mich

verhöhnen wollen.<<

>>Wo kommt dieses Bewertungsmuster her?<<

>>Ich weiß, worauf Sie hinauswollen, Doc. Ich habe meine klassischen Beziehungserfahrungen auf unsere therapeutische Beziehung übertragen. Ich war schon lange genug bei Ihnen in Behandlung. Sie wollen sagen, dass ich Ihr Nachfragen als feindselig interpretierte, ganz entsprechend meiner Erwartungshaltung, wenn jemand mein Transdasein hinterfragt. Und wenn ich eine Provokation erwarte, höre ich auch eine Provokation. Dann wird es eine selbsterfüllende Prophezeiung.<< Jonathans Worte klangen reflektiert, aber zugleich zynisch. Er war nicht gekommen, um weiter therapiert zu werden, sondern um sich zu verabschieden.

>>Das ist es! Du hast geglaubt, dass ich dich provozieren oder verhöhnen wollte, weil es Leute schon so oft taten. Und ich sage dir eins, Jonathan. Ich wollte dich provozieren, als ich merkte, dass du es nicht erklären konntest.<< Jonathan schaute Dr. Daniels ungläubig an. >>Die entwickelte Dynamik zwischen uns in diesem Gespräch, finde ich sehr interessant. In dem Moment, in dem ich das Gefühl bekam, dass du so etwas Fundamentales wie die Entwicklung der Geschlechtsidentität nicht erklären konntest, hatte ich das Bedürfnis dir diese Lücke aufzuzeigen. Du hast damit etwas in mir ausgelöst, Jonathan. Verstehst du das?<<

>>Noch nicht so ganz.<< Jonathan lehnte sich

interessiert nach vorne, um den Ausführungen genauer zu folgen.

>>Unsere therapeutische Beziehung ist ein Spiegelbild dessen, was im Alltag zwischen dir und deinen Mitmenschen allzu häufig passiert. In dem Moment, in dem sich deine Ausführungen weder widerspruchsfrei, noch nachvollziehbar anhörten, entwickelte sich in mir der Wunsch, dir dies unbedingt aufzuzeigen. Sogar mit penetranter Provokation. Das wurde mir erst einige Zeit nach unserem Gespräch bewusst. Und zugegebenermaßen war das nicht sehr professionell von mir. Dafür möchte ich mich bei dir entschuldigen, Jonathan. Ich erwarte deshalb nicht, dass wir weiterarbeiten. Es sollte uns nur verdeutlichen, dass deine Worte etwas mit mir gemacht haben und wie umgekehrt meine Worte dann etwas in dir ausgelöst haben. In der psychoanalytischen Theorie spricht man von einer Übertragung und einer Gegenübertragung.<<

Jonathan wirkte nachdenklich und zugleich überrascht von Dr. Daniels Entschuldigung. Vielleicht war dies aber auch nur eine Finte, um ihn wieder in die Therapie zu bekommen. Jonathan merkte, wie er misstrauischer gegenüber Dr. Daniels war. Noch nie hatte er solche Gedanken ihm gegenüber gehabt. Er war bis dato immer wertschätzend und einfühlsam. Er entscheid sich abzuwarten, was Dr. Daniels` nächster Zug war.

>>Wie hast du dann auf meine Provokation reagiert?<<

>>Ich bin ziemlich ausfällig geworden. Es tut mir auch leid. Ich wollte ...<<

>>Vergiss das! Du weißt, es geht hier nicht um mich. Bleib im Prozess! Was war deine Umgangsstrategie?<< Offensichtlich wollte Dr. Daniels den Konflikt ganz im Sinne der bisherigen Therapie bearbeiten.

>>Ich wurde aggressiv. Das habe ich auch bereits in der letzten Sitzung verstanden. Ich hatte zu ihnen gesagt, dass ich ...<<

>>Weil ich an dem Fundament deines Selbstkonzeptes herumrüttelte. Dagegen hast du dich zur Wehr gesetzt. Zurecht! Ich wollte dir deine Identität nehmen. Was wäre noch von dir übrig, wenn du plötzlich erfahren hättest, dich aus einem konkreten Motiv für dein Transdasein entschieden zu haben? Es hätte dich vermutlich in eine noch größere Glaubenskrise gezogen, die du nicht gebrauchen konntest. So wie jemand, dem man seinen religiösen Glauben streitig machen wollte.<<

>>Sie können das nicht mit einer Religion vergleichen.<<

>>Das tat ich aber soeben. Zu spät!<<

Jonathan war irritiert. Er schaute Dr. Daniels fragend an. Er war sich unsicher, ob er ihn weiterhin provozieren wollte oder auf etwas Bestimmtes hinaus wollte.

>>Und was soll das für ein Motiv sein, von dem Sie da sprechen?<<

>>Keine Ahnung! Das war nur ein Gedanke, ohne etwas Konkretes dabei im Kopf zu haben.<< Jonathan kaufte ihm das nicht ab. Er sagte nie etwas einfach so. Was er tat, war etwas in den Raum zu werfen, über das Jonathan dann tagelang nachdenken würde. >>Das fällt mir schwer zu glauben, Doc. Wie kommen Sie auf ein

bestimmtes Motiv für meine Transsexualität?<<

>>Die Theorie der sozialen Identität.<<

>>Noch nie davon gehört. Was meinen Sie damit?<<

Dr. Daniels schaute auf seine Tischuhr. Plötzlich schlug er sein Klemmbrett zu und richtete sich auf. >>Ich befürchte unsere Zeit ist abgelaufen. Jonathan, es war wirklich ein interessanter Prozess mit dir. Die Arbeit mit dir hat mich viel gelehrt und ich danke dir, dass du mir über solch eine lange Zeit dein Vertrauen entgegengebracht hast. Ich bedaure, dass ich dein Vertrauen erschüttert habe. Aber ich verstehe auch, dass somit jegliche Grundlage für dich zerstört wurde, um dich weiter von mir behandeln zu lassen.<< Dr. Daniels stand auf und ging zur Tür, um sie zu öffnen. Ganz offensichtlich hatte er nicht den Plan, Jonathan für eine Weiterarbeit um den Finger zu wickeln. Verwirrt über das plötzliche Ende der Sitzung, stand Jonathan auf. Dann gaben sie sich ein wohl letztes Mal die Hand. >>Ich würde die Zeit gerne zurückdrehen, doch das kann ich leider nicht. Es ist Zeit die Augen zu öffnen, Jonathan.<< Dr. Daniels sah ihn mit einem einfühlsamen Blick an, bevor er ihn durch die Tür verabschiedete. >>Eines noch!<<, rief ihm Dr. Daniels hinterher. Jonathan drehte sich um. >>Ich frage mich, wie dich die Menschen in diesem Kleidungsstil wahrnehmen. Und wie nimmst du vor allem diese Menschen wiederum wahr?<< Bevor Jonathan antworten konnten, schloss Dr. Daniels mit einem Lächeln die Tür.

Auf dem Heimweg dachte Jonathan viel nach,

obgleich er hatte was er wollte. Dr. Daniels hatte seine Entscheidung akzeptiert. Sogar eine Entschuldigung hatte er von ihm bekommen. Jetzt, wo er Jonathan einfach gehen ließ, tat der Abschied doch weh. Er fühlte sich von ihm verlassen, was in ihm die Sehnsucht aufkommen ließ, gehalten zu werden. Und plötzlich fragte er sich, warum Dr. Daniels nicht einmal versuchte, ihn für eine Weiterarbeit zu überreden. War er ihm über die Jahre nicht wichtig genug geworden? Ein Patient wie jeder andere auch? Auf einmal kam Traurigkeit in ihm auf, die sich mit der Sorge mischte, ohne Dr. Daniels nicht zurechtzukommen. Jonathan überkam ein ungutes Gefühl, das noch lange andauern sollte.

KAPITEL 14

Tiefgehende Erkenntnisse

>>Der Weg zur Erkenntnis beginnt mit dem Zweifel an dem, was wir für sicher hielten.<< – **Bertrand Russell**

Am nächsten Morgen erwachte er durch das Gebell des Nachbarhundes. Er mochte Hunde, so wie fast alle Tiere. Aber dieser Hund war anders. Offenbar identifizierte er sich als Hahn, indem er fast jeden Morgen den Wecker für die gesamte Nachbarschaft mimte. Jonathan hatte bis in die Nacht hinein mit Jürgen geschrieben, nachdem er sich etwas zeitiger als gewöhnlich aus dem Chat der Community verabschiedete. Eine neue Party war im *Bunny Hanas* geplant. Ace war nicht online. Seit dem Telefonat mit ihm hatte er nichts mehr von ihm gehört. Deshalb hatte er sich vorgenommen, heute zu ihm zu fahren, um die Angelegenheit zwischen ihnen zu klären. Doch egal, ob Ace seine Entschuldigung annehmen würde oder nicht, aktuell drehte sich alles für ihn um Jürgen.

Jonathan war verliebt, soviel stand mittlerweile fest. Und offenbar hatte auch Jürgen gefallen an ihm. Er machte ihm sogar das Kompliment, dass ihm die etwas längeren Haare sehr gut stehen würden. Jonathan fand auch gefallen an diesem Stil. Es hatte zwar etwas Feminines, jedoch konnte er es gut akzeptieren, da es Jürgen gefiel. Das galt auch für seine Creolen, die er für ihn beim nächsten Date tragen würde. Jürgen meinte, dass ihm diese wegen der neuen Haare ausgezeichnet standen. Und schließlich waren Creolen nichts explizit weibliches. Er kannte einige Männer in der Community, die welche trugen. Meist als schickes Accessoire an einem Ohr. Jonathan bemerkte, dass er vieles nicht mehr so verbissen sah, was seinen Kleidungsstil anging. Damit lebte es sich irgendwie auch unkomplizierter. Vielmehr gelang es ihm darauf zu hören, wonach ihm an einem Tag war, ohne sich auf Krampf so männlich wie nur möglich zu kleiden. Und so konnte er an einem Tag etwas Feminines nach außen tragen und an einem anderen Tag etwas Maskulines. Er begann seine Geschlechtsidentität als ein Kontinuum zu verstehen, auf welchem man sich nach Belieben zu einem männlichen oder weiblichen Pol hingezogen fühlen konnte, ohne sich festlegen zu müssen. Das war genau das, was Geschlechtsidentität für ihn so vielfältig machte. Es musste nicht mehr zwingend ein Mann sein, denn er konnte alles sein. Er legte für sich fest, sich nicht mehr festlegen zu müssen. Genderfluid eben. Er erinnerte sich an Dr. Daniels Äußerung, damals in einer Sitzung. Seither dachte er gelegentlich darüber nach, ob er als Jonathan nicht selbst ungerecht zu Johanna war; das Mädchen, welches ohnehin niemand mochte und nun auch von ihm, Jonathan selbst, Ablehnung erfuhr. So als hätte er zwei Anteile in sich, von welchen der eine den anderen nicht betrachten wolle; vielleicht aus Missachtung oder aus Angst. Gab es nicht auch einen Weg Johanna eine Hand zu reichen? Oder zumindest einen Finger? Hatte sie nicht schon genug gelitten? Vielleicht war genderfluid zu sein eine Annäherung an Johanna. Aber reichte das Johanna als Wiedergutmachung? Schuldete Jonathan ihr nicht mehr als das; nach all den Schnittwunden, abgeschnittenen Haaren, abgeschnürten Brüsten? Doch noch bevor er sich mit der Antwort befassen wollte, ließ er den Bagger anrollen, um die Gedanken beiseite zu schieben. Nur, dass er kurz darauf über das Gedankenschieben etwas verärgert war. Das war neu.

Als er sich dem Haus von Ace näherte, bekam er Herzklopfen. Er war nervös, da er nicht wusste wie Ace auf ihn reagieren würde. Im Telefonat hatte er ihn ziemlich abserviert. Er klingelte und es blieb lange still. Nach einer Weile hallte eine Frauenstimme durch die Gegensprechanlage. Die Frau klang freundlich, aber kurz angebunden.

>>Ace ist nicht da. Er war vor ein paar Tagen mit Freunden feiern, aber seitdem war er wohl nicht mehr zuhause. Soll ich ihm etwas ausrichten?<<

Offenbar scherte sich diese Frau wenig darum, wo Ace

sich herumtreiben würde. Jonathan fand es eigenartig, dass sie überhaupt nicht besorgt klang, obwohl sie ihn seit dem vergangenen Wochenende nicht mehr gesehen hatte. Diese Gleichgültigkeit erinnerte ihn ein wenig an seine eigene Mutter. Aber vielleicht würde er auch nur überreagieren. Schließlich war Ace ein Draufgänger, der sich für eine Zeit herumtreiben konnte. Noch dazu war er volljährig.

>>Vielleicht können Sie ihm sagen, dass Jonathan hier war. Er kann mich gerne anrufen. Wir hatten einen Streit, müssen Sie wissen. Und ich würde die Sache gerne bereinigen.<<

>>Ist gut! Sonst noch etwas?<<

>>Nein, vielen Dank. Einen schönen Tag noch.<<

Jonathan war besorgt. Ace war zwar kein labiler Typ. Aber er war am Telefon doch sehr betrunken. Er hatte Sorge, dass ihm etwas zugestoßen sein könnte. Also entschied er sich, in der Community herumzutelefonieren. Doch niemand hatte seit dem Wochenende etwas von Ace gehört. Es bestand immer noch die Hoffnung, dass er auf irgendeiner Couch in Naperville seinen Liebeskummer ertrank. Oder, dass er auf dem Weg zu Laura war, um sie zu sehen. Nun musste er auf Antwort warten und er konnte nichts tun, bis jemand sich bei ihm melden würde, um ihn über Ace` Verbleib zu informieren. Vorher würde nichts passieren, soviel stand fest. Wann immer das Handeln und Fühlen von äußeren Bedingungen abhängig war, wurde der Mensch einer schwer zu ertragenen

Hilflosigkeit ausgesetzt. Selbstwirksamkeit und Handlungsspielraum waren nötig, um durch Kontrolle über die Situation zu einer Sicherheit zu erlangen. Jonathan jedoch hatte keine Alternative außer zu warten. Also tat er das, was er in solchen Situationen üblicherweise tat. Er dachte über sich nach. Meist kam er bei diesem Thema an einen Punkt der Ratlosigkeit. Denn, obwohl es ihm mit dem Genderfluidsein besser ging, war er nach wie vor in einer Krise darüber gefangen, wer er war. Seine Hilflosigkeit darüber war längst in eine Ohnmacht gemündet. Er musste spontan über Dr. Daniels Satz nachdenken. >Die Theorie der sozialen Identität<. Jonathan notierte sich diese Aussage fix, da sie ihm zwischendurch schon einmal entfallen war. Und er wollte doch gerne einmal nachlesen, was es damit auf sich hatte. Als er zuhause ankam, checkte er sein Smartphone nach einer neuen Nachricht über Ace. Auch auf eine Nachricht von Jürgen hatte er gewartet, den er nicht mehr aus seinem Kopf bekam. Vergeblich. Also setzte er sich an seinen Laptop und begann darüber nachzulesen, womit ihn Dr. Daniels ohne weiteren Kommentar aus der Therapie verabschiedete.

>Die Theorie der sozialen Identität wurde 1986 von Tajfel & Turner postuliert und konnte durch empirische Studien wiederholt bestätigt werden. Diese sozialpsychologische Theorie versucht zu erklären, wie Gruppenprozesse und Intergruppenkonflikte zwischen Eigen- und Fremdgruppen zustande kommen. Sie baut

auf vier grundlegenden Prozessen auf. Der erste Prozess ist die soziale Kategorisierung. Menschen teilen sich aufgrund von bestimmten Merkmalen in Eigen- und Fremdgruppen ein. Eine Eigengruppe stellt jene Gruppe dar, welcher sich eine Person zugehörig fühlt. Der zweite Prozess stellt die Identifikation dar. Im Zuge der Identifikation mit der Eigengruppe betrachtet sich eine Person nicht mehr als Individuum, sondern nur noch als Gruppenmitglied. Dadurch werden Unterschiede zwischen den einzelnen Mitgliedern innerhalb einer Gruppe minimiert und Unterschiede zwischen der Eigengruppe und einer Fremdgruppe maximiert. Im dritten Prozess kommt es zu einem sozialen Vergleich. Die Gruppenmitglieder vergleichen ihre Eigengruppe mit anderen, um festzustellen, ob es etwas Besonderes ist, Teil dieser Gruppe zu sein. Dieser Vergleich bildet die Basis für den vierten und letzten Prozess. Eine positive Distinktheit der Eigengruppe ergibt sich dann, wenn die Vergleiche zwischen den Gruppen positiv ausfallen. Da ein Vergleichsergebnis auch negativ ausfallen kann, können die Gruppenmitglieder motiviert werden, die Situation ihrer Eigengruppe zu verbessern.<

Jonathan las den Text aufmerksam. Er begann das Gespräch mit Dr. Daniels zu rekapitulieren. Doch je mehr er darüber nachdachte, desto mehr verzettelte er sich in scheinbar belanglose Gedanken darüber, wie Dr. Daniels dabei auf diese Theorie kam. Die Chatbenachrichtigungen in der Community lenkten ihn ab, während er versuchte, sich einen Reim aus der

Theorie und seinem eigenen Thema zu machen. Der ständige Benachrichtigungston ließ verlauten, dass in der Gruppe viel los war. Als er den Chat öffnete, um den Benachrichtigungston stumm zu schalten, las er in der ersten seiner 24 ungelesenen Nachrichten >ACE IST TOT!<

Jonathan traute seinen Augen nicht. Man habe seine Leiche am Ufer des *Des Plaines Rivers* gefunden. Andere wiederum schrieben, sie hätten gehört, er wäre nicht tot. Er wäre stattdessen unter Lebensgefahr in das Edward Hospital eingeliefert worden. Einige hätten mitbekommen, dass er einen Suizidversuch unternommen hätte, indem er sich von einer Brücke in den Fluss stürzte. Jonathan verfiel in einen hysterischen Schreikrampf. Er sprang von seinem Schreibtisch auf, packte mit beiden Händen sein Haar und zog kräftig daran. Dabei stieß er einen Schrei aus, der womöglich jeden Nachbarn durchs Rückenmark schoss. Er lief mit weit aufgerissenen Augen durch sein Zimmer, schlug sich immer wieder mit seinen Fäusten gegen den Kopf und schrie bis seine Stimme an Kraft verlor. Für ihn stand fest, dass er die Schuld an all dem trug. In seinem hysterischen Anfall verlor er jeglichen Zugang zu seiner Rationalität. Wie automatisiert griff er in seine Schublade und packte die Rasierklinge, die bereits etwas stumpf geworden war. Er schnitt sich seine Arme von der Schulter bis zu den Händen längs auf. Das Blut schoss sofort aus seinem Fleisch über die Arme. Immer wieder setzte er neu an. Die Wunden brannten wie Feuer auf seiner Haut, doch er hatte nichts anderes verdient, als zu leiden. Im Zweifel hatte er es sogar verdient zu sterben, wenn er doch zu tief schneiden sollte. Sein cremefarbener Teppich färbte sich tief rot unter seinen Füßen, bis sich alles um ihn herum zu drehen begann und ihm schwarz vor Augen wurde.

***

Er starrte an eine weiße Decke. Er war auf jeden Fall nicht zuhause, was kein gutes Zeichen war. Er lag in einem Krankenhausbett, angeschlossen an irgendwelchen Geräten, die schrille Geräusche von sich gaben. Er schaute sich im Raum um. Niemand lag in einem der anderen Betten. Eines der Betten war jedoch aufgewühlt, sodass es wohl belegt war. Als er plötzlich seine Mutter direkt neben sich auf dem Stuhl sitzen sah, erschrak er für einen Moment. Ihre Augen waren erschöpft von den vielen Tränen, welche sie offenbar eben noch vergossen hatte. Sie waren rot unterlaufen und die Tränensäcke angeschwollen. Ein Taschentuch in ihrer Hand, anscheinend um beim nächsten Weinanfall gewappnet zu sein. Als sie bemerkte, dass er wach war, sprang sie auf und lehnte sich über ihn, um ihn an sich zu drücken. Jonathan spürte hingegen nichts. Er hatte keine Liebe verdient. Er war ein minderwertiger Mensch, der bestenfalls einen qualvollen Tod verdient hatte. Noch bevor seine Mutter ein Wort sagen konnte, öffnete sich die Tür und ein Arzt in einem langen weißen Kittel trat in den Raum. Er stellte sich an das

Fußende des Bettes. Wahrscheinlich hatte seine Mutter die Station über einen Knopf darüber benachrichtigt, dass er wach war. Oder es handelte sich um einen Zufall, dass der Arzt genau in diesem Moment hereinkam.

>>Dann können wir nun doch noch einen Moment mit dir reden. Wir sind mit der Visite hier schon durch.<<, gab der Arzt routineartig von sich, während er sich eine Notiz auf seinem Klemmbrett machte. Daraufhin kam ein halbes Dutzend weiterer Leute in das Zimmer. Einige schienen Ärzte zu sein, andere Schwestern. Ein Mädchen sah aus, als würde sie gar nicht dazugehören. Sie trug ein weißes Polohemd mit einer schwarzen Jeans und schien nicht älter als achtzehn. Vermutlich eine Praktikantin.

>>Mein Name ist Dr. Burner. Ich bin der Oberarzt auf dieser Station. Weißt du, warum du hier bist, junge Dame?<<

Jonathan hatte keine Kraft, um zu sprechen. Er schüttelte nur den Kopf. Für mehr reichte es in diesem Moment nicht. Wahrscheinlich war er durch irgendwelche Medikamente geschwächt, die man ihm über die Kanüle in seinem Arm durch die Venen jagte. Seine Mutter saß neben ihm und hielt seine Hand.

>>Du wurdest mit massiven Schnittverletzungen zu uns gebracht, die wir allesamt nähen mussten. Das wird hässliche Narben geben, Fräulein. Aber wenigstens kommst du wieder auf die Beine. Vielleicht solltest du aber künftig etwas anderes tun, wenn du verzweifelt bist.<< Dr. Burners Worte klangen oberlehrerhaft, sein

Tonfall schnippisch. Er fixierte Jonathan die gesamte Zeit über. Seine Miene war starr. Seine Lippenpartie bewegte sich kaum beim Sprechen, geschweige denn blinzelte er. Seine steife, unbewegliche Art hatte etwas von Fantomas.

>>Du bleibst noch eine Nacht bei uns zur Überwachung, dann verlegen wir dich auf die Psychiatrie, wo man sich deiner Sache annehmen wird.<<

Dann drehte sich der Herr Oberlehrerarzt um und ging davon. Die Scharr der anderen Leute in Weiß folgten ihm gehorsam. Als die Tür ins Schloss viel, war es still im Zimmer. Jonathan wollte seiner Mutter nicht ins Gesicht schauen. Er fühlte sich bereits schuldig für das, was er Ace angetan hatte. Den Anblick seiner weinenden Mutter brauchte er nicht noch obendrauf.

>>Warum hast du das getan?<<, fragte sie mit leiser, weinerlicher Stimme. >>Ich bin vor Sorge gestorben, als ich dich reglos auf dem Boden vorfand.<<

Jonathan dachte darüber nach, dass seine Mutter wieder fähig zur Fürsorge war, nachdem er einmal mehr mit Psychopathologie glänzte. Nur im Drama waren sie emotional in Berührung. >>Ich gehe nicht in die Psychiatrie.<<

>>Aber du musst. Du hättest dich heute fast umgebracht.<<

>>Blödsinn!<<, fuhr es aus ihm heraus. Er wusste, dass er die Situation verzweifelt zu relativieren versuchte. Aber das war in diesem Moment nötig, um sich von seiner Schuld zu distanzieren und um so schnell wie

möglich aus diesem Krankenhaus herauszukommen. >>Ich wollte mich nicht umbringen.<< So wie er es aussprach, war er sich unsicher, ob dem wirklich so war. Zumindest nahm er billigend in Kauf, seinen Verletzungen zu erliegen, als er völlig enthemmt seine Arme bis auf das Muskelfleisch auftrennte.

>>Dann erkläre mir was das sollte, mein Kind?<< Seine Mutter wirkte verzweifelt.

Er wollte nicht über seine Schuldgefühle sprechen. Erstrecht nicht mit seiner Mutter. Höchstens mit Jürgen. Er hoffte insgeheim, dass er ihn besuchen würde, wenn er erfuhr, dass er im Krankenhaus lag.

>>Mom, lass mich schlafen. Ich bin müde.<<

Er wandte sich von ihr ab und zog sich die Decke über den Kopf. Seine Mutter stand langsam auf und ging aus dem Zimmer. Jonathan liefen die Tränen unter der groben und nach Chemikalien riechenden Bettdecke. Er wusste, dass er seiner Mutter Unrecht tat. Und er wusste, dass er in der Community in Ungnade gefallen war, wenn alle hörten, dass er Ace in den Tod getrieben hatte. Die gesamte Community würde unter dem Verlust von Ace zu leiden haben. Die gemeinsame Norm, sich innerhalb der Community jederzeit zu unterstützen, hatte er mit Füßen getreten. Er hatte der Community Schaden zugefügt. Den Menschen, die die ersten und einzigen in seinem Leben waren, die ihn akzeptierten. Sogar er, der bis zum Kennenlernen mit Kirk nichts als Außenseitertum und offensive Ablehnung von anderen erfuhr, wurde herzlich willkommen geheißen.

Sie waren diejenigen, die ihm einen Platz in der Gesellschaft boten und ihm als Resonanzkörper für seine Identitätsentwicklung dienten. Und somit fiel es ihm nicht schwer, sich mit den Leuten aus der Community zu identifizieren. Alles was nötig war, war ein Teil der Gruppe zu werden, indem er ...

Er zog sich die Bettdecke vom Kopf und richtete sich mit aufgerissenen Augen in seinem Bett auf. Ist es das, was Dr. Daniels sagen wollte? Jemanden wie er, der nie einen festen Platz in der Gesellschaft hatte, wurde plötzlich ein Platz angeboten. Um diesen Platz einnehmen zu können, war es nötig, sich dieser Community selbst zuzuordnen, ganz im Sinne der sozialen Kategorisierung. Nachdem er sich seiner Eigengruppe als zugehörig empfand, kam es zur Identifikation mit dieser. Er begann sich weniger als Individuum zu betrachten. Er wusste ohnehin nicht, wer er war. Im Zuge der Identifikation mit der Transcommunity wurden die Unterschiede zwischen ihm und den anderen Gruppenmitgliedern minimiert, indem er wurde wie sie. Das wiederum schaffte eine maximale Abgrenzung nach Außen und vergrößerte die Unterschiede zu den anderen Jugendlichen, mit denen er noch nie etwas anfangen konnte bzw. die mit ihm nichts anfangen konnten. Beim Prozess des sozialen Vergleichs wurden dann die üblichen Ungerechtigkeitsindikatoren, die die Community vorzutragen hatte, in einer Gefühlsansteckung übernommen. Das Vergleichsergebnis mit den üblichen Fremdgruppen fiel negativ aus, was die Transcommunity dazu motivierte, ihre Situation im Kampf gegen das System zu verbessern. Gesetzt diesen Falls, so dachte Jonathan, war seine Transidentität nicht der Grund für seine soziale Ausgrenzung, sondern vielmehr eine Reaktion auf diese.

Die Frage, die in diesem Moment in ihm aufkam, war, ob der Kampf gegen das System nicht selbsterhaltend für die Community war. Wäre die Community noch die Community, wenn alle Ungerechtigkeiten, welche zweifelsohne Realität waren, bereinigt wären? Brauchte die Community nicht etwa die Gesellschaft als Feindbild, um die bedingungslose Liebe untereinander und den unfassbar starken Zusammenhalt innerhalb der Community entwickeln zu können? Wir gegen den Rest der Welt, der uns hasst. Würde sich der Zusammenhalt der Community halten, wenn der Rest der Welt plötzlich mit der geforderten Akzeptanz um die Ecke käme? Bräuchte es noch eine Community, wenn die ganze Welt sich lieben und uneingeschränkt akzeptieren würde? Man wäre nur noch Teil der restlichen Gesellschaft, womit Abgrenzung nicht mehr nötig wäre. Abgrenzung ist hingegen eine wichtige Aufgabe bei der Entwicklung von Identität, so wie es auch schon Punks, Hooligans oder andere Subkulturen taten. Brauchte Jonathan etwa die Dramabühne einer Transperson, um sich für seine schon immer vorhandenen Themen, wie nicht wahrgenommen zu werden, nicht akzeptiert zu werden, nicht geliebt zu werden, Gehör und Ausdruck zu verschaffen?

Üblicherweise kam an dieser Stelle der Bagger, um die selbstverratenden Gedanken beiseite zu schieben. Doch das Gedankenschieben blieb heute aus. Jonathan entschloss sich vielmehr dafür, seine aufkommenden Fragen in einem imaginären Raum stehenzulassen. Er stellte sich solch einen imaginären Raum wie eine Web Cloud vor. Ein Ort, in welchem man seine Phantasmen, Gedanken und inneren Bilder ablegen konnte, um jeder Zeit wieder darauf zurückgreifen zu können. Das erschien ihm reifer, als sie zu beseitigen, weil sie am eigenen Weltbild rüttelten. Gedanken nicht zu schieben, sondern stehen zu lassen, war neu für ihn. Hatte sich Jonathan als junger Mensch weiterentwickelt? Weiterentwickelt in eine selbstkritische Art und Weise? Eine Selbstkritik, die es nicht nur wagte, sich selbst, sondern auch die Community zu hinterfragen? Der Gedanke, dass dem so war, erfüllte ihn mit Stolz und Angst gleichermaßen. Er sah darin in jedem Fall eine Chance für sich, als ein anderer Mensch hervorzugehen. Ein anderer Mensch zu sein, war schon immer sein größter Wunsch, jedoch reduzierte er diesen stets auf sein Geschlecht. Dabei ging es augenscheinlich um eine viel komplexere Veränderung; nämlich um die als ganzheitliches Individuum. Es ging um die Entwicklung seiner neuen Sicht auf die Menschen und die Welt, in der sie lebten. Es ging um die Entwicklung seiner Sicht auf gesellschaftliche und kulturelle Zusammenhänge; um Ursachen und Wirkungen; um beide Seiten einer Medaille; um Gut und Böse und all das, was dazwischenlag. Es ging letztendlich um die Entwicklung eines neuen Selbstkonzeptes. Doch ein neues Selbstkonzept barg ein Risiko. Das Risiko, alles zu verlieren, was er hatte. Wenn er zu einem neuen *Ich* heranwachsen würde, könnte dies eine Entfremdung mit der Community nach sich ziehen. Nicht etwa, weil die Community ihn verstoßen würde, sondern vielmehr, weil er sich in dieser nicht mehr selbst wiederfinden könnte.

***

Nachdem Jonathan auf die Psychiatrie verlegt wurde und sich dort nach einigen Tagen einlebte, hatte er noch immer keine Klarheit darüber, was mit Ace tatsächlich geschehen war. Er erinnerte sich an den Anruf von Bo damals, als dieser ihn die Empfehlung gab, wegen seiner Panikattacken zu Dr. Daniels zu gehen. Aufgeregt durchsuchte er seine Kontakte im Handy. Und tatsächlich fand er seine Telefonnummer. Als er die Nummer wählte, war er etwas nervös. Er wusste nicht, was die Community bereits über seinen Anteil an Ace` Frust wusste und was die Haltung der Leute war.

>>Jonathan! Was für eine Überraschung.<< Offenbar hatte Bo sich auch seine Telefonnummer gespeichert.

>>Ja, genau. Hey, Bo! Wie geht`s dir? Lange nichts gehört.<< Jonathan war immer noch nervös, wenn er mit den Älteren aus der Community sprach, denen er nicht nahestand.

>>Mir geht es gut. Die Frage ist, wie es dir geht. Es wird erzählt, dass du in der Klapse gelandet bist, weil du dir die Pulsadern aufgeschnitten hast.<<

Jonathan verstand nun, wie der Buschfunk arbeitete. Und wie Informationen sich beim Weitertragen wie beim >Stille-Post-Spiel< verfälschten. Er hoffte nur, das war auch in Ace seiner Geschichte der Fall.

>>Ja, eine lange Geschichte. Aber stimmt nicht ganz. Egal! Ich wollte dich fragen, ob du weißt, was mit Ace ist? Einige erzählten er sei tot. Andere sagten, er habe sich versucht umzubringen.<<

>>Dem geht es gut.<< Bo klang gelassen. >>Er hatte ziemlich übel gesoffen und in einem Anfall von Selbstmitleid damit gedroht, sich von irgendeiner Brücke zu stürzen. Nach dem Abend war er eine Weile verschwunden. Das hat wohl viele Spekulationen verursacht. Letztendlich ist er dann in Louisville, Kentucky aufgetaucht bei irgendeiner Tussi, die er mal im *Bunny Hanas* kennengelernt hatte. Die war so gar nicht begeistert von seinem Auftritt und hat ihn abblitzen lassen. Danach hatte er sich wohl irgendwie versucht, etwas anzutun und ist dort unten in der Klapse gelandet. So wie du.<< Bo klang etwas gehässig. Aber das störte Jonathan in diesem Moment nicht. Er war nur unendlich erleichtert darüber, dass Ace am Leben war und der ganze Aufruhr wohl dem Klatsch und Tratsch unter den anderen geschuldet war.

>>Jedenfalls haben sie ihn dort irgendwann entlassen, und nun ist er seit kurzem zuhause und schämt sich für

seine Nummer, die er aufgeführt hatte.<<

>>Da bin ich ja erstmal froh, dass er am Leben ist.<< Jonathan konnte seine Erleichterung nicht verbergen. Seine Stimme zitterte von der Anspannung, die sich während Bos Erläuterungen entlud.

>>Und danach hast du so eine ähnliche Nummer abgezogen. Warum das? Ich meine, alle wissen, dass Ace wie ein Vorbild für dich ist, aber so etwas brauchtest du dir von ihm nicht abgucken, Kleiner.<<

>>Ich bin einfach durchgedreht, als ich das mit Ace hörte. Ich habe ihn nämlich ziemlich im Stich gelassen.<<

>>Das weiß ich. Das wissen alle. Vielleicht solltest du mit Ace mal darüber reden, ist eure Angelegenheit. Ich muss jetzt Schluss machen. Lass mal von dir hören, wenn du wieder zurechnungsfähig bist.<<

Jonathan schämte sich nun umso mehr für seine Kurzschlusshandlung. Die Community sah ihn durch seine Selbstverletzung als Nachahmungsopfer von Ace. Seine Mutter hatte womöglich viele schlaflose Nächte hinter sich. Und Jürgen hatte er seit Tagen nicht gesehen. Durch die Narben, die sich unübersehbar über seine ganzen Arme erstreckten, wünschte er sich, er könnte nun endgültig aus seiner Haut. Diese Narben würde er nie wieder loswerden. Ganz gleich, ob als Mann oder als Frau. Wie Dr. Daniels wünschte er sich, die Zeit zurückdrehen zu können. Und mit diesem Wunsch meldete sich plötzlich die Schuld wieder zurück. Es schien kein Ende zunehmen.

KAPITEL 15

Das böse Erwachen

>>Das wahre Gewicht eines bösen Erwachens liegt nicht
in der Enttäuschung, sondern in der Notwendigkeit, sich
mit der Realität auseinanderzusetzen.<< – **Unbekannt**

Als er sich dem Kinoeingang näherte, sah er Jürgen
bereits vor dem Eingang warten. Er sah toll aus,
wie er mit seiner College Jacke und der hellblauen
Jeans da stand. Jonathan freute sich auf diesen Abend
seit Tagen. Er hatte Jürgen seit ihrem Ausflug nach
Chicago nicht mehr gesehen. Die Sache mit Ace und die
Krankenhausaufenthalte zogen ihn aus dem Verkehr.
Er hatte sich Sorgen gemacht, dass das Verhältnis zu
Jürgen unter der Distanz leiden würde. Doch alles
schien unverändert liebevoll und Jürgen hatte ihm
öfter geschrieben, dass er ihn vermisste.

Jonathan fühlte sich heute recht weiblich. Er trug
seine Creolen, Make Up und sogar Schuhe mit leichten
Absätzen. Als er sich daheim so im Spiegel betrachtete,
fühlte er sich erstaunlich gut dabei. Als würde er

gerechter mit Johanna sein. Im Gegenzug bekam er von ihr ein Lächeln aus dem Spiegel geschenkt. Es erinnerte ihn daran, dass er dieses Lächeln seit langem nicht betrachten durfte. Erst jetzt spürte er, wie sehr es ihm fehlte; wie sehr ihm Johanna fehlte. Er hasste sie und hatte zugleich eine bis dato unbekannte Sehnsucht nach ihr. Sich anzulächeln gelang ihm immer dann, wenn er sich für Jürgen fertig machte.

Jürgen und er teilten den gleichen Filmgeschmack. Actionkomödien brachten Spannung und Humor mit sich, was die ideale Mischung war. Im Kino zeigte sich Jürgen ganz romantisch. Er zahlte, er nahm ihm die Jacke ab und ließ ihm stets den Vortritt. Während des Filmes legte er seinen Arm um seine Schultern. Jonathan war ganz in der Rolle der Frau, was sich für ihn in diesem Moment stimmig anfühlte und was ihm bei Jürgen nicht schwer fiel, zuzulassen. Nach dem Film gingen sie in einen Schnellimbiss, um etwas zu essen. Bis dahin sprachen sie kaum an diesem Abend, da das Kino dafür nicht der beste Ort war. Dabei hatten sie sich sicherlich viel zu erzählen. Jürgen fragte ihn über die Umstände, die zu seiner Selbstverletzung führten und über seine Zeit in der Psychiatrie. Jonathan fand es lustig, wie Jürgen >Psychiatry< aussprach, da er es offenbar so aussprach, wie man es im Deutschen tun würde. Nur mit einem verzweifelten englischen Akzent. Jonathan mochte die Art, wie Jürgen mit ihm darüber sprach. Zu keinem Zeitpunkt schwang ein Vorwurf oder Unverständnis in seinen Fragen mit, sondern der Wunsch zu verstehen, was passiert war. Das erinnerte ihn an Dr. Daniels, der ihm stets wertfrei gegenübertrat. Jonathan verstand Jürgens Art zu fragen als eine Fürsorge. So wie er es sich oft von seiner Mutter gewünscht hatte.

>>Wie schlimm ist es?<<, fragte Jürgen.

>>Sehr schlimm!<<

>>Du meinst wirklich sehr schlimm?<<

>>Wirklich sehr schlimm.<<

>>Kann ich mal sehen?<<

>>Lieber nicht.<<

>>Du schämst dich vor mir.<<

>>Ich schäme mich für das was ich getan habe.<<

>>Aber du hast es schon öfter getan.<<

>>Aber nicht so. Ich habe mir diesmal wirklich Schaden zugefügt. Und ich wünschte, ich könnte es rückgängig machen.<<

>>Bist du eigentlich sauer auf dich, dass du es getan hast?<<

>>So sauer, dass ich es gleich nochmal machen könnte.<<

>>Dann würdest du dich im Kreis drehen. Gibt es keine sinnvolle Lösung dafür?<<

>>Die wäre?<<

>>Keine Ahnung. Ich bin nicht dein Therapeut. Du solltest unbedingt mit ihm darüber sprechen.<<

>>Ich gehe nicht mehr zu ihm.<<

>>Was? Warum nicht? Du sagtest, er sei der Beste und du würdest ihm vertrauen. Was ist passiert?<<

>>Ist eine lange Geschichte. Aber ich dachte in der Psychiatrie darüber nach ihn vielleicht wieder anzurufen.<<

Sie sprachen lange in diesem Schnellimbiss. Solange, dass sie die Zeit völlig vergaßen. Als der Ladenbesitzer begann, die Stühle umgedreht auf die Tische zu stellen, war es Zeit zu gehen. Doch Jonathan wollte nicht, dass der Abend endete. Er hatte Jürgen zu lange nicht gesehen, sodass seine Sehnsüchte noch lange nicht gestillt waren. Jürgen begleitete ihn nach Hause und Jonathan dachte lange darüber nach, ob er ihn zu sich nach Hause einladen sollte. Seine Mutter war wie immer bis spät im Restaurant beschäftigt. Und so musste er nicht nur nicht allein sein, sondern konnte auch demjenigen nahe sein, bei dem er sich am wohlsten fühlte. Doch er hatte Angst, von Jürgen abgelehnt zu werden, da er sich immer noch weitestgehend selbst ablehnte. Dabei halfen auch die hohen Schuhe nicht sonderlich. Er befürchtete, dass Jürgen genauso empfinden könnte, wie er selbst. Somit lief er seit Jahren in einem Hamsterrad voller Angst von anderen derart abgelehnt zu werden, wie er es selbst tat. Ein distanzierter Selbstschutzmodus, der es verstand, andere auf ausreichender Distanz zu halten. Die einzig logische Konsequenz war eine selbsterschaffene Einsamkeit, die zu einem Spannungsfeld zwischen Sehnsüchten und Ängsten vor Nähe mutierte. Er hatte vor allem Angst vor körperlicher Nähe. Jürgen war attraktiv, aber er war ein Mann und hatte sicher das Bedürfnis, einen Sexualpartner ganz in der weiblichen Rolle zu erfahren. Jonathan fühlte sich in seiner weiblichen Rolle bei Jürgen nicht unwohl. Im Gegenteil. Erstmals war er als Mädchen für jemanden anziehend. Doch Sex stellte eine Konfrontation mit seiner Weiblichkeit dar, die auch nicht mit seiner ersten sexuellen Erfahrung mit Laura vergleichbar war. Das erste Mal mit Laura war anders. Er wusste, von ihr nicht penetriert zu werden. Jonathan hatte Angst vor den Schmerzen, wenn er mit Jürgen schlafen würde. Mit einem Mann intim zu werden, würde zudem bedeuten, von jemanden des gleichen Geschlechts als das gegenteilige Geschlecht begehrt zu werden. Jürgen würde ihn trotz seiner Transidentität als Frau penetrieren und die Rollen wären konventionell verteilt. Jonathan bemerkte, wie er sich durch sein Gedankenkarussell selbst irritierte. Warum fokussierte er sich überhaupt auf die Geschlechter? Darum sollte es doch eigentlich nicht mehr gehen. Oder sollte es doch erstrecht darum gehen? War das Anliegen der Diversität in den unzähligen sozialen Geschlechtern zu sehen? Oder sollte den Geschlechtern gar keine Rolle mehr beigemessen werden?

>>Du bist so still. Alles in Ordnung?<< Jürgen holte ihn aus seinen Gedanken zurück.

>>Sicher. Ich habe nur nachgedacht.<<

>>Worüber?<<

>>Möchtest du mit zu mir kommen? Du könntest auch bei mir übernachten, wenn du magst.<<

>>Ich weiß nicht. Meine Gasteltern haben mir Fremdübernachtungen strikt verboten.<< Jürgen dachte einen Moment nach. >>Vielleicht kann ich ja bleiben, aber ganz zeitig abhauen, sodass ich zuhause ankomme, bevor der gute Roy und Clarissa wach sind.<<

>>Du kannst den Vieruhrbus nehmen, dann bist du zwanzig Minuten später zuhause.<<

>>Das klingt nach einem Plan.<<

Zuhause angekommen, hatten sie schnell eine lockere Atmosphäre geschaffen. Sie hörten Musik, tranken Bier und schauten Clips in den sozialen Medien. Sie hatten eine gute Zeit. Dann entschieden sie, zu Bett zugehen. Jonathan ging ins Bad, um sich bettfertig zu machen. Er war nervös. Er wusste, dass es passieren würde. Jürgen war ein junger Mann mit allen Bedürfnissen eines solchen. Es war nicht so, als hätte er nicht das Bedürfnis, mit Jürgen zu schlafen, wenn da nicht die Diffusion mit seiner Geschlechterrolle wäre. Als er seinen Pullover auszog erblickte er seine riesigen Narben. Jürgen würde sie nun sehen und ihm fehlte jegliches Gefühl dafür, wie er reagieren würde. Hinzu kam seine eigene Scham gegenüber seinen Brüsten, die für Jürgen selbst hingegen begehrenswert waren. Das war für Jonathan irgendwie schön zu wissen. Als er in sein Zimmer kam, lag Jürgen in seinen Boxershorts im Bett. Das Licht war aus, und nur der Fernsehbildschirm ließ eine Orientierung zu. Jürgen setzte sich auf die Bettkannte, als Jonathan näherkam. Er strich mit seiner Hand und erschrockenem Blick über die Narben. >>Was hast du dir angetan?<<, flüsterte er leise. Dabei wich sein Blick nicht von den Narben. Es wirkte, als würde Jürgen einen Außerirdischen anschauen, dessen körperliche Beschaffenheit ihm derart fremd war, dass es zugleich schockierend und faszinierend war, ihn zu berühren. Jonathan spürte zu diesem Zeitpunkt gar nichts. Die erwartete Scham setzte gar nicht ein, was entweder bedeutete, dass er emotional dissoziierte oder er Jürgens Reaktion für sich emotional nicht einordnen konnte. Seine Berührungen auf der Haut fühlten sich sanft an, obwohl die Narben an den meisten Stellen nichts als Taubheit zuließen. Und so streichelte Jürgen ihn immer sanfter und zog ihn bis an die Bettkannte heran, bis Jonathan direkt vor ihm stand. Jürgen küsste seinen Bauch. Jonathan konnte seinen heißen Atem auf der Haut spüren. Dann umklammerte er Jonathan mit beiden Armen an der Hüfte und ließ sich mit ihm nach hinten auf das Bett fallen, sodass Jonathan auf ihm drauf lag. Ihre Lippen berührten sich das aller erste Mal in ihrem Leben. Sie zogen sich gegenseitig aus und berührten sich hastig am ganzen Körper. Jonathan fand Gefallen daran. Es war keine Nervosität, die ihn antrieb, sondern Lust und Vergnügen. Er spürte wie seine Vagina Zuckungen von sich gab und seinen Slip befeuchtete. Sein gesamter Körper kribbelte angenehm und Jürgens warmer Körper schaffte eine Geborgenheit, die er zuvor noch nie spürte. Das war es, was Sexualität bedeutete; ein emotionales und körperliches Versorgtwerden. Bald lagen sie nackt aufeinander und Jonathan spürte Jürgens erigierten Penis an seinem Oberschenkel. Er griff mit seiner Hand nach ihm und begann ihn zu masturbieren. Jürgen stöhnte, was Jonathan dazu veranlasste weiter zu gehen, indem er ihn oral befriedigte. Es war eine Art Macht über die Männlichkeit. Jene Männlichkeit, die sich in ihrer vollen Verletzbarkeit in seinen Händen befand. Nicht der Penis penetrierte ihn, sondern er den Penis. Und Jürgen ließ es bedingungslos zu. Wieviel Vertrauen brauchte es, um einem anderen Menschen sein Genital zu überlassen? Jonathan gefiel seine Rolle, da er sich nicht in seiner üblichen Bedürftigkeit wieder fand, sondern Versorger war. Er fühlte sich stark und selbstbewusst. War es das was Frausein bedeuten konnte? Er hatte ein intuitives Gefühl dafür, welche Berührungen dieser Penis brauchte und konnte im Rapport mit Jürgen bleiben, der sich über seine lustvollen Geräusche mit Jonathan abstimmte. Plötzlich richtete sich Jürgen schreckhaft auf. >>Noch nicht!<<, flüsterte er hastig. Er legte Jonathan wild auf den Rücken und lehnte sich über ihn. Als er bedacht in ihn eindrang bemerkte Jonathan einen unangenehmen Schmerz, der schwerlich mit etwas vergleichbar war. Jürgen musterte jeden Gesichtsausdruck von Jonathan aufmerksam. Noch nie hatte jemand so einfühlsam Rücksicht auf sein Befinden genommen, was den Moment für Jonathan besonders machte und den Schmerz ausräumte. Nach einigen heftigen Stößen erschlaffte Jürgens Penis schlagartig und er stieß einen röhrenden Schrei aus. Dann fiel er wie bewusstlos auf Jonathan. Sein Muskeltonus war schlapp und Jonathan spürte sein gesamtes Körpergewicht auf sich.

***

Noch immer kein Lebenszeichen von Ace. Bei Jonathan löste dies gemischte Gefühle aus. Einerseits war er froh ihm nicht zu begegnen, andererseits wollte er gerne die Freundschaft zu ihm wieder herstellen. Doch in den vergangenen Wochen rückte die Community für ihn ohnehin weiter weg, während Jürgen immer mehr an Bedeutung für ihn gewann. Und mit ihm auch die Annäherung an seine eigene Weiblichkeit.

Ehe er sich versah, saß er heute doch wieder bei Dr. Daniels auf der Couch. Jonathan ahnte, dass er ihn durch seine unkommentierte Äußerung über die >Theorie der sozialen Identität< zum Nachdenken anregen wollte. Dr. Daniels hatte zu diesem Zeitpunkt sicherlich angenommen, dass er von allein wiederkommen würde, wenn er die Theorie mit seiner eigenen Geschichte in Verbindung bringen konnte. Und da saß er nun!

>>Ich hätte nicht gedacht, dass wir uns noch einmal wiedersehen.<<

>>Doch, das wussten Sie!<<

Dr. Daniels schmunzelte. >>Was führt dich zu mir, Jonathan?<<

>>Ich musste über diese Theorie nachdenken.<<

>>Theorie?<<

>>Ich denke Sie wissen wovon ich rede. Die Theorie der sozialen Identität.<<

>>Ach!<< Dr. Daniels schaute verblüfft und öffnete sein Klemmbrett. Jonathan hoffte immer noch auf ein Geständnis des Doktors. Stattdessen entwischte er ihm wieder, indem er auf die Inhaltsebene wechselte.

>>Was war denn das Ergebnis dieses Nachdenkens?<<

>>Ich befürchte, Sie wollten drauf hinaus, dass ...<<

>>Ich wollte auf gar nichts hinaus, Jonathan.<< Dr. Daniels` Ton wirkte etwas schroff, sodass Jonathan sichtlich irritiert war, als er unterbrochen wurde. >>Wann verstehst du endlich, dass es mich quasi nicht gibt? Ich bin du! Ich bin nichts anderes, als der verlängerte Arm deiner eigenen Gedanken und Gefühle. Ich bin derjenige, der sie anstößt. Aber du bist derjenige, der sie konstruiert. Ich habe damit rein gar nichts zu tun, was dir zu welchem Thema einfällt. Ich bin der, der dich in diesem ganzen Alptraum begleitet. Aber langsam befürchte ich, dass es ohnehin zu spät ist.<< Dr. Daniels lehnte sich während seiner Ansprache bedrohlich nach vorne und fixierte Jonathan mit seinem Blick. Plötzlich ließ er sich wieder in seinen Sessel fallen und seufzte. Es war still. So still, dass man nichts Weiteres als das Ticken der Uhr wahrnahm.

>>Nun, versuch es gerne noch einmal! Was war dein Ergebnis des Nachdenkens über die Theorie?<<

Jonathan fuhr nun kleinlaut fort. >>Mir kam die Idee, dass die Community mein Retter in der Not war. Ich hatte niemanden, und sie waren bereit, mir einen Platz in ihrer Gesellschaft zu geben, da es das ist, was sie ausmacht. Sie empfangen jeden mit offenen Armen. Der Preis war, dass ich mir den Kern ihres Daseins annehmen musste, um auch Teil dieser Gesellschaft sein zu können. Und so wurde ich trans. Ich denke, ich habe in unserem damaligen Gespräch, als sie mich so genervt hatten, die Tatsache nicht mehr korrekt wiedergeben können, da ich sie im Zuge meiner geschaffenen Wirklichkeit auch nicht mehr anders erinnern konnte. Die Wahrheit ist, dass ich mir meiner Transsexualität nicht nach dem Kennenlernen mit Kirk bewusst wurde und mich dann auch nicht durch die Community geoutet habe. Vielmehr habe ich durch Kirk die Community kennengelernt und mich dann als trans identifiziert. Das ist der Weg in diese Gesellschaft, der ich fortan angehören wollte. Denn nur dort bot man mir einen Platz.<<

Dr. Daniels sah Jonathan emotionslos an. >>Und du bist extra zu mir gekommen, um mir das zu sagen?<<

>>Nun, ja! Ich dachte wir könnten damit etwas weiterarbeiten.<<

>>Können wir!<< Dr. Daniels stand schwungvoll auf. Irgendetwas war anders an ihm, an diesem Tag. Etwas, dass Jonathan beunruhigte. Dr. Daniels hatte etwas Bedrohliches an sich, als er nun nachdenklich mit verschlossenen Armen hinter seinem Rücken und auf den Boden blickend im Raum umherlief. >>Hat sich für dich etwas an der Bedeutung der Community geändert, seitdem du zu dieser Erkenntnis gekommen bist?<<

>>Schon! Aber das hat andere Gründe.<<

>>Erzähl mir davon!<< Jonathan bemerkte an dieser Aussage, dass Dr. Daniels direktiver, schon fast fordernd auftrat. Das war etwas, das er von ihm bisher nicht kannte.

>>Ich habe fast dafür gesorgt, dass sich ein guter Freund von mir das Leben nahm. Oder, dass er sich zumindest in Gefahr gebracht hatte. Eigentlich weiß ich gar nichts darüber, was ihm tatsächlich widerfahren ist, da ich ihn seither nicht mehr gesehen habe. Bisher weiß ich nur das, was andere mir erzählten, die es wiederum auch nur von anderen gehört haben. Ich habe Schuld auf mich genommen, indem ich ihn in einer Phase versetzt habe, in der er mich am meisten gebraucht hätte.<<

>>In einer Gemeinschaft verliert das Bedürfnis des Einzelnen schnell an Bedeutung. Welches Bedürfnis hat dich dazu veranlasst, deinen Freund zu versetzen?<< Dr. Daniels fand sich in seinem Sessel ein.

>>Ich habe einen Jungen getroffen, den ich sehr mag. Wir hatten uns verabredet, während Ace mir von seinem Kummer erzählte. Da ich das Treffen mit dem Jungen nicht absagen wollte, hatte ich Ace angelogen und ihm gesagt, dass ich mit meiner Mutter nach Chicago fahren muss. Da ich aber auch das Gefühl hatte für Ace da sein zu müssen, schlug ich ihm vor, ihn zu treffen, sobald ich am Abend aus Chicago zurück sei.<< Dr. Daniels schaute fragend. >>Leider wurde der Tag in Chicago so schön, dass ich ihn habe sitzen lassen. Als ich meinen Freund dann am späten Abend anrief, war

er sturzbetrunken, und er beleidigte mich aufs Übelste. Später ging dann das Gerücht herum, dass er sich an diesem Abend umgebracht haben soll. Ich habe mich fürchterlich schuldig gefühlt.<<

>>Wie bist du mit dieser empfundenen Schuld umgegangen?<<

>>Ich konnte es nicht ertragen, dass mein Freund wegen mir sterben musste. Dann habe ich mich selbst bestraft.<<

>>Du hast dich mit einer Rasierklinge auf das schwerste verletzt! Bei so einer massiven Schuld müssen deine Arme tief und lang aufgeschnitten worden sein. Mit Sicherheit mussten die Wunden genäht werden.<<

Jonathan war verblüfft, wie schnell Dr. Daniels schlussfolgerte und wie klar er die Sachen zur Sprache brachte.

>>Und der Junge? Ist er Europäer?<<

>>Ja, richtig! Wie sind Sie darauf gekommen?<<

>>Steht alles in dem Klinikbericht der Psychiatrischen Abteilung, den ich als dein behandelnder Therapeut mit der Post bekam.<< Dr. Daniels deutete mit dem Kopf auf seinen Schreibtisch. >>Du hast nicht oft mit mir über deine Selbstverletzungen gesprochen. Was war der Grund deiner Vermeidung?<<

>>Ich habe mich geschämt dafür. Und ich tue es auch jetzt.<<

>>Scham, Jonathan, hat eine besondere Wirkung auf uns. Sie führt noch schneller zur Vermeidung, als Angst. Dann ist dein selbstverletzendes Verhalten also

ausschließlich eine Form der Selbstbestrafung?<<

>>Ja, ich verliere förmlich die Kontrolle über mich, bevor ich es tue.<<

>>Ich verstehe!<< Dr. Daniels machte sich eine kurze Notiz. >>Erzähle mir bitte etwas mehr über den Jungen, den du so magst. Wie schaut er aus? Wie verhält er sich dir gegenüber?<<

>>Jürgen ist Deutscher. Er ist groß, kräftig und hat blonde Locken. Ein echter Kerl eben. Aber einer der charmant ist. Er weiß so vieles, was ich nicht weiß. Und ich lerne jede Menge von ihm. Deshalb sind die Gespräche mit ihm auch so interessant. Und ich fühle mich bei ihm sicher und gut aufgehoben.<<

>>Ein echter Kerl. Wie dein Vater einer war. Nur eines war dein Vater nicht. Ein Vater, der einen umsorgte und Geborgenheit schenkte. Ein Vater, in dessen kräftigen Armen man sich sicher fühlte und von dem man viel lernte, indem er einem die Welt zeigte. Einen Vater, welchen du auch nicht durch deinen verzweifelten Versuch, selbst ein Mann zu werden, ersetzt hättest. Obwohl du ihn so sehr gebraucht hättest in dieser vulnerablen Zeit eines Heranwachsenden. Denn du wärst nie der Mann geworden, den du dir als Vater gewünscht hast, Jonathan. Vielmehr hättest du für immer nur eine medizinisch gelungene Nachahmung dessen dargestellt, was du mit offenen Augen betrachtet niemals hättest sein können. Umso interessanter, wie du Jürgen herbeiriefst.<<

Jonathan bekam es mit der Angst zu tun. Es waren

seine Gedanken, die Dr. Daniels soeben laut aussprach. Doch er war zu gebannt, was Dr. Daniels noch zu sagen hatte, als dass er auf seine Angst zu sprechen kommen wollte. Er schien sich wie in einem Zustand der Trance dem Gesprächsfluss hinzugeben. >>Sie meinen, meine Transsexualität ist ein Versuch mein Vater zu sein?<<

>>Nicht ganz! Zumindest nicht nur. Denn ich denke den Kern des Ganzen hast du mit der Verbindung zur Theorie der sozialen Identität bereits erkannt. Es diente in erster Hinsicht einer sozialen Einbindung. Doch deine Transexualität bekam im Laufe der Zeit unterschiedliche Funktionen, was dieses Selbstkonzept heranwachsen ließ. Das Transdasein war mit unter ein verzweifelter Versuch, endlich von deinem Vater geliebt zu werden, nachdem du viele Jahre zusehen musstest, wie hingebungsvoll er sich dem Sohn einer anderen Frau zuwandte. Deshalb teiltest du ihm ad hoc mit, trans zu sein, worauf er aber nie reagierte. Als klar wurde, dass du trotz deiner Bemühungen dieser Sohn zu sein, nichts als Ignoranz von ihm erntetest, wurdest du dein eigener männlicher Beschützer, Jonathan. Ein Beschützer, nach dem du dich dein ganzes Leben gesehnt hattest. Und jetzt, nachdem Jürgen als dein männlicher Beschützer in dein Leben getreten ist, der all deine Bedürfnisse bedienen kann, kannst du das Mannsein ablegen.<< Jonathan konnte seine Tränen schwer zurückhalten. Indem Dr. Daniels das aussprach, was er anscheinend unlängst über sich wusste, traf er einen wunden Punkt.

>>Bitte lassen Sie uns nicht wieder über meinen Vater reden! Wir können gerne weiter über Jürgen sprechen.<<

>>Du möchtest gerne die Augen vor diesem Thema verschließen, wie einer dieser drei Affen aus dem japanischen Sanzaru-Sprichwort. Das ist Vermeidung, Jonathan. Du vermeidest eine nur schwer zu ertragende Realität.<<

Immer wieder schienen sich in Dr. Daniels` Aussagen seine Gedanken wiederzufinden. Das Gespräch wurde ihm unheimlich. Trotzdem zog ihn Dr. Daniels mit seinen Worten weiterhin in seinen Bann.

>>Du möchtest über Jürgen reden? Dann werden wir das tun. Was glaubst du, welche Bedürfnisse er bei dir bedient, dass du dich wieder deiner Weiblichkeit annähern konntest?<<

>>Ich denke, er liebt mich. Jedenfalls fühle ich mich von ihm geliebt.<<

>>Von wem fühlst du dich noch geliebt, Jonathan?<<

>>Von den Leuten aus der Community, würde ich sagen.<<

>>Ich glaube, du unterliegst hier einem Irrtum.<<

>>Was meinen Sie, Doc?<<

>>Wenn du davon sprichst, dass du dich von Jürgen geliebt fühlst, redest du über das Beziehungsmotiv *Wichtigkeit*. Ich bezweifle, dass du dich in der Community ebenso bedeutungsvoll fühlst, wie für Jürgen. Die Community bedient andere wichtige Beziehungsmotive. Dabei denke ich an *Anerkennung*

und *Solidarität*.

>>Worin genau liegt der Unterschied?<<

>>Wichtigkeit basiert auf einem Bindungsprinzip. Es wird allein durch die Beziehung bestimmt. Kinder sind ihren Eltern wichtig, weil sie ihre Kinder sind. Punkt! Dafür müssen die Kinder nichts tun. Anerkennung basiert hingegen auf einem Leistungsprinzip. Ich erfahre Anerkennung für das, was ich tue oder für andere leiste. Ein guter Zuhörer zu sein, ein unterhaltsamer Partygast zu sein oder ein Teil einer kriegerischen Glaubensgemeinschaft zu sein, die sich für das Richtige einsetzt. Wann immer Wichtigkeit mit den Füßen getreten wird, sind wir empfänglicher dafür, dieses Defizit mit Anerkennung zu kompensieren. Das Problem ist, dass Anerkennung meist nur kurz anhält. Wir werden für eine gute Aktion anerkannt, was schnell verfliegt. Deshalb beginnen wir uns dann zu Tode zu bemühen, da wir immer wieder neues leisten müssen, um Anerkennung zu erfahren. Wichtigkeit im Sinne von Bindung ist hingegen fest in unsere Beziehungsstruktur verankert und schwer zu erschüttern. Selbst dann, wenn wir der anderen Person einmal geschadet haben. Ace war dir nie wichtig. Wenn es Ace denn überhaupt noch gibt bzw. es ihn je gegeben hat. Sonst würdest du durch deine Unzuverlässigkeit ihm gegenüber nicht die gesamt Beziehung zu ihm annullieren.<<

>>Das tue ich nicht!<<

>>Du tust es! Du meidest ihn. Und du hast auch keinerlei ernsthafte Bestrebungen ihn wiederzusehen.

Manchmal wünscht du dir sogar insgeheim, dass er doch tot wäre, nur um ihn nicht mehr in die Augen blicken zu müssen.<< Jonathan zuckte zusammen. Es schien, als habe Dr. Daniels einmal mehr seine Gedanken verfolgt. Tatsächlich hatte er hin und wieder solch einen Gedanken gehabt, ihn aber vor lauter Selbstekel schnell wieder unterdrückt. >>Das ist einer der Gründe, warum die Community für dich an Aktualität verlor. Und nun, wo Jürgen in dein Leben trat, rückt die Community aus noch anderen Gründen in den Hintergrund. Zum einen, weil endlich das zentrale Bedürfnis nach Wichtigkeit bedient wird. Du wirst bedingungslos von jemanden geliebt, weshalb du endlich wieder du sein kannst. Eine junge heranwachsende Frau namens Johanna! Und besonders eine Person freut sich darüber. Deine Mutter! Du würdest ihr gegenüber aber nie eingestehen, dass du es wieder magst, Johanna zu sein, da du sonst eine unvergleichbare Niederlage erfahren müsstest. Deine Mutter hätte recht behalten, dass deine Transidentität nur eine Phase war. Und somit steckst du zu tief in deiner Selbstlüge, als dass du sie ohne Gesichtsverlust wieder verlassen könntest. Du solltest dir aber keinen Vorwurf machen, dass du der Community soeben einen Korb gibst. Liebesbeziehungen sind asozial, Johanna! Das müssen sie auch sein, sonst hätte Liebe keinerlei evolutionären Sinn. Alle anderen Beziehungen werden einer frischen Liebesbeziehung untergeordnet. Anrufe von Freunden werden ignoriert, die gesamte Freizeit wird dem neuen Liebespartner gewidmet und anstatt Partys im *Bunny Hanas* gibt es nun romantische Filmabende zu zweit, an denen man sich näherkommt.<<

>>Tatsächlich ist es so, wie Sie es sagen, Doc. Seitdem ich von Jürgen als Mädchen begehrt werde, habe ich immer weniger Hemmungen, eines zu sein. Ich genieße seine Blicke. Ich mag es, wie er mir heimlich in den Ausschnitt schaut oder auf meinen Po. Ich fühle mich als Frau attraktiv und wahrgenommen. Und deshalb ...<<

>>... kannst du dich selbst wieder als Mädchen akzeptieren. So ist es!<<

>>Aber woher wissen Sie das mit meiner Mom? Ich habe Ihnen nie davon erzählt, dass sie glücklicher drauf zu sein scheint, seitdem ich mich weiblicher kleide.<<

>>Das musstest du mir auch nicht erzählen. Deine Transsexualität ist nicht nur eine Ablehnung dir selbst gegenüber, Johanna. Sie ist vor allem auch eine aggressive Ablehnung deiner Mutter und vieler anderer aus deinem Umfeld.<<

>>Ich komme nicht mit.<<

>>Deine Mutter war stets für dich da, jedoch konnte sie dich nur körperlich versorgen. Wir sprachen früher bereits darüber. Und egal was du versucht hast, sie war nicht in der Lage, deinen emotionalen Sehnsüchten nachzukommen. Wenn wir uns etwas sehnlichst herbeiwünschen, es aber, was immer wir auch tun, nicht bekommen; welcher Zustand stellt sich ein?<<

>>Ich ... denke ... Hilflosigkeit?<<

>>Stell mir keine Fragen! Gib mir eine Antwort!<<

>>Gut! Hilflosigkeit. Hilflosigkeit und Ohnmacht, würde ich sagen.<<

>>Genau das ist es, was du ertragen musstest. Und es war genau das, was du deiner Mutter wiedergabst. Die Hilflosigkeit und Ohnmacht waren es, die sie all die Zeit gegenüber deiner Transidentität verspürt haben muss. Du hattest einen Hebel in der Hand, dem sie hilflos und ohnmächtig gegenüberstand. Das ist ganz ähnlich wie bei einer Magersucht. Ein unbewusstes Machtspiel, welches nur der Magersüchtige gewinnen kann, indem er sich krankhaft auf seine Autonomie fixiert, die ihm weder die Eltern noch sonst irgendjemand nehmen kann. Ich kann jemanden Strafen androhen, damit er die Schule besucht, das Zimmer aufräumt, fleißiger ist und so weiter. Aber ich kann niemanden mit einer Strafe drohen, wenn er nicht isst oder sich nicht wie ein Mädchen verhält. Diesen Machtkampf können Eltern nur verlieren, da sie ihrem Kind auf lange Sicht beim Verhungern zusehen müssten. Im Falle der Transsexualität ist die zunehmende Entfremdung vom eigenen Kind das, was Eltern auf lange Sicht nicht aushalten können, da es sich, wie in deinem Fall, aus einem Widerstand gegen die elterliche Erwartung immer männlicher verhalten würde. Dem stehen Eltern ohnmächtig gegenüber. Eltern diesen Zustand auszusetzen ist eine Form der Aggression, musst du wissen. Noch dazu erhalten Transsexuelle heutzutage gesellschaftlich und politisch eine unheimliche

Unterstützung, wodurch sie entgegen Magersüchtigen Legitimation erfahren. Die protestierenden Eltern hingegen werden, sowie jeder andere, der sich dieser befürwortenden Haltung in den Weg stellt, mit gesellschaftlicher Verachtung und Diskreditierung hingerichtet. Die Aggressionen gegen deine Mutter exerziertest du in extremer Form gerne auch in deiner Fanatasie durch. Denn auch die befriedigende Vorstellung, wie sie leiden würde, wenn du tot wärst, war eine reinste Aggression.<<

Jonathan konnte all dem, was Dr. Daniels sagte, nicht widersprechen. Noch dazu war er einmal mehr irritiert, da er ihm gegenüber nie etwas von diesen befriedigenden Gedanken erwähnt hatte, wie es seiner Mutter ginge, wenn sie von seinem Tod erfahren müsste. Jonathan war nicht in der Lage in irgendeiner Art auf Dr. Daniels` Worte zu reagieren. Und das, obwohl er sonst nicht auf den Mund gefallen war, wenn es um die Verteidigung seiner Identität ging. Er fühlte sich wie gelähmt. Es war so, als würde Dr. Daniels all das aussprechen, was Jonathan insgeheim wusste. Vielleicht entwickelte sich deshalb keinerlei Widerstand in ihm. Es störte ihn nicht einmal, dass er ihn Johanna nannte.

>>Ich befürchte, Sie haben recht mit dem, was Sie sagen, Doc. In letzter Zeit fühlt es sich für mich widersprüchlich an, wenn ich auf die weibliche Ansprache gereizt reagiere.<< Jonathan schaute an sich hinab. >>Ich trage schließlich auch Weiblichkeit nach

außen. Ich habe mich sicher verändert. Jürgen zeigte mir, wie ich wieder eine Frau werden kann.<<

>>Insgeheim scheinst du schon länger an deiner Transidentität Zweifel gehegt zu haben. Oder glaubst du etwa, du vergisst in all der Zeit, in der du zu mir kommst, zufällig die Begutachtung für die Hormonbehandlung durchführen zu lassen? Weit gefehlt, Johanna! Du spürtest in all der Zeit, dass es nicht mehr wichtig war, um es tatsächlich zu tun. Es verlor an Priorität für dich. Unbewusst hast du es also durch dein ständiges Vergessen vermieden, dich begutachten zu lassen.<<

Jonathan war erschrocken. War Dr. Daniels` ständiges Nachfragen also ein Test dessen, wie ernst er es mit der Begutachtung meinte? >>Ja, irgendwie habe ich ... Vielleicht haben Sie recht, mit dem was Sie sagen.<< Jonathan wurde nun sichtlich nachdenklich. >>Vermutlich wurde ich mir unsicher.<<

>>Tja, leider ist es sicher zu spät.<<

>>Wie meinen Sie das?<<

>>So wie ich es sage, Johanna.<< Jonathan war verunsichert von Dr. Daniels` Symbolik, die in seinen Worten mitschwang.

>>Sagen Sie, Doc, sind Sie irgendwie sauer auf mich?<<

>>Nein. Ich bin sauer auf mich. Ich muss einsehen, dass man die Zeit nicht zurückdrehen kann. Ich habe es weiß Gott versucht, aber du hast mich gelehrt, dass es eine Illusion bleibt.<< Jonathan leuchtete ein, dass die Therapie fortgeschritten war und nicht mehr ausreichend Sitzungen zur Verfügung standen, um zu

einem befriedigenden Ergebnis zu kommen. >>Ich befürchte, dass wir über der Zeit sind.<< Dr. Daniels erhob sich aus seinem Sessel und ging zur Tür, um sie für Jonathan zu öffnen.

>>Bekomme ich einen weiteren Termin?<<

>>Johanna, ich sage es dir ungern. Ich glaube, es ist zu spät dafür. Unsere Zeit ist abgelaufen.<<

***

Jonathan musste heute Jürgen treffen. Besonders nach dem eigenartigen Gespräch mit Dr. Daniels. Er verhielt sich bizarr. Einerseits war er wieder sehr hilfreich mit allem, was er sagte. Andererseits gab er Dinge von sich, die wie ein Rätsel wirkten. Seine Sprache schien stärker von Symbolik durchzogen. Über die Annäherung an seine Weiblichkeit und über die Bedürfnisse, die seitens von Jürgen erstmals bedient wurden, musste er nachdenken. Ausgerechnet als Frau wurde er nun also in seinem zentralen Beziehungsmotiv, der Wichtigkeit, bestätigt. Oder gerade als Frau? Seitdem er sich seiner Weiblichkeit annäherte, spürte er weniger Verbissenheit auf der anderen Seite der Gesellschaft. Klar, sie bekamen ja nun auch, was sie erwarteten. Quasi einen Nicht-Transgeschlechtlichen. Besser ausgedrückt, einen genderfluiden Typ Mensch. Oder was auch immer. Andererseits fragte er sich, ob es nicht auch daran lag, dass er selbst nicht mehr so verbissen in Bezug auf seine Transsexualität war, wodurch er stärker mit sich im Reinen war. Somit reagierte er weniger sensibel auf potenzielle Benachteiligungsindikatoren, worauf die Umwelt weniger verbissen auf ihn reagierte. Ihm fiel eine Verabschiedungssituation mit Dr. Daniels ein, der ihn fragte, wie ihn die Menschen in seinem zunehmend femininen Kleidungsstil wohl wahrnehmen würden. Und wie Jonathan diese Menschen wiederum wahrnehmen würde. Die Antwort darauf hatte sich Jonathan womöglich soeben selbst geliefert. Und das lag vor allem daran, dass Jonathan nicht mehr nur nach Anfeindungen Ausschau hielt. Über das Phänomen der *selektiven Wahrnehmung* hörte er erstmals in einer Sitzung mit Dr. Daniels. Bestimmte Verhaltensweisen anderer Leute konnte er entsprechend seiner Erwartungen als Transperson als potenzielle Anfeindungen ihm gegenüber wahrnehmen, während er freundlich zugewandtes bzw. neutrales Verhalten der Menschen tendenziell schneller ausblendete, da es nicht in seine Weltanschauung passte. Die Schlussfolgerung einer durch und durch bösartigen, transfeindlichen Welt wäre somit unweigerlich. Doch sein Denken hatte sich verändert. Er hatte gelernt, die Dinge von mindestens zwei Seiten zu betrachten. Seine Ansichten waren weitsichtiger, wodurch er die Komplexität seiner Geschlechtsidentität erst wirklich zu verstehen begann. Mittlerweile zweifelte er daran, ob er als Mann tatsächlich ein erfüllteres Leben führen würde oder ob seine Transidentität nicht nur eine vermeintlich einfache sowie irreführende Erklärung auf eine vielschichtige Problemlage darstellte. Eine Problemlage, die vor allem mit Beziehungserfahrungen, pauschalen

Grundüberzeugungen, Entscheidungsheuristiken und emotionalen Bewertungs- sowie Reaktionsmustern zu tun hatte. Er hatte in den letzten Jahren den Eindruck gewonnen, dass seine Transidentität ihm erlaubte, seine unglückliche Kindheit loszulassen, indem er als Mann nun endlich ein Bild von sich in der Zukunft hatte. Somit verlor er seine Angst vor der Zukunft, die sich bis dahin als Nebelwand für ihn darstellte. Er wusste nicht, was er mochte. Er wusste nicht, was er konnte. Er wusste nicht, was er werden wollte. Er wusste nicht, wer er war. Die Community war es, die ihm die Möglichkeit einer Identitätsfindung bot.

Er erwartete von allen Menschen als Transmann akzeptiert zu werden, obwohl er es war, der nicht akzeptieren konnte, wer er war. Er war Johanna Westers. Eine attraktive, heranwachsende Jugendliche. Sie war für Jungen wie Jürgen begehrenswert; nicht nur in sexueller Hinsicht. Sie war intelligent und emotional bedürftig. Sie hatte es vor allem nicht leicht in ihrem Elternhaus. Eine Mutter, die alles tat, um sie und ihr Kind finanziell abzusichern; die aber emotional nicht präsent sein konnte. Ein Vater, der sich in eine andere Frau verliebte und sich dazu entschied, fortzugehen. Gleichaltrige, mit welchen sie nie in Kontakt kam. Und somit wurde sie auf ihrer Suche nach sich selbst allein gelassen. Das Einzige was ihr blieb, war die Flucht in eine andere Person. Das Paradoxon bestand darin, dass niemand Johanna Westers haben wollte, aber auch niemand wollte, dass sie Jonathan Westers werden würde.

Während Johanna ihren Weg nach Hause antrat und einige Blöcke von der Praxis entfernt war, tippte sie eine Nachricht an Jürgen. Sie würden sich heute vor dem Schnellimbiss in der Ogden Ave treffen, um gemeinsam Hot Dogs zu Abend zu essen. Johannas Mutter war heute zwar daheim, jedoch bevorzugte sie es die Zeit mit Jürgen zu verbringen.

Als sie um die Ecke bog, erschrak sie. Ace stand vor ihr und versperrte ihr den Weg. Es war offensichtlich, dass mit ihm etwas nicht stimmte. Sein Blick wirkte abwesend, doch zugleich bedrohlich. Es war nicht der Ace, den sie kannte. Fast schon wirkte er zombieartig mit seinen Augenringen und seiner blassen Haut. Ihm stand kalter Schweiß auf der Stirn und er roch nach einer Mischung aus altem Schweiß und Urin.

>>Ace! Ich bin erleichtert dich zu sehen. Ich habe dich lange gesucht, aber du warst nirgends aufzufinden. Wie geht es dir?<<

Sie konnte die Unsicherheit in ihrer Stimme nicht verbergen. Ace zeigte keinerlei Reaktion. Urplötzlich jedoch stieß er seine rechte Hand durch Johannas Brust. Das brechende Knochengerüst klang wie hohle Hölzer, die aufeinanderprallten. Ein stechender Schmerz durchzog ihren Torso und schnürte ihr schlagartig die Luft ab. Sie spürte wie Ace` Hand tief im Brustkorb nach ihrem Herz griff und es mit zwei bis drei ruckartigen Bewegungen aus ihrer Brust zog. Arterien und Gefäße wurden wie lose Stecker herausgezogen und verblieben hängend in der offenen Brust, aus der eine tiefrote Masse aus Muskelfleisch, Bindegewebe und Blutgefäßen klaffte. Ace blickte unbeteiligt in Johannas Augen. Mit blutverschmierter Hand hielt er ihr das noch schlagende Herz vor ihr Gesicht. Der Anblick ließ Johanna zusammenbrechen.

Es war still um sie geworden. Sie vernahm zunehmend ein rhythmisches Piepen einer Maschine. Sie musste liegen. So fühlte es sich zumindest an. Doch sie war zu schwach um ihre Augen zu öffnen. Aber sie konnte atmen, was sie erleichterte. Und jemand streichelte ihre Hand. Diese Berührungen waren ihr vertraut. Das gab ihr Sicherheit. Sie öffnete ihren Mund und nahm einen tiefen Atemzug. Hastig sah sie einen Schatten vor ihren geschlossenen Lidern hervorspringen. >>Jonathan! Kannst du mich hören?<< Es war die Stimme ihrer Mutter. Sie schaffte ihren Kopf zu nicken und ein leises Wimmern von sich zu geben, als Zeichen dessen, dass sie bei Bewusstsein war. Mit etwas Anstrengung schaffte sie es, ihre Augen ein wenig zu öffnen. Sie konnte die Silhouette ihrer Mutter direkt über sich erkennen. Sie tupfte ihr Gesicht mit etwas Nass-Kaltem ab. Das ließ sie etwas munterer werden. Ihre Mutter strich offenbar mit einem Lappen über ihr Gesicht. Mit Mühe öffnete sie ihre Augen nun gänzlich, auch wenn ihre Sicht noch etwas vernebelt war. Gegen das grelle Licht sah sie das Gesicht ihrer Mutter. Sie lächelte erleichtert.

>>Wo bin ich?<<, schaffte sie ihrer Mutter zuzuflüstern.

>>Im Edward Hospital, mein Schatz. Alles ist gut. Mach dir keine Sorgen!<<

Als sie sich versuchte zu bewegen, durchzog ein unheimlich ziehender Schmerz ihre gesamte Brust. Die Brust schien fest bandagiert worden zu sein. Sie war sich unsicher, ob sie von Ace geträumt hatte oder ob ihr Leben hier im Edward Hospital gerettet wurde, nachdem Ace versuchte, sie zu töten.

>>Was ist passiert, Mom?<<

>>Du hattest deine Brustentfernung, mein Schatz.<< Ihre Stimme klang warm und fürsorglich. Johanna konnte wegen ihrer Benommenheit erst nach einigen Augenblicken einordnen, was ihre Mutter von sich gab.

>>Meine Brustentfernung? Aber was wird Jürgen dazu sagen?<<

Ihre Mutter sah sie lächelnd an. >>Du bist noch nicht ganz bei Sinnen. Aber es ist alles in Ordnung. Vertrau mir! Der erste große Schritt ist getan.<<

Die Zimmertür öffnete sich. Eine Mannschaft von Ärzten betrat den Raum. Vorneweg ein großer dunkelhaariger Mann mit einem Stethoskop um seinen Nacken hängend. Neben ihm eine kleine rundliche Schwester mit einem Klemmbrett, die vergeblich versuchte Schritt zu halten. Hinter den beiden reihten sich einige junge Frauen und Männer ein, die sich anschließend im Halbkreis um Johannas Bett aufstellten. Der Arzt schaute kurz in eine Akte, die ihm die Schwester reichte. Dann sah er Johanna an.

>>Erinnern Sie sich, wo Sie sind? Wissen Sie, wie ich

heiße?<<

Johanna schüttelte kraftlos den Kopf.

>>Mein Name ist Dr. Burner. Ich bin der Oberarzt der chirurgischen Abteilung im Edward Hospital.<<

Johanna kam die gesamte Situation bekannt vor. Der oberlehrerhafte Ton des Arztes. Den Blick, mit welchem er sie fixierte. Seine starre Miene und die Lippen, die er beim Sprechen nicht zu bewegen schien. Dazu die Schar der Leute, die sich hinter und neben dem Arzt aufstellten. Sie erkannte die junge Frau mit dem Poloshirt wieder, die durch ihre Erscheinung nicht in das Bild der Gruppe passte. Johanna war verwirrt. Sie kannte diese Szene irgendwoher.

>>Ich habe mit ihnen in den vergangenen Tagen und Wochen ihre Brustentfernung bis ins kleinste Detail vorbereitet. Erinnern Sie sich?<<

Dann wandte der Arzt sich den Beistehenden zu.

>>Jonathan Westers; zweiundzwanzig Jahre alt; Mastektomie bei Transidentität; OP verlief nach Plan; zwei Stunden und zwanzig Minuten Dauer, in denen eine flache männliche Brust mit Hervorhebung der Brustmuskulatur sowie die Anpassung der Mamilla in Form und Größe vollzogen wurden.<<

Dann legte er die Akte in die Hände der Schwester zurück und schaute Jonathan zufrieden an. >>Wie fühlen Sie sich, junger Mann?<<

>>Was ist passiert? Was mache ich hier?<<

>>Kein Grund zur Sorge. Das Narkosemittel lässt nach und dann sind Sie wieder besser orientiert. Wir haben

Ihre Brustangleichung entsprechend Ihres Wunsches vorgenommen. Wir werden Sie noch einige Tage zur Kontrolle hierbehalten. Dann können Sie aber sicher bald nach Hause.<<

>>Zweiundzwanzig Jahre?<<

Johanna schaute zu ihrer Mutter. Sie nickte ihr lächelnd zu. >>Seit du vierzehn warst, hast du davon gesprochen. Heute war es endlich soweit. Herzlichen Glückwunsch, mein Schatz!<<

Johanna traute ihren Ohren nicht. >>Was ist mit Jürgen? Er hatte mir gezeigt, wie ich mich wieder als Frau lieben konnte. Ich war sicher, dass ich als Frau begehrenswert für ihn war.<< Alle schauten Johanna bemitleidenswert an. >>Jürgen und ich lieben uns!<<

>>Schatz, ich denke du hast geträumt. Es gibt keinen Jürgen, den du liebst. Du warst noch nie in einer Beziehung. Das hast du immer gekonnt unterbunden. Du magst keine Menschen.<<

Johanna geriet in Hektik. Als sie sich zu schnell bewegte, erinnerten sie ihre Brustschmerzen daran, dass aufstehen noch nicht ratsam war.

>>Ich will mit Dr. Daniels sprechen!<<

Der Arzt fuhr sie an. >>Jetzt führen Sie sich bitte nicht so auf! Wir haben keinen Dr. Daniels in diesem Krankenhaus, Mr. Westers.<<

>>Ich spreche von meinem Therapeuten. Ich war bei ihm in Therapie. Durch ihm ist mir klar geworden, dass es mit meiner Transidentität komplizierter ist, als ich es immer wahr haben wollte.<< Johanna schaute alle

314

um sich herum erwartungsvoll nach einer Reaktion an, die allerdings ausblieb. Sie gestikulierte nun vehement. Ihre weit aufgerissenen Augen verrieten, dass sie langsam in Verzweiflung zu geraten schien. >>Er hat mich therapiert und mir wurde klar, dass ich womöglich doch eine ganz gewöhnliche Frau bin.<<

>>Jonathan, jetzt beruhige dich endlich! Ich weiß doch, wer Dr. Daniels ist.<< Ihre Mutter legte beschwichtigend die Hand auf ihren Oberschenkel.

Johanna fiel erleichtert zurück in ihr Kopfkissen. >>Gott sei Dank! Ich dachte schon ich sei verrückt geworden.<<

>>Nein, das bist du ganz sicher nicht. Du bringst die Geschichte nur völlig durcheinander. Dr. Daniels hatte immer großartige Arbeit geleistet, bis zu dem Zeitpunkt als er damals meiner Freundin Susann grünes Licht für ihre Hormontherpie gab; in einer Zeit als sie glaubte ein Transmann zu sein. Dr. Daniels konnte sich sein Fehlurteil bis zu dem Tag, an dem ihn sein Krebs tötete, nicht verzeihen. Bis zu seinem Tod sprach er mit Susann immer wieder darüber, die Zeit zurückdrehen zu wollen. Das blieb aber natürlich eine Illusion. Susann muss lernen mit all den Folgen zu leben, unter welchen sie auch nach den vielen Jahren noch leidet. Du erinnerst dich jetzt sicher wieder daran, dass wir oft darüber sprachen, wie viel sie durchmachen muss.<< Ihre Mutter schaute sie erwartungsvoll an, bevor sie ungeduldig fortfuhr. >>Wie kannst du dich daran nicht erinnern? Susanns Schicksal war doch der Grund dafür,

warum ich über die vielen Jahre hinweg gegen deine gewünschte Hormonbehandlung und all das war.<<

>>Ich würde vorschlagen Sie ruhen sich erst einmal richtig aus, Mr. Westers.<<, schritt der Oberarzt ein. Dann wandte er sich flüsternd Johannas Mutter zu. >>Bald wird die Verwirrung nachlassen und Mr. Westers Erinnerungen kommen zurück. Geben Sie ihm noch etwas Zeit. Ich denke, es ist gerade alles sehr viel für ihn.<< Als er sich wieder Johanna zuwandte klang er erstmals ein wenig einfühlsam. >>Für heute erst einmal eine angenehme Bettruhe. Falls Sie etwas brauchen, lassen Sie es die Schwestern wissen.<< Die Mannschaft in weiß drehte ab und verließ den Raum. Ihre Sneaker quietschten auf dem Linoleumboden beim Hinausgehen.

Johanna lag regungslos in ihrem Bett und starrte ins Leere. Dann hob sie vorsichtig die Bettdecke und schaute an sich hinab. Ihre Brüste schienen unter dem flachen Verband nicht mehr da zu sein. Sie erhaschte den Blick ihrer Mutter neben sich, die zufrieden lächelte. Johanna hingegen konnte ihre Tränen nicht verbergen. >>Mom, ich stecke im falschen Körper.<<

Epilog

Regelmäßig werde ich gefragt, woran es eigentlich liege, dass immer mehr Menschen unter psychischen Krankheiten leiden. Nun sollte man zunächst wissen, dass es aus wissenschaftlicher Sicht durchaus umstritten ist, ob psychische Krankheiten in unserer Gesellschaft in der Größenordnung zunehmen, wie es oft behauptet wird. Es gibt sogar umfangreiche Untersuchungen, sogenannte Metanalysen, die dieser weiterverbreiteten Meinung, die allzu oft von den öffentlichen Medien kommuniziert wird, widersprechen. Dafür ist wichtig zu verstehen, dass eine zahlenmäßige Zunahme von psychischen Krankheiten in der Statistik nicht ausschließlich mit >mehr< Kranken zu erklären ist. Denn neben der Tatsache, dass Menschen psychisch erkranken, steigt der Anteil psychisch Kranker prozentual gesehen auch, weil Menschen, aufgrund der Entstigmatisierung von psychischen Krankheiten heutzutage eher bereit sind, psychotherapeutische Hilfe in Anspruch zu nehmen, wodurch mehr Betroffene statistisch erfasst werden können als früher. Des Weiteren wurden in der Vergangenheit neue und unwissenschaftliche Krankheitsbegriffe, wie das >Burn Out Syndrom<, eingeführt sowie klar definierte Kriterien von Krankheiten aufgeweicht. So fasste man den Autismus immer weiter, indem die sogenannte Autismusspektrumstörung eingeführt wurde, unter welche quasi jeder >eigenartige Typ< Mensch summiert werden kann. Somit fallen nun mehr Leute in die Definition von >psychisch krank<. Dieser Trend wird unter nicht wenigen Fachleuten kritisch betrachtet, gerade weil er dazu führen dürfte, dass die Zahl psychischer Krankheiten numerisch ansteigt und der Allgemeinheit ein falsches Bild unserer Gesellschaft präsentiert wird. Und zu guter Letzt stellt sich auch die Frage nach der eigentlichen Ursache und der Wirkung, mit welchen wir uns Verhaltenssymptome erklären. Wenn wir unsere Kinder nicht einen so fürchterlich langweiligen Schulunterricht aussetzen würden, so hätten wir weniger Kinder mit ADHS. Es ist eine bekannte Tatsache aus der Motivationspsychologie, dass die Anreizbedingungen ein wichtiger Aspekt für ein motiviertes, interessengebundenes und somit auch aufmerksamkeitsfokussiertes Arbeiten sind. Somit ist nicht alles, was nach einem ADHS aussieht mit einem ADHS zu erklären. Diese oft unbeachtete Tatsache führt dazu, dass dieses Krankheitsbild fatalerweise überdiagnostiziert ist, was die Statistik ebenso verfälscht. Die Antwort auf die Frage der >zunehmenden< psychischen Krankheiten ist also vielschichtig und, dass ich allein sie beantworten kann, wage ich zu bezweifeln. Deshalb erlaube ich mir an dieser Stelle auf einen Aspekt einzugehen, der mir wichtig für diese Debatte erscheint; auch, wenn er wahrscheinlich nur eine nebensächliche Rolle spielen dürfte.

Wir haben begonnen ...

Traurigkeit in Depressionen

Angst in Panikattacken

Lustlosigkeit in Antriebslosigkeit

Weinen in Nervenzusammenbruch

Müdigkeit in Schwächeanfall

Persönliche Enttäuschungen in Trauma

und

Lebendigkeit in ADHS

... umzubenennen.

Um jedes Missverständnis zu vermeiden! Panik-störungen, Depressionen, ADHS und Co. sind ernst-zunehmende Erkrankungen. Und das Bewusstsein und die Akzeptanz dafür sind in der Gesellschaft erfreulicherweise gestiegen. Dieses Bewusstsein bringt jedoch die Nebenwirkung mit sich, dass eine >Übervorsichtigkeit< entstanden ist. In der Folge horchen Menschen immer tiefer in sich hinein, beobachten sich immer akribischer und sind bereit, ihre dann wahrgenommenen Gefühlsregungen psychotherapeutisch abklären zu lassen. Das schafft neue Probleme. Zum einen ist die Gefahr gegeben, dass mehr diagnostiziert wird, wenn mehr überprüft wird. Denn letztendlich würde jeder, der wegen eines Trauerfalls in der Familie beim Therapeuten vorstellig wird, der Diagnose einer Anpassungsstörung gerecht werden. Ob man einen Menschen in solch einer Lebenssituation als >psychisch krank< bezeichnen würde, ist fragwürdig. In die Statistik dürfte er dennoch eingehen.

Zum anderen werden tagtäglich junge, gesunde Menschen in meiner Sprechstunde vorstellig, weil sie bei sich selbst bzw. ihre Angehörigen oder Lehrer bei ihnen eine psychische Störung >diagnostiziert< hätten. Für den Umgang mit unser aller Gefühlsleben haben die Umbenennungen von Emotionen in Krankheitsbegriffe fatale Folgen. Instruieren wir uns und andere regelmäßig dazu, dass wir an Depressionen leiden, weil wir aus rationalen Gründen traurig sind, werden wir allein dadurch depressiv, zu glauben depressiv zu sein. Reden wir mantraartig von unserem >Trauma<, da wir eine beängstigende Situation erlebt haben, werden wir uns als weniger belastbar und schneller hilflos wahrnehmen. Selbstredend sind die Sprechstunden dazu gedacht, eine etwaige psychische Krankheit professionell abklären zu lassen. Daher ist der Weg zum Therapeuten nie umsonst. Doch die vielen jungen Menschen, die voller gesunder, aber oftmals eben unangenehmer Emotionen stecken, erwecken in mir den Eindruck, dass es gesellschaftlich offenbar den Trend gibt, in Krankheitskonzepten zu denken, sobald wir es mit Emotionen zu tun haben.

Ich möchte in diesem Epilog appellieren! Wir sollten wieder lernen, dass Gefühle keine Krankheiten sind. Gefühle sollten uns nicht weiter überfordern, sondern wir sollten das Verständnis zurückerlangen (wenn es denn überhaupt jemals in der Menschheitsgeschichte da war), dass Gefühle angenommen, bestätigt und dann reguliert werden sollten. In meinem ersten Buch *Die Revision des Lebens* spreche ich von einer >emotionsphobischen Zeit<, in der wir leben. Damit wir diese Zeit hinter uns lassen können, sollten wir uns wieder zutrauen, Krisen und ihre dazugehörigen Emotionen allein bewältigen zu können. In diesem Sinne möchte ich Mut machen, dass wir uns schlecht fühlen dürfen, ohne, dass wir krank sind und ohne, dass wir augenblicklich einen Psychotherapeuten an unserer Seite brauchen.

Was das mit diesem Buch zu tun hat? Nun, es gibt offensichtliche Parallelen. Denn auch über Transgender findet eine gesellschaftliche Entstigmatisierung und eine fortschreitende Aufklärung statt. In Anbetracht der auch hier zu beobachtenden numerischen Zunahme von Transpersonen in der Bevölkerung (ganz besonders unter Heranwachsenden) hat sich mutmaßlich ebenso der Effekt ergeben, dass junge Menschen im Zuge dessen lernten, immer tiefer in sich hineinzuhören und sich auf ein Unbehagen bezüglich ihrer sexuellen und geschlechtlichen Entwicklung akribisch zu überprüfen. Und Sie wissen schon: Wo mehr überprüft wird, wird mit unter mehr diagnostiziert. Immerhin ist ein solches Unbehagen im Zuge der erheblichen körperlichen Veränderungen während einer Pubertät in gewisser Hinsicht nachvollziehbar, weshalb es nicht verwundert, dass viele Heranwachsende feststellen, sich unwohl in ihrem Körper zu fühlen. Hinzu kommen pubertätsbezogene homosexuelle Phasen, die besonders unter Mädchen als typisch zu sehen sein dürften. Homosexuelles Verhalten unter Mädchen scheint gesellschaftlich auf mehr Akzeptanz zu stoßen, als unter Jungen, weshalb Mädchen gleichgeschlechtliche Intimität wahrscheinlich intensiver erkunden, ohne jedoch nachhaltig homosexuell zu bleiben. Gibt man Heranwachsenden keine ausreichende Zeit, um sich diesen biologischen, sexuellen und sozio-emotionalen Entwicklungsaufgaben zu stellen, indem man ihnen als Erklärung das >LGBTQ-Label< offeriert, so kann dies zu einer identitären Verwirrung beitragen. Und so gibt es Homosexuelle und Transpersonen sowie jene, die sich zeitweise als solche verstehen. An jene, die vor allem von der Verwirrung betroffen sind, möchte ich appellieren. Das soll mein zweiter und letzter Appell in diesem Epilog sein. Wir dürfen uns unwohl in unserem Körper fühlen, ohne dieser Verwirrung sofort den Namen >Transgender< verleihen zu müssen und ohne augenblicklich eine Hormontherapie zu benötigen.

Nicht etwa, weil Transsexualität in jedem Fall ein Bewältigungsversuch von Identitätskrisen darstellt. Sondern, weil Transsexualität ein Bewältigungsversuch von Identitätskrisen darstellen *kann*. Diese These wird für mancherlei Menschen schwer zu akzeptieren sein. Meist von jenen, für die es nur eine radikale Sicht auf die Dinge gibt. Leider ist diese radikale Haltung genau jene Haltung, die dem gesellschaftlichen Ansehen von transsexuellen Menschen schadet, denn Radikalität spaltet. Und wer spaltet, unterbindet die Kommunikation zwischen den Menschen, womit er eine tatsächliche Gefahr für die Gesellschaft darstellt. Vielleicht ist das der Grund warum Slavoj Žižek in seinem Buch *Die Paradoxien der Mehrlust* zu der Feststellung kommt, dass es unser aller Aufgabe ist, die Transgender- und feministische Bewegung von ihrem radikalen Kern zu trennen, um sie zu retten.

Ich hoffe, dass dieses Buch junge Menschen, aber auch Ärzte, Pädagogen und Pychologen dazu anregt, sich mit adoleszenten Identitätsfragen tiefgründig zu befassen, und es somit einen Beitrag dazu leistet, die Transgenderbewegung auch einmal aus einem anderen Blickwinkel zu betrachten. Und wenn es das nicht tat, so hoffe ich doch zumindest, dass es unterhaltsam zu lesen war.

Glossar

ADHS - Abkürzung für das Aufmerksamkeitsdefizit- & Hyperaktivitätssyndrom, welches durch eine Aufmerksamkeitsstörung, motorische Unruhe und impulsives Verhalten charakterisiert ist. Diese drei Kernsymptome treten situationsübergreifend auf und werden vor dem siebten Lebensjahr auffällig.

Bewältigungsmodus - Begriff aus der Schematherapie, die auf den US-amerikanischen Psychologen und Psychotherapeuten Jeffrey E. Young zurückgeht. Die Schematherapie erweiterte die klassische kognitive Verhaltenstherapie seit den 1990er Jahren. Sie fokussiert die biografischen Beziehungserfahrungen, welche sich in der Gegenwart in sogenannten Schemata widerspiegeln. Ein Schema ist ein im Selbstbild stabiles und verankertes Abbild der biografisch früh verinnerlichten Beziehungsbedingungen. Dieses Abbild umfasst alle damit verbundenen Muster des Denkens, Fühlens, Erinnerns und körperlichen Empfindens. Empirisch bestätigt sind 18 verschiedene Schemata, die fünf Grundbedürfnissen zugeordnet sind. In der Interaktion mit anderen Menschen, können diese Schemata aktiviert werden und zu einer Handlungsreaktion führen. Diese Reaktion, infolge des aktivierten Schemas, wird als Modus oder Bewältigungsmodus bezeichnet. Modis sind vielfältig.

Sie können sich beispielsweise in unterwürfig-konfliktvermeidendem, distanziert-zurückgezogenem oder aggressiv-impulsivem Verhalten zeigen.

Beziehungsmotive - gehen auf den Bochumer Psychotherapieforscher Rainer Sachse zurück. Sachse postulierte Wichtigkeit, Anerkennung, Autonomie, Solidarität, Verlässlichkeit und Grenzen als zentrale Beziehungsmotive. Er geht davon aus, dass Menschen innerhalb von Beziehungen versuchen ein oder mehrere zentrale Beziehungsmotive zu befriedigen. Diese Motive beschreiben ein gewöhnliches interaktionelles Handeln. Menschen, die unter einer Persönlichkeitsstörung leiden, bedienen sich zur Befriedigung ihrer Beziehungsmotive jedoch meist manipulativer Verhaltensweisen oder anderer schlecht angepasster Interaktionsmuster, welche Sachse in einer Vielzahl von Forschungsarbeiten und Büchern beschreibt. Als weiterführende Literatur sei an dieser Stelle beispielhaft auf das Buch *Persönlichkeitsstörungen verstehen* von Rainer Sachse hingewiesen.

Bindungsstil - geprägt durch den Psychoanalytiker und Kinderpsychiater John Bowlby (1907-1990) und die Entwicklungspsychologin Mary Ainsworth (1913-1999). Ainsworth beobachtete in ihrer weltberühmten Untersuchung >Die fremde Situation< drei Bindungstypen. *Sicher-gebundener Bindungsstil:* als die Bezugspersonen den Raum verließen weinten diese Kinder und stellten nach der Rückkehr wieder Körperkontakt zu ihren Bezugspersonen her, wonach sie sich schnell beruhigten. *Unsicher-vermeidender Bindungsstil:* als die Bezugspersonen den Raum verließen wirkten diese Kinder emotional unbeteiligt und ignorierten die Bezugspersonen bei ihrer Wiederkehr. Messungen des Cortisolspiegels zeigten aber, dass diese Kinder noch lange danach unter einem hohen Stresslevel litten. *Unsicher-ambivalenter Bindungsstil:* als die Bezugspersonen den Raum verließen wirkten diese Kinder emotional überfordert, schlugen gegen die Tür und schienen stark verunsichert. Bei der Wiederkehr ihrer Bezugspersonen suchten sie zwar den Körperkontakt zu ihnen, ließen sich aber kaum beruhigen und zeigten tendenziell aggressives Verhalten gegen die Bezugspersonen.

Community - aus dem Englischen für eine feste Gemeinschaft, die sich gemeinsamen Wertvorstellungen verpflichtet fühlt.

Dissoziieren - beschreibt eine Bewusstseinseinengung, die mit dem Abspalten der Gefühle, Körperempfindungen, Erinnerungen u.a. von der eigenen Wahrnehmung einhergeht.

Distinktheit - eine Unterscheidung, die eine ausreichend starke Abhebung des einen vom anderen verdeutlicht.

Geschlechtsdysphorie - ein wegen des eigenen biologischen Geschlechts empfundenes Unbehagen.

Geschlechtsidentität - ein subjektiv empfundenes Empfinden und Erleben davon, welchem Geschlecht sich ein Mensch zugehörig fühlt.

GnRH-Analogon - synthetische chemische Verbindung des Neurohormons Gonadotropin-Releasing-Hormon (GnRH) zur Senkung des Testosteron- oder Östrogenspiegels im Blut.

Introjektion - geht auf den ungarischen Psychoanalytiker Sándor Ferenczi (1873-1933) zurück. Mit dem Begriff wird die Aufnahme und Verinnerlichung von fremden Anschauungen, Werten, Motiven, Normen u.a. in das eigene Ich beschrieben. Somit ist sie als das Gegenteil einer *Projektion* zu verstehen, bei welcher innerpsychische Emotionen, Gedanken, Impulse oder Wünsche, die mit den eigenen oder gesellschaftlichen Normvorstellungen nicht konform sind, auf andere Personen übertragen werden. So kann eine Projektion stattfinden, wenn ein verheirateter Mann einen anderen verheirateten Mann bezichtigt, einer deutlich jüngeren Frau lüstern hinterherzusehen, obwohl er selbst ihr gegenüber sexuelle Fantasien hat.

Körperdysphorie - ein Gefühl von Unbehagen, welches sich auf die eigene körperliche Beschaffenheit bezieht.

LGBTQ - Abkürzung aus dem Englischen für Lesbian, Gay, Bisexual, Transgender, Queer. Mit dieser Bezeichnung sollen Menschen mit all jenen sexuellen Orientierungen und Geschlechtsidentitäten angeprochen werden, die sich nicht als heterosexuell verstehen und sich nicht ihrem biologischen Geschlecht als zugehörig empfinden.

Mastektomie - chirurgische Entfernung von Brustgewebe und der Brustdrüsen.

Negative Verstärkung - ein Verhalten oder ein Krankheitssymptom wird verstärkt und tritt zukünftig häufiger auf, indem es dazu führt, dass ein unangenehmer Zustand beendet oder vermieden wird. Beispielsweise erledigt ein Kind seine Hausaufgaben (Verhalten), damit ein zuvor ausgesprochenes Fernsehverbot (unangenehmer Zustand) durch die Eltern aufgehoben wird. Fortan erledigt das Kind seine Hausaufgaben verlässlicher (Verhalten wurde verstärkt).

Nicht-binär - eine Geschlechtsidentität, die sich weder als männlich noch als weiblich versteht und sich in keiner zweigeteilten (binären) Geschlechterordnung wiederfindet.

Peer-Gruppe - soziale Gruppe von Gleichaltrigen oder Gleichgesinnten.

schizoid - allgemeines Desinteresse an tiefgründigen Beziehungen, einhergehend mit einem eingeschränkten Ausdruck von Emotionen im zwischenmenschlichen Kontakt. Die resultierende Kontaktstörung zeigt sich durch ein unnahbares und ein sozial zurückgezogenes Verhalten gegenüber anderen.

Skills - Begriff aus der Dialektisch-Behavioralen Therapie, der das Erlernen und Anwenden spezifischer Strategien beschreibt, die einer besseren Regulation von emotionalen Erregungszuständen und impusliven Verhaltensweisen dienen.

Transidentität - sich entgegen des eigenen biologischen Geschlechts dem anderen Geschlecht zugehörig fühlen.

Verhaltensanalyse - ein diagnostisches Verfahren aus der kognitiven Verhaltenstherapie, welches die Aufrechterhaltung von spezifischen Symptomen oder Verhaltensweisen erklärbar macht. Dabei werden auslösende Situationen, gedankliche und emotionale Bewertungen sowie Konsequenzen im zeitlichen und assoziativen Zusammenhang mit den Symptomen oder dem Verhalten analysiert.

Danksagungen

In erster Linie möchte ich meiner lieben Frau, Niku, für ihre endlose Unterstützung in all meinen Vorhaben danken. Die damit verbundenen Entbehrungen nimmt sie stets hin. Zugleich schafft sie es sich für meine Träume mit mir zu begeistern, sodass ich nie Mühe habe meinen verschiedenen Leidenschaften mit Enthusiasmus zu folgen. Auch bin ich ihr sehr für die tolle Gestaltung des Layouts dieses Buches dankbar.

Meiner geliebten Tochter, Elvira, danke ich vor allem dafür, dass es sie gibt. Denn sie ist es, die mir besonders an schweren Tagen zeigt, wie unbeschwert kindlich man die Welt hinnehmen sollte. Ohne diese Leichtigkeit wäre ich nicht der geworden, der ich bin.

Meinen Eltern, Kamen und Elvira, sowie meinen Brüdern, Stefan und Nikolai, danke ich, dass sie mir die entscheidenden Werte für meinen Lebensweg mitgeben konnten und mir zugleich das Vertrauen entgegenbrachten meine eigenen Entscheidungen zu treffen. Das gab mir die nötige Sicherheit, um zu einer selbstbewussten Person heranwachsen zu können.

Meiner Tante, Rosemarie, und meinem Freund, Gunnar, danke ich für die kritische Durchsicht dieses Buches sowie für die vielen anregenden Gespräche, die wir über Wissenschaft, Gesellschaft und Literatur führen.